96/4 CICÉRON.

~~DISCOURS~~ CHOISIS

TRADUCTION FRANÇAISE

Par W. RINN et B. VILLEFORE.

Première Partie.
Discours contre L. Catilina,
Discours contre Verrès.

PARIS.

LIBRAIRIE DE JULES DELALAIN

IMPRIMEUR DE L'UNIVERSITÉ

RUE DES ÉCOLES, VIS-A-VIS DE LA SORBONNE.

CICÉRON.

DISCOURS CHOISIS.

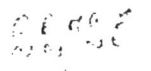

On trouve à la même librairie :

Nouvelle Collection de Traductions françaises des Auteurs latins, prescrits pour les classes et les examens des Baccalauréats ès lettres et ès sciences, publiées sans le texte, par des professeurs de l'Université; format in-18.

César. Guerre des Gaules, traduction française sans le texte, par M. A. Dubois; 1 vol. in-18.

Cicéron. Choix de Discours, traduction française sans le texte, par MM. W. Rinn et B. Villefore ; 1 vol. in-18.

Cicéron. Choix de Traités philosophiques, traduction française sans le texte, par M. A. Dubois; 1 vol. in-18.

Horace. Œuvres poétiques, traduction française sans le texte, par MM. Barbet et Goubaux; 1 fort vol. in-18.

Salluste. Conjuration de Catilina et Guerre de Jugurtha, traduction française sans le texte, par M. E. Talbot; 1 vol. in-18.

Tacite. Les Annales, traduction française sans le texte, par R. Dureau De Lamalle, édition revue par M. A. Lebobe; 1 fort vol. in-18.

Virgile. Œuvres poétiques, traduction française sans le texte, par M. Héguin de Guerle; 1 fort vol. in-18.

CICÉRON.

DISCOURS CHOISIS

TRADUCTION FRANÇAISE

Par W. RINN et B. VILLEFORE.

Première Partie.
Discours contre Catilina,
Discours contre Verrès des statues
et des supplices.

PARIS.

LIBRAIRIE DE JULES DELALAIN

IMPRIMEUR DE L'UNIVERSITÉ

RUE DES ÉCOLES, VIS-A-VIS DE LA SORBONNE.

DISCOURS.

PREMIER DISCOURS CONTRE CATILINA

PRONONCÉ AU SÉNAT.

ANALYSE. — Après avoir échoué dans sa demande du consulat, Catilina, appuyé sur tout ce que Rome renfermait d'hommes corrompus, avait résolu le meurtre des plus illustres citoyens et l'incendie de la ville. Informé du complot, Cicéron, en présence même de Catilina, dans le temple de Jupiter Stator où le sénat était assemblé, dénonce l'attentat horrible qui menace la patrie. Il accable sous l'énumération de ses vices et de ses crimes le chef de la conjuration ; il lui démontre l'inutilité de ses sinistres desseins, l'engage à sortir au plus tôt d'une ville où il n'y a pas un honnête homme qui ne le haïsse et ne le craigne. Quant à lui, il ne redoute rien, car il met toute sa confiance dans sa piété envers les dieux et dans son amour pour son pays.

I. Jusques à quand enfin, Catilina, abuseras-tu de notre patience ? Combien de temps encore serons-nous le jouet de ta fureur impie ? Jusqu'où se déchaînera ton audace effrénée ? Quoi ! ni les postes chargés de veiller la nuit sur le mont Palatin, ni les forces répandues dans toute la ville, ni la consternation du peuple, ni le concours de tous les honnêtes gens, ni le choix que j'ai fait d'un lieu fortifié pour y réunir cette assemblée, ni l'aspect, ni les regards de ceux qui la composent, rien n'a pu t'ébranler ! Tu ne sens donc pas que tes projets sont découverts ? Tu ne vois pas que tous ici sont dans le secret de ta conjuration, et qu'ils la tiennent comme enchaînée ? Tes démarches de la nuit dernière, celles de la nuit précédente, les endroits où tu es allé, les complices que tu as réunis, les résolutions que tu as prises, crois-tu que tout cela soit un mystère pour un seul d'entre nous?

O temps! ô mœurs! le sénat connaît ces complots, le consul les voit, et cependant cet homme vit encore! Il vit! que dis-je? il vient au sénat; il prend place parmi les conseillers de la république; il choisit, il marque de l'œil parmi nous ses victimes. Et nous, hommes pleins de courage, nous croyons être quittes envers la patrie, si nous avons su éviter la fureur et les poignards dont il nous menace. T'envoyer à la mort, Catilina, voilà l'ordre que le consul devait donner depuis longtemps; il devait faire retomber sur ta tête le glaive que depuis si longtemps tu aiguises contre chacun de nous.

Rappelez-vous ce que fit un homme illustre, P. Scipion, grand pontife : Tibérius Gracchus portait aux institutions de la république une atteinte bien légère; Scipion, sans être magistrat, le mit à mort. Et quand Catilina s'apprête à faire du monde entier un théâtre de carnage et d'incendie, nous, consuls, nous le laisserons faire! Je ne veux point rappeler l'exemple trop ancien de C. Servilius Ahala, qui, voyant Spurius Melius préparer une révolution, le tua de sa propre main. C'est qu'il y avait autre-fois, dans cette république, oui, il y avait assez d'énergie pour que des hommes de cœur n'hési-tassent pas à frapper avec plus de rigueur un citoyen dangereux que l'ennemi le plus redoutable. Aujour-d'hui, un sénatus-consulte nous arme contre toi, Catilina, d'un pouvoir étendu, terrible; ce qui manque à la république, ce n'est ni la sagesse des conseils, ni l'autorité de cet ordre : c'est nous seuls, je le dis ouvertement, nous consuls, qui manquons à nos devoirs.

1.

II. Autrefois un décret du sénat chargea le consul Opimius de veiller à ce que la république n'éprouvât aucun dommage. La nuit n'était point encore venue, et déjà l'on avait frappé de mort, parce qu'on le soupçonnait de quelques projets séditieux, Caïus Gracchus, malgré toute la gloire de son père, de son aïeul, de ses ancêtres; déjà l'on avait fait périr avec ses enfants M. Fulvius, un consulaire. Lorsqu'un autre décret du sénat remit aux mains des consuls C. Marius et L. Valérius le salut de l'État, s'écoulat-il un seul jour avant que L. Saturninus, tribun du peuple, et C. Servilius, préteur, fussent mis à mort et que la république fût vengée? Mais nous, voilà déjà vingt jours que nous laissons s'émousser entre nos mains le glaive de l'autorité sénatoriale; car, nous aussi, nous sommes armés d'un sénatus-consulte, mais il reste sur les tablettes qui le renferment, comme une épée qu'on laisse dans le fourreau, sans la tirer. En vertu de ce décret, Catilina, tu devais périr à l'instant même, et pourtant tu vis : tu vis, non pour abjurer ton audace, mais pour t'y fortifier. Je voudrais, pères conscrits, pouvoir être clément ; je voudrais aussi, en présence du péril extrême de la république, ne point paraître manquer d'énergie ; mais, déjà, je condamne et mon inertie et ma coupable faiblesse.

Campée au cœur même de l'Italie, prête à marcher contre la république, une armée occupe les gorges de l'Étrurie ; de jour en jour le nombre des ennemis s'accroît, et le général de cette armée, le chef de ces ennemis est dans nos murs ; que dis-je, il est dans le sénat, où nous le voyons tous les jours méditer, au sein même de la république, quelque complot pour la renverser. Qu'en ce moment, Catilina, je te fasse saisir et livrer au supplice, et je m'imagine que si j'avais quelque chose à craindre, c'est que tous les honnêtes gens ne trouvassent ma justice bien tardive, et non pas que quelqu'un pût m'accuser de cruauté. Eh bien! ce que j'aurais dû faire depuis longtemps, j'ai de puissants motifs pour ne pas m'y décider encore. Je veux attendre, pour te livrer à la mort, qu'on ne puisse plus trouver un seul homme assez méchant, assez pervers, assez semblable à toi pour ne pas reconnaître qu'on a eu raison de te faire périr.

Aussi longtemps qu'il y aura au monde un seul homme qui ose te défendre, tu vivras; mais, tu vivras comme tu vis maintenant, entouré par moi d'une surveillance multiple, impossible à déjouer, et qui saura bien t'empêcher de faire un mouvement contre la république. Partout mille regards, mille oreilles, sans que tu t'en aperçoives, continueront de t'épier et de te surveiller.

III. Et en effet, Catilina, qu'as-tu désormais à espérer, si les ténèbres de la nuit ne peuvent dérober à nos regards tes assemblées criminelles, si les murs d'une maison particulière n'étouffent pas la voix de ta conjuration, si tout apparaît au grand jour, si tout éclate? Renonce à tes projets, crois-moi; cesse de rêver meurtres et incendies : tu es enveloppé de toutes parts; tous tes projets sont pour nous plus clairs que le jour. Je vais même, si tu veux, les passer en revue avec toi.

Te souviens-tu que, le douze des kalendes de novembre, je dis dans le sénat qu'on verrait en armes, à un jour que je désignai, c'est-à-dire le six des kalendes de novembre, C. Mallius, le satellite et l'instrument de ton audace? Me suis-je trompé, Catilina, je ne dis pas seulement sur un fait si grave, si atroce, si incroyable, mais, ce qui est bien plus surprenant, me suis-je trompé sur le jour? J'annonçai également au sénat que tu avais fixé le massacre des plus

illustres citoyens au cinq des kalendes de novembre, ce jour où beaucoup des principaux Romains, moins pour sauver leur vie que pour dé-
concerter tes plans s'éloignèrent de la ville. Peux-tu
nier que, ce jour-là même, ce ne soit la surveillance dont j'eus soin de t'entourer étroitement, qui
te mit dans l'impuissance de faire un mouvement
contre la république, lorsque tu te consolais du
départ des autres en disant que, puisque j'étais
resté, ma mort te suffisait?

Et le jour des kalendes de novembre, quand tu te
croyais assuré de surprendre Préneste, pendant la
nuit, as-tu bien compris que c'était grâce à mes
ordres, grâce aux troupes, aux sentinelles, aux
postes placés par moi, que cette colonie avait
été mise à l'abri d'un coup de main? Il n'y a pas
une de tes actions, une de tes résolutions, une de
tes pensées dont je ne sois instruit, bien plus, que
je ne pénètre, et à laquelle je ne sois complétement
initié.

IV. Revois enfin avec moi cette avant-dernière
nuit, et tu reconnaîtras aussitôt que je veille avec
bien plus d'ardeur pour le salut de la république
que toi pour sa perte. Je dis que, la nuit qui a pré-
cédé celle-ci, tu te rendis dans le quartier des fabri-
cants de faux (je parlerai sans déguisement), dans
la maison de M. Léca; que là se réunirent en grand
nombre les complices de ta démence et de ton crime.
Oses-tu dire le contraire? Eh bien, tu gardes le silence? Je saurai te convaincre, si tu le nies, car je
vois ici, dans le sénat, certaines personnes qui y
étaient avec toi.

O dieux immortels! en quel pays sommes-nous?
quel gouvernement est le nôtre? dans quelle cité
vivons-nous? Ici, ici même, pères conscrits, dans
ce conseil auguste et vénérable, arbitre de l'univers,

il y a des hommes capables de méditer ma perte, la vôtre à tous, la ruine de Rome, et par suite celle du monde entier. Ces hommes, je les vois, moi, consul, et je prends leur avis sur les grands intérêts de l'État, et, quand le fer devrait déjà les avoir frappés, ma voix hésite encore à leur faire une blessure! Ainsi, Catilina, tu as été chez Léca la nuit en question; tu as fait à tes complices le partage de l'Italie, et assigné à chacun d'eux le poste où il devait se rendre; tu as choisi ceux que tu laisserais à Rome, ceux que tu emmènerais avec toi; tu as désigné à chacun les quartiers de la ville où il devait mettre le feu; tu as déclaré que tu étais au moment de partir, et que, si tu tardais un peu, c'est parce que je vivais encore. Alors il s'est trouvé deux chevaliers romains qui, pour te délivrer de cette préoccupation, t'ont promis de venir chez moi, cette nuit-là même, un peu avant le jour, et de m'égorger dans mon lit.

Tous ces détails, vous étiez à peine séparés que je les connaissais déjà. Je fis garder et défendre ma maison par des postes plus nombreux; je fermai ma porte à ceux que tu avais envoyés chez moi de bon matin pour me rendre leurs devoirs; car ils y vinrent en effet, et c'étaient justement ceux dont j'avais d'avance annoncé à plusieurs de nos premiers citoyens la visite chez moi, pour cette heure-là précisément.

V. Puisqu'il en est ainsi, Catilina, poursuis tes desseins; sors enfin de Rome, les portes sont ouvertes; pars. Depuis trop longtemps ton armée, celle de Mallius, réclame son général. Emmène aussi avec toi tous tes complices, ou du moins le plus grand nombre; que la ville en soit purgée : tu me délivreras d'une grande crainte, le jour où il y aura un mur entre nous deux. Ta présence au milieu

de nous est désormais impossible; je ne puis la supporter; je ne la souffrirai pas, je ne saurais la
tolérer.

Assurément, nous devons de grandes actions de
grâces aux dieux immortels, et surtout à Jupiter
Stator, le plus antique protecteur de cette cité, pour
avoir permis que ce monstre abominable, horrible,
ce fléau déchaîné contre la république, n'ait pu jusqu'ici nous atteindre. Mais il ne faut pas qu'un seul
homme puisse ainsi compromettre une fois de plus le
salut de la patrie. Tant que je fus consul désigné,
Catilina, les complots auxquels je fus en butte de ta
part, je les repoussai sans recourir à l'intervention
de l'État, par ma propre vigilance. Lorsque, aux
derniers comices consulaires, tu voulus m'assassiner
au champ de Mars, moi consul, et avec moi tes
compétiteurs, je déjouai tes efforts sacriléges, grâce
au courage et au nombre de mes amis, sans provoquer le moindre mouvement dans la ville. Enfin,
toutes les fois que tu m'as attaqué, je me suis
défendu par moi-même; et, cependant, je voyais
bien que ma perte entraînerait pour l'État les plus
grands malheurs. Mais aujourd'hui, c'est à la république tout entière que tu en veux ouvertement; ce
sont les temples des dieux immortels, les demeures
des hommes, la vie de tous les citoyens, enfin toute
l'Italie, sur lesquels tu appelles le meurtre et la
dévastation.

Ainsi donc, puisque le parti le meilleur, celui
que me conseillent et la dignité dont je suis revêtu
et l'exemple de nos ancètres, je n'ose encore le
prendre; j'en prendrai un autre, à la fois moins
rigoureux et plus utile au salut commun. Si j'ordonne
ta mort, la république ne sera pas pour cela débar-
rassée de tes complices; mais si tu pars, comme je
ne cesse de t'y exhorter, tes compagnons te suivront,

et ainsi s'écoulera loin de nos murs cette vaste et pernicieuse sentine.

Eh bien, Catilina, tu hésites à faire, pour m'obéir, ce que tu étais en train de faire, de ton propre mouvement? C'est le consul qui donne à un ennemi l'ordre de sortir de Rome. Tu me demandes si c'est l'exil que je t'impose? Je ne te l'impose point; mais, si tu me demandes mon avis, je te le conseille.

VI. Et en effet, Catilina, quel charme peut désormais avoir pour toi le séjour d'une ville où, à l'exception de ces hommes perdus qui sont tes complices, il n'est personne qui ne te craigne, personne qui ne te haïsse? Quelle est la turpitude domestique dont ta vie ne porte les stigmates? Quelle est la flétrissure épargnée à l'infamie de ta vie privée? As-tu jamais fait grâce d'une souillure à tes regards, d'un crime à tes mains, d'une impureté à toute ta personne? Est-il un jeune homme, une fois enlacé par toi dans les piéges de la corruption, dont tu n'aies armé le bras pour le crime ou éclairé les pas dans le sentier de la débauche?

Et dernièrement encore, quand par le meurtre de ta première femme tu eus fait place dans ta maison à une nouvelle épouse, n'as-tu pas encore, par un monstrueux forfait, mis le comble à ce crime? Je ne veux point insister là-dessus, et je consens volontiers à ce qu'on n'en parle point, pour qu'il ne soit pas dit que, dans cette ville, un attentat aussi monstrueux ait pu être commis ou demeurer impuni. Je passe également sous silence la perte de ta fortune, et cette ruine complète que tu verras fondre sur toi aux ides prochaines : j'arrive aux faits qui se rapportent, non plus à l'ignominie dont te couvrent tes désordres personnels, non plus aux embarras et aux turpitudes de tes affaires domestiques, mais aux intérêts de la république tout entière, mais à notre vie, mais à notre salut à tous.

Est-il possible, Catilina, que cette lumière qui nous éclaire, que cet air que nous respirons aient pour toi quelque douceur, quand tu sais que personne de nous n'ignore que, la veille des kalendes de janvier, sous le consulat de Lépidus et de Tullus, tu te présentas dans les comices armé d'un poignard : qu'une troupe d'assassins, apostée par toi, devait tuer les consuls et les principaux citoyens? Que, si ta fureur criminelle demeura sans effet, ce ne fut ni par repentir ni par crainte de ta part, mais grâce à la bonne fortune du peuple romain? Cependant, ces premiers crimes, je n'y insiste point; d'ailleurs, ils sont connus de tous, et bien d'autres les ont suivis. Que de fois, lorsque j'étais consul désigné, que de fois, depuis mon entrée en charge, n'as-tu pas voulu me tuer? Que de coups tu m'as lancés, avec une habileté qui semblait devoir les rendre inévitables, et qu'une légère déviation, un mouvement du corps, comme on dit, m'ont seuls permis de parer. Tu ne fais rien d'efficace, tu n'arrives à rien, tu ne produis rien, et cependant ni tes efforts, ni tes projets ne sont découragés.

Combien de fois le poignard n'a-t-il pas été arraché de tes mains! Combien de fois un hasard imprévu l'en a-t-il fait tomber ou échapper! Tu ne saurais, néamoins, t'en passer un instant. Par quelles cérémonies l'as-tu consacré et dévoué, je l'ignore, pour que tu te croies obligé de l'enfoncer dans le sein d'un consul.

VII. Et à présent, quelle vie est la tienne? car je vais te parler, cette fois, non plus avec la haine qui doit m'animer, mais avec la pitié dont tu es si peu digne. Tu viens d'entrer dans le sénat : eh bien, dans une assemblée si nombreuse, où tu as tant d'amis et

de proches, qui donc t'a salué? Si, de mémoire
d'homme, jamais personne n'a subi pareil affront,
pourquoi attendre que le sénat formule l'arrêt insul-
tant sous lequel son silence t'a déjà si cruellement
écrasé? N'as-tu pas vu, à ton arrivée, le vide qui,
sur ces bancs, s'est fait autour de toi? et tous ces
consulaires, dont tu as si souvent résolu la mort,
n'ont-ils pas, dès que tu t'es assis, laissé déserte et
solitaire cette partie de la salle où je te vois?

Quel courage ne te faut-il pas pour supporter cet
opprobre! Ah! certes, si mes esclaves me redou-
taient comme te redoutent tous les concitoyens, je
me croirais obligé d'abandonner ma maison; et toi,
tu ne crois pas devoir quitter la ville! Si mes concitoyens, même injustement prévenus, me soupçon-
naient et me haïssaient aussi énergiquement, j'aime-
rais mieux me priver de leur vue, que de rencontrer
partout des regards irrités. Mais toi, ta conscience
criminelle te dit trop que cette haine universelle est
méritée, que depuis longtemps elle t'est due; et pourtant, ceux dont ton aspect blesse également l'esprit
et les sens, tu hésites à fuir leurs regards et leur présence? Si ceux qui t'ont donné le jour te craignaient
et te haïssaient, et que tu n'eusses aucun espoir de
les fléchir, sans doute tu chercherais une retraite
pour te dérober à leurs yeux. Eh bien! la patrie,
notre mère commune à tous, te déteste et te craint;
depuis longtemps elle n'attend de toi que des complots parricides. Ne montreras-tu ni respect pour
son autorité, ni déférence pour son jugement, ni
crainte de sa puissance?

Elle s'adresse à toi, Catilina, et, quoique muette,
elle semble te dire: « Aucun forfait, depuis quelques
années, ne s'est commis sans que tu en sois l'auteur; point de scandale auquel tu n'aies pris part;
toi seul as pu égorger de nombreux citoyens, tyran-

niser et piller les alliés en toute impunité, en toute
liberté ; tu as été assez puissant, non-seulement pour
ne tenir aucun compte des lois et des enquêtes judiciaires, mais encore pour les fouler aux pieds et les
anéantir. Ces premiers attentats, tout intolérables
qu'ils étaient, je les ai cependant supportés comme
j'ai pu ; mais maintenant, être condamnée à de per-
pétuelles alarmes à cause de toi seul ; au moindre
bruit, avoir peur de Catilina ; penser qu'il ne peut
se tramer contre moi aucun complot, qui ne soit lié
à tes détestables projets, voilà ce que je ne saurais
supporter. Éloigne-toi donc, et délivre-moi de ma
terreur ; si elle est fondée, pour que je ne succombe
pas ; si elle est chimérique, pour que je cesse enfin
de trembler. »

VIII. Si la patrie, comme je te l'ai dit, te tenait ce
langage, ne devrait-elle pas être écoutée, lors même
qu'elle n'aurait pas le moyen de se faire obéir par la
force ! Et, d'ailleurs, n'as-tu pas voulu toi-même te
constituer prisonnier ? N'as-tu pas déclaré que, pour
éloigner les soupçons, tu voulais habiter la maison
de M. Lépidus ? Repoussé par lui, tu as eu l'audace
de venir me trouver, et tu m'as prié de te garder
dans ma maison. Et moi aussi j'ai refusé, en te
disant que je ne saurais me croire en sûreté dans la
même demeure que toi, alors qu'il y avait pour moi
un péril extrême à ce que la même ville nous ren-
fermât tous deux. Tu t'adressas à Q. Métellus, le
préteur ; il te repoussa également. C'est alors que tu
cherchas un asile chez ton ami, l'honnête M. Marcellus, te croyant sans doute assuré et de sa vigilance à te surveiller, et de sa perspicacité à pénétrer
tes desseins, et de son énergie à les réprimer. Mais
semble-t-il bien loin de mériter la prison et les fers
l'homme qui, de lui-même, se juge indigne de la
liberté ?

Puisqu'il en est ainsi, Catilina, peux-tu hésiter encore? Si tu n'as pas le courage nécessaire pour mourir, fuis dans quelque autre pays, et cette vie, qu'ont tant de fois épargnée les supplices les plus justes et les mieux mérités, cache-la dans l'exil et dans la solitude. « Mais, me diras-tu, soumets la question au sénat, » car c'est là ce que tu demandes; et, si cette assemblée déclare que tu dois aller en exil, tu promets d'obéir. Non, je ne ferai point une proposition qui répugne à mon caractère; mais, je vais te mettre en état de te rendre compte des sentiments du sénat.... Sors de Rome, Catilina; délivre la république de ses craintes; pars pour l'exil, si c'est ce mot que tu attends; pars.... Eh bien, Catilina? remarques-tu, comprends-tu le silence des sénateurs? Ils ne réclament pas; ils se taisent. Pourquoi donc attendre de leur bouche la sanction d'un arrêt, que leur silence te fait si manifestement connaître?

Ah! si j'avais tenu le même langage au jeune et vertueux P. Sextius, ou à M. Marcellus, cet homme généreux, ni mon titre de consul, ni la sainteté de ce temple n'auraient empêché, et à juste titre, le sénat de donner contre moi un libre cours à son indignation. Mais, quand c'est à toi que je m'adresse, Catilina, son impassibilité m'approuve, son calme te condamne, son silence crie à haute voix ton arrêt. Et cela est vrai, non-seulement pour ces sénateurs, dont l'autorité sans doute t'est précieuse, quand tu fais si peu de cas de leur vie, mais encore pour ces chevaliers romains, hommes honorables et vertueux, et pour tous ces généreux citoyens qui entourent le sénat, et dont toi-même, il n'y a qu'un instant, tu as pu remarquer l'affluence, juger les sentiments, entendre les murmures. Ce n'est pas sans peine, depuis longtemps, que je retiens leurs bras armés pour te

frapper; cependant j'obtiendrai facilement, si tu te
décides à quitter ces murs dont tu médites depuis
longtemps la ruine, qu'ils te fassent cortége jusqu'aux
portes de la ville.

IX. Mais que dis-je là? Toi, que quelque chose
puisse t'ébranler? que jamais tu t'amendes? que tu
songes à fuir? que tu penses à t'exiler? Puissent les
dieux immortels t'en inspirer la résolution! Et cependant je n'ignore pas ce qui m'attend si, effrayé
par mes discours, tu te décides enfin à partir en
exil : quelle tempête de haine, sinon aujourd'hui, où
la mémoire de tes crimes est encore présente à tous,
du moins dans l'avenir, se déchaînera contre moi!
Cependant je m'y résigne volontiers, pourvu que le
malheur me frappe seul, et que la république n'ait
rien à redouter. Mais, que tu aies horreur de tes
crimes, que tu redoutes le châtiment des lois, que
tu fasses à l'intérêt de la république la moindre
concession, voilà ce qu'il ne faut pas te demander.
Tu n'es pas homme, Catilina, à te laisser détourner
de l'infamie par la honte, du péril par la crainte,
d'un funeste égarement par la voix de la raison.

Ainsi donc, je te le dis encore une fois, pars; et,
si je suis ton ennemi, comme tu le répètes, si tu
veux, à ce titre, soulever contre moi toutes les
haines, va droit en exil : j'aurai peine à soutenir
les clameurs qui éclateront contre moi, si tu prends
ce parti; et l'odieux de ton bannissement, si c'est
l'ordre du consul qui te l'impose, pèsera lourdement
sur moi. Mais si, au contraire, tu aimes mieux servir ma réputation et ma gloire, sors avec la foule
odieuse de tes complices, va retrouver ton Mallius,
soulève tous les mauvais citoyens, sépare-toi des
bons, porte tes armes contre ta patrie, abandonne-
toi aux fureurs d'une guerre impie, d'une guerre de
brigands. Alors on ne pourra plus dire que je t'ai

rejeté parmi des étrangers ; je n'aurai fait que t'inviter à rejoindre tes amis.

Mais qu'est-il besoin, après tout, de t'y inviter, quand je sais que tu as déjà envoyé en avant des affidés qui doivent, au forum d'Aurélius, t'attendre les armes à la main ; que tu as réglé et fixé avec Mallius le jour de votre rendez-vous? Et cette aigle d'argent, qui, j'en ai la confiance, vous conduit à votre perte, et vous sera fatale, à toi et à tous les tiens ; cette aigle à laquelle tu as dressé, dans ta maison, un autel consacré par tes crimes, ne sais-je pas que tu l'as déjà envoyée devant toi? Pourrais-tu rester plus longtemps séparé de cette divinité, que tu ne manquais jamais d'adorer en partant pour un assassinat, et dont plus d'une fois tu ne quittas les autels que pour aller tremper tes mains impies dans le sang de tes concitoyens?

X. Tu vas donc enfin partir là où, depuis longtemps, un désir effréné et furieux t'entraînait. Ce départ, loin de t'affliger, te cause une sorte de joie inexprimable. Voilà pour quelles fureurs la nature t'a fait naître, tes inclinations t'ont préparé, la fortune a préservé tes jours ! Ennemi du repos, la guerre elle-même, si elle n'était sacrilége, n'eut jamais de charmes pour toi. Aussi as-tu su trouver une armée composée d'hommes perdus, abandonnés de la fortune et même de l'espérance, un ramassis des plus vils scélérats.

Au milieu d'eux, quel contentement tu vas goûter ! quelle joie, quel ravissement, quel délire et quelle ivresse, lorsque, dans cette foule immense des tiens, tu n'entendras pas un seul honnête homme, tu n'en verras pas un seul ! C'était sans doute afin de te préparer à cette glorieuse vie que tu t'exerçais à ces travaux tant vantés, à coucher sur la dure, pour attenter à l'honneur des familles et pour guetter l'occasion d'un meurtre; à veiller toute la nuit, non-seulement pour profiter du sommeil des maris, mais encore pour dépouiller tes victimes. Allons, voici le moment de signaler cette merveilleuse énergie à supporter la faim, le froid, et les privations de toutes sortes dont tu vas bientôt te sentir accablé.

J'ai du moins gagné quelque chose en te faisant écarter du consulat; grâce à moi, la république pourra bien être attaquée par un banni; elle ne sera pas déchirée par un consul : ton impie attentat pourra s'appeler une attaque de brigands; une guerre, jamais.

XI. Maintenant, pères conscrits, il est un reproche que la patrie pourrait m'adresser avec une sorte de justice, et contre lequel je veux protester et me défendre. Prêtez, je vous en conjure, une oreille attentive à mes paroles, et gravez-les profondément dans votre cœur, dans votre mémoire. Si la patrie, en effet, qui m'est bien plus chère que la vie, si toute l'Italie, si la république entière venait me dire : « M. Tullius, que fais-tu? voici un homme que tu as reconnu être mon ennemi; que tu vois prêt à porter la guerre dans mon sein; que des rebelles attendent, tu le sais, dans leur camp, pour saluer en lui leur général; qui, auteur de la plus criminelle entreprise, chef d'une conjuration, soulève les esclaves et les plus mauvais citoyens; et cet homme, tu le laisses partir, sans voir que ce n'est point l'expulser de Rome, mais le déchaîner contre elle? et tu n'ordonneras pas qu'il soit chargé de fers, traîné à la mort, livré au dernier supplice?

« Après tout, qui t'arrête? Les usages de nos ancêtres? mais, plus d'une fois, de simples particuliers, dans cette république, voyant des citoyens en compromettre la sûreté, les ont frappés de mort. Les lois relatives au supplice des citoyens romains? mais jamais, dans cette ville, ceux qui se sont révoltés contre l'État, n'ont conservé leurs droits de citoyens.

Craindrais-tu les reproches de la postérité? ce serait témoigner une belle reconnaissance au peuple romain, qui, ne te connaissant que par toi-même, et sans que tu fusses recommandé par le nom de tes ancêtres, t'a si promptement élevé, de dignités en dignités, jusqu'à la magistrature suprême, si la crainte de l'opinion ou de je ne sais quels périls, t'empêche d'assurer le salut de tes concitoyens!

Mais, si c'est le blâme que tu redoutes, pourquoi craindre plutôt celui qui s'attacherait à une courageuse sévérité que celui qui flétrirait une coupable faiblesse? Ah! quand l'Italie sera désolée par la guerre, que les villes seront saccagées, les maisons en feu, penses-tu alors n'être pas dévoré par les flammes vengeresses de l'indignation publique? »

XII. A ces paroles sacrées de la patrie, aux secrètes pensées de ceux qui les approuvent, je répondrai en peu de mots. Oui, pères conscrits, si j'avais cru que le meilleur parti à prendre fût de mettre à mort Catilina, je n'aurais pas laissé ce misérable gladiateur vivre une heure de plus. Car si autrefois les plus grands, les plus illustres citoyens, en frappant Saturninus, les Gracques, Flaccus, et tant d'autres avant eux, bien loin de ternir leur propre gloire, l'ont au contraire rendue plus éclatante, à coup sûr je n'avais pas à craindre que la mort d'un parricide, de l'assassin de ses concitoyens, attirât jamais sur ma tête la réprobation de la postérité. Et quand même je serais certain de ne pouvoir m'y soustraire, j'ai toujours vécu dans ces sentiments, que la disgrâce encourue pour avoir fait son devoir est moins une disgrâce qu'un titre d'honneur.

Mais il est, dans cette assemblée même, quelques hommes assez malheureux pour ne pas voir les périls qui nous menacent, ou pour feindre de ne les point voir : ce sont eux qui ont entretenu les espérances de Catilina, par le peu d'énergie de leurs résolution, et qui, en refusant de croire à la conjuration naissante, l'ont fortifiée. Leur opinion est une autorité pour bien des gens, ou méchants, ou trompés, qui, si j'avais sévi contre Catilina, n'auraient pas manqué de crier à la cruauté, à la tyrannie. Une fois au contraire qu'il aura exécuté son projet et qu'il se sera rendu au camp de Mallius, personne, je le vois bien, ne sera assez aveugle pour ne pas comprendre qu'il existe une conjuration, ou assez pervers pour ne pas en convenir. D'un autre côté, que Catilina seul périsse, et le mal dont la république est menacée pourra bien être conjuré un instant, mais il ne saurait être détruit pour toujours. C'est quand lui-même se sera jeté hors de ces murs, qu'il aura emmené avec lui tous ses complices, ramassé de toutes parts et réuni autour de lui tous ces misérables engloutis dans le naufrage de leur fortune, c'est alors seulement que sera éteint et étouffé cet incendie qui couve depuis si longtemps au sein de la république, et avec lui disparaîtra le germe, la semence de tous les fléaux.

XIII. Voilà bien longtemps en effet, pères conscrits, que cette conjuration nous fait vivre au milieu des alarmes et des périls ; mais, je ne sais par quelle fatalité, tous ces crimes, toute cette fureur invétérée, ces audacieux attentats ont lentement mûri pour éclater précisément sous mon consulat. Si, dans cette troupe de brigands, vous frappez seulement celui-ci, nous pourrons bien paraître délivrés pour quelque temps de nos inquiétudes et de nos craintes, mais le danger n'en subsistera pas moins, enfermé en quelque sorte au cœur même et dans les entrailles de la république. Voyez l'homme atteint d'une grave maladie, quand l'ardeur de la fièvre le consume, s'il boit de l'eau glacée, il semble un instant ranimé ; mais c'est pour retomber bientôt sous l'étreinte d'un

mal plus grave et plus violent. Il en est de même
du mal dont souffre la république; calmé un instant
par le châtiment de Catilina, il reparaîtra plus violent, si nous laissons vivre les autres coupables, et
s'aggravera encore.

Ainsi donc, pères conscrits, que les méchants se
retirent; qu'ils se séparent des bons; qu'un mur enfin,
je le répète encore, les sépare de nous; qu'ils cessent
d'attenter à la vie du consul jusque dans sa maison,
d'environner le tribunal du préteur urbain, d'assiéger
en armes le sénat dans le lieu de ses délibérations,
de préparer des torches et des flèches incendiaires
pour mettre le feu à la ville ; enfin que chacun porte
gravés sur son front les sentiments qui l'animent.
Alors je vous le promets, pères conscrits, telle sera
notre vigilance, à nous, consuls, telle sera l'autorité
de vos décrets, tel sera le courage des chevaliers et
l'accord de tous les gens de bien, qu'à peine Catilina sorti de Rome, vous verrez tous ses complots à
découvert, au grand jour, puis étouffés et punis.

Que ces présages, Catilina, t'accompagnent, pour le
salut de la république, pour ton malheur et ta ruine,
pour la perte de ceux qui te sont unis par les liens
du crime et du parricide ; pars pour cette guerre
impie et sacrilége. Et toi, Jupiter Stator, dont le
culte fut fondé par Romulus sous les mêmes auspices que cette ville elle-même ; toi, le conservateur
de Rome et de l'empire, car c'est le nom que nous
te donnons à juste titre, tu protégeras contre les
fureurs de ce monstre et de ses complices les autels
et les temples des autres dieux, les maisons de la
ville, ses remparts, la vie, la fortune de tous les
citoyens. Et tous ces persécuteurs des honnêtes gens,
ces ennemis de la patrie, ces dévastateurs de l'Italie,
ces scélérats unis entre eux par un pacte abominable, tu les châtieras, vivants et morts, par d'éter-
nels supplices.

DEUXIÈME DISCOURS CONTRE CATILINA

AUX ROMAINS.

Analyse. — Se voyant découvert, et effrayé des menaces énergiques du consul, Catilina s'était retiré pendant la nuit avec
trois cents conjurés et était allé se mettre à la tête du camp
de Mallius. Cicéron avait aussitôt convoqué le sénat, et pendant que ses membres s'assemblaient, il monta à la tribune
et prononça devant le peuple ce discours où il témoigne la joie
que lui cause la retraite de Catilina. Il démontre qu'il n'est
plus à craindre, mais qu'il faut se tenir en garde contre ses
complices restés dans Rome. Il annonce à ces derniers qu'ils
seront traités avec rigueur s'ils persistent dans leurs criminels projets. Il oppose aux ressources de Catilina les forces de
la république. Enfin il exhorte les citoyens à veiller autour
de leurs maisons et même à les fortifier : de son côté il prendra soin de tout le reste.

1. Enfin, Romains, enfin ce L. Catilina, qui, dans sa
fureur audacieuse, courait tout haletant après le
crime, qui, dans sa rage impie, préparait la ruine
de Rome et vous menaçait, vous et votre ville, du
poignard et de l'incendie, nous l'avons donc chassé
de Rome, ou, si l'on veut, nous lui en avons ouvert
les portes; ou bien encore nous l'avons vu partir vo-
lontairement, et nous l'avons accompagné de nos
adieux. Il est parti, il a quitté la place, il s'est enfui,
il s'est élancé loin de nous. Désormais ce forcené,
ce monstre, ne travaillera plus, au sein même de la
ville, à la perte de la ville. C'était l'unique chef de
cette guerre intestine, et le voilà vaincu sans conteste. Nous ne sentirons plus son poignard auprès
de notre poitrine; nous n'aurons plus, au champ de
Mars, au Forum, dans la Curie, et au sein même de

nos pénates, à trembler sans cesse devant lui. Il a perdu tout ce qui faisait sa force, le jour où il a dû quitter Rome. C'est maintenant ouvertement, contre un ennemi de guerre, que nous allons, sans que personne s'y oppose, entreprendre une campagne régulière. Nous avons, sans aucun doute, rendu sa perte certaine et remporté sur lui une éclatante victoire, en forçant ce ténébreux conspirateur d'arborer ouvertement l'étendard du brigandage.

Mais n'avoir pu teindre son poignard de mon sang, comme il le voulait; me savoir vivant et partir d'ici; s'être vu arraché le fer des mains par moi, laisser les citoyens pleins de vie et ces murailles debout, quel chagrin pour lui, quelle affliction, quel désespoir! Le voilà maintenant terrassé, Romains; il se sent frappé et renversé; ses regards se retournent plus d'une fois sans doute sur cette ville, qu'il pleure de voir échapper à sa rage, et qui tressaille d'allégresse en songeant que, ce rebut impur, elle a pu le vomir de son sein et le rejeter loin d'elle.

II. Si cependant quelqu'un d'entre vous, animé de sentiments que vous devriez tous partager, venait, à propos de ce départ de Catilina, que je proclame comme une victoire, comme un triomphe, me reprocher amèrement de ne pas m'être assuré d'un ennemi si redoutable, et de l'avoir laissé partir, je lui répondrais, citoyens, que la faute n'en est pas à moi, mais aux circonstances. Oui, Catilina aurait dû périr, et depuis longtemps, et par les plus cruels supplices; tout m'en faisait un devoir, les coutumes de nos ancêtres, le pouvoir redoutable remis entre mes mains, l'intérêt de la république. Mais que de gens, songez-y bien, ne croyaient pas aux complots que je dénonçais! combien d'insensés les traitaient de chimères! combien même cherchaient à les justifier! combien de méchants y prêtaient les mains! Si cependant j'avais pu croire que la mort de Catilina dût conjurer tout péril, il y a longtemps qu'au prix de mon repos, au prix même de ma vie, je vous aurais délivrés de ce monstre.

Mais sachant que vous êtes loin d'être tous convaincus, je sentais bien que, le livrer au supplice, comme il le méritait, c'était soulever contre moi une haine qui m'eût ôté les moyens de poursuivre ses complices. J'ai donc voulu vous mettre en état de le combattre au grand jour, en le laissant se déclarer ouvertement votre ennemi. Et cet ennemi, citoyens, vous pouvez juger combien je le trouve redoutable, maintenant qu'il est hors de Rome, puisque je regrette même qu'il n'en soit pas sorti avec de plus nombreux satellites. Que n'a-t-il emmené avec lui toutes ses forces! Il nous a emmené un Tongilius, qu'il avait commencé à aimer du temps qu'il portait encore la robe prétexte; un Publicius, un Munatius, dont les dettes, contractées pour aller au cabaret, ne pouvaient troubler l'État. Mais quels hommes il nous a laissés! combien ceux-là sont à craindre par l'énormité de leurs dettes, par leur influence, par le nom qu'ils portent!

III. Pour moi, quand je considère d'une part l'armée de Catilina et de l'autre nos légions gauloises, les levées que Q. Métellus vient encore de faire dans le Picénum et dans la Gaule, et les forces que je rassemble moi-même chaque jour, j'ai le plus profond mépris pour ce ramassis de vieillards sans ressources, de grossiers libertins, de paysans dissipateurs, de débiteurs qui font défaut en justice, plutôt que d'abandonner le drapeau de la conjuration, de gens enfin, auxquels il me suffirait de montrer, non pas nos soldats en bataille, mais simplement l'édit des préteurs pour les anéantir. Il en est d'autres que je vois voltiger dans le Forum, assiéger les portes

de la Curie, entrer même dans le sénat, tout luisants
de parfums, tout éclatants de pourpre : voilà les
soldats que j'aurais voulu le voir emmener avec lui.
S'ils restent ici, souvenez-vous que c'est moins l'armée des rebelles que les déserteurs de cette armée
qui sont redoutables pour nous. Et nous devons d'autant plus les craindre que, me sachant instruit de
leurs projets, ils n'en sont nullement émus.

Je vois celui à qui l'Apulie est échue en partage,
celui qui doit avoir l'Étrurie, celui qui est chargé
du Picénum, celui qui se rendra en Gaule, celui
qui a sollicité le honteux honneur de surprendre Rome
et d'y porter le carnage et l'incendie. Toutes leurs
résolutions de l'avant-dernière nuit m'ont été dé-
noncées ; ils le savent ; je les ai dévoilées hier au
sénat. Catilina lui-même a eu peur, il a pris la fuite ;
ceux-ci, qu'attendent-ils ? Certes, ils se trompent
étrangement, s'ils espèrent que ma longue complai-
sance ne se lassera jamais.

IV. Le but que je me proposais, je l'ai atteint, car
maintenant vous voyez tous qu'une conjuration manifeste a été tramée contre la république ; je ne suppose pas, en effet, que personne puisse admettre que
les parents de Catilina ne partagent point ses projets.
Le temps de l'indulgence est passé ; la sévérité, voilà
ce que réclament les circonstances. Je leur accor-
derai pourtant une grâce encore : qu'ils sortent de
Rome, qu'ils s'éloignent ; qu'ils ne laissent pas Catilina se consumer misérablement dans l'impatience
de les revoir. Je leur indiquerai le chemin : il est
parti par la voie Aurélia : s'ils veulent se hâter, ce
soir ils l'auront rejoint.

Heureuse la république, si elle pouvait rejeter
cette fange impure ! Déjà, rien que pour s'être dé-
barrassée de Catilina, Rome semble respirer plus
librement et revenir à la vie. Quelle mauvaise action,

en effet, quel crime pourrait-on imaginer ou se
figurer, dont cet homme n'ait conçu la pensée?
Est-il dans toute l'Italie un empoisonneur, un gladiateur, un brigand, un assassin, un parricide, un
fabricateur de testament, un fripon, un libertin,
un débauché, un adultère, une femme perdue, un
corrupteur de la jeunesse, un être souillé et dégradé,
qui ne confesse avoir vécu avec Catilina dans une
étroite intimité? Où trouver, depuis quelques années,
un meurtre dont il ne se soit fait le complice, une
débauche infâme dont il n'ait été le ministre?

Qui d'ailleurs a jamais possédé à un si haut point
l'art de séduire la jeunesse? Brûlant pour les uns de
la plus criminelle passion, il se prêtait complaisam-
ment aux désordres des autres; il promettait à
ceux-ci la satisfaction de leurs désirs; à ceux-là la
mort de leurs parents, se faisant l'instigateur, et,
au besoin, l'auxiliaire de leur crime. Aussi avec
quelle promptitude avait-il su trouver, non-seule-
lement dans la ville, mais encore dans la campagne, une foule innombrable de scélérats pour les
grouper autour de lui! Il n'y a pas dans Rome, il
n'y a pas dans le moindre coin de l'Italie, un homme
écrasé de dettes, qu'il n'ait fait entrer dans cette
monstrueuse et criminelle association.

V. Pour vous faire une idée de la diversité de ses
goûts, dans les genres les plus opposés, sachez qu'il
n'existe pas, dans une école de gladiateurs, un audacieux capable d'un coup hardi, qui ne se dise l'ami
de Catilina; mais en même temps il n'y a pas sur le
théâtre un histrion frivole et dissolu, qui ne se vante
d'avoir été, pour ainsi dire, son compagnon de débauches. Et c'est ce même homme qui, endurci par
la pratique de l'adultère et du crime, à supporter le
froid, la faim, la soif et les veilles, était vanté par les
siens comme un prodige de courage, alors qu'il épui-

sait toutes les ressources de son énergie, toute son
aptitude pour le bien, au profit du libertinage et de
la scélératesse.

Ah! si ses compagnons voulaient le suivre, s'il
quittait Rome, ce hideux troupeau d'hommes perdus,
quelle joie pour nous, quel bonheur pour la république, quelle gloire éclatante pour mon consulat!
Aujourd'hui, en effet, les passions de ces hommes
ne connaissent plus de bornes; leur monstrueuse
audace ne saurait se tolérer plus longtemps; ils ne
rêvent plus que meurtres, incendies, pillage. Leur
patrimoine, ils l'ont dissipé; leur fortune, ils l'ont
engloutie; l'argent leur manque depuis longtemps,
le crédit même a commencé à leur faire défaut; mais,
comme jadis au sein de l'opulence, ils ont conservé
leurs désirs effrénés. Si du moins dans le vin et dans
le jeu ils ne cherchaient que les plaisirs de l'orgie et
du libertinage, il faudrait, sans doute, désespérer
d'eux; cependant on les tolérerait. Mais comment
supporter que la lâcheté déclare la guerre au courage, la sottise à la sagesse, l'ivrognerie à la sobriété,
le sommeil à la vigilance? Les voyez-vous, couchés
autour d'une table, abrutis par le vin, gorgés de
nourriture, couronnés de guirlandes, inondés de parfums, énervés par la débauche, laissant échapper,
au milieu des hoquets, des menaces de mort contre
les honnêtes gens, d'incendie contre Rome!

Mais, j'en ai l'assurance, quelque grande catas-
trophe est suspendue sur leur tête, et le châtiment
depuis longtemps dû à leur perversité, à leur scélératesse, à leurs crimes, à leurs turpitudes, ou va les
atteindre sur-le-champ, ou bien est près de les frapper. Si mon consulat, impuissant à guérir ces membres gangrenés, les retranche du corps de la république, ce ne sera pas pour quelques jours, mais
pour plusieurs siècles qu'il en aura prolongé l'exis-

tence. Il n'est point au monde de nation que nous puissions craindre, de roi en état de faire la guerre au peuple romain. Au dehors, la vertu d'un héros a, sur terre et sur mer, rétabli partout la paix. Il nous reste la guerre domestique; c'est au dedans que sont les embûches, au dedans qu'est renfermé le péril, au dedans qu'est l'ennemi. C'est avec la débauche, la folie, le crime qu'il nous faut lutter. Voilà, Romains, la guerre pour laquelle je me déclare votre chef; j'assume sur ma tête toute la haine des scélérats. Les plaies guérissables, je les guérirai à tout prix; s'il y a des membres à retrancher, je ne permettrai pas qu'ils subsistent pour la perte de l'État. Ainsi donc, que ces misérables sortent, ou bien qu'ils restent en repos; ou, s'ils ne veulent ni quitter la ville, ni renoncer à leurs desseins, ils doivent s'attendre aux châtiments qu'ils méritent.

VI. Mais il y a des gens, Romains, qui prétendent que j'ai pris sur moi d'exiler Catilina. Ah! s'il ne fallait qu'un mot de ma bouche, j'exilerais aussi ceux qui tiennent ce langage. Oui, sans doute, Catilina est un homme timide et modeste à l'excès : il n'a pu soutenir la voix du consul. Au premier mot d'exil, il s'est soumis, il s'en est allé. Eh bien, citoyens, hier, après avoir failli être assassiné dans ma maison, je convoquai le sénat dans le temple de Jupiter Stator : je révélai tout aux pères conscrits. Lorsque Catilina vint à paraître, quel sénateur lui adressa la parole? qui le salua? qui ne le regarda de l'œil dont on regarde, je ne dis pas un mauvais citoyen, mais le plus redoutable des ennemis? Que dis-je, les plus illustres membres de cette assemblée, fuyant cette partie des siéges où il allait prendre place, la laissèrent vide et inoccupée.

C'est alors que moi, moi ce consul impitoyable, qui d'un mot envoie les citoyens en exil, je demandai

2

à Catilina s'il était vrai ou non qu'il eût fait partie, chez Léca, d'un conciliabule nocturne. Alors cet homme, d'ordinaire si audacieux, convaincu par le témoignage de sa conscience, se tut d'abord, et je dévoilai toute la conjuration ; ses menées pendant cette même nuit, les résolutions arrêtées pour la suivante, les plans qu'il avait adoptés pour la conduite de la guerre, je fis tout connaître. Puis, le voyant interdit, confondu, je lui demandai pourquoi il balançait à suivre la route que dès longtemps il avait résolu de prendre, puisqu'il avait déjà fait partir devant lui, je le savais, les armes, les haches, les faisceaux, les trompettes, les étendards, et même cette aigle d'argent, à laquelle il avait dressé dans sa maison un autel consacré par ses crimes.

J'envoyais en exil celui que je savais avoir déjà commencé la guerre? Et en effet, je le crois, ce Mallius, un simple centurion, qui est venu camper près de Fésules, c'est en son propre nom qu'il a déclaré la guerre au peuple romain ; cette armée, ce n'est pas Catilina qu'elle attend pour général ; et lui, contraint de s'exiler, c'est à Marseille, comme ils le disent, et non au camp de Fésules qu'il va se retirer.

VII. O quelle triste condition que d'avoir la république, je ne dis pas à gouverner, mais encore à sauver! Aujourd'hui que L. Catilina, se trouvant, grâce à ma prévoyance, à mes efforts, à mon dévouement, enveloppé de toutes parts et affaibli, vienne à s'effrayer tout à coup et à changer de résolution ; qu'abandonnant les siens, il s'arrête dans cette carrière du crime et de la rébellion, pour fuir et prendre le chemin de l'exil ; ce ne sera plus alors un misérable dont j'aurai désarmé l'audace, dont ma vigilance aura confondu et déconcerté les projets, anéanti les espérances et les efforts ; non, ce sera un citoyen condamné sans procès, un innocent jeté en

exil par la violence et les menaces du consul : voilà
ce que l'on dira, et il ne manquera pas de gens qui,
s'il prend ce parti, verront en lui, non pas un scélérat, mais un infortuné, et qui me représenteront,
non pas comme un consul plein de zèle, mais comme
le plus cruel des tyrans.

Eh bien, je consens, Romains, à essuyer l'orage
d'une aveugle et injuste prévention, pourvu que j'é-
loigne de vous le péril de cette guerre horrible et
sacrilége. Qu'on dise, si l'on veut, que c'est moi qui
ai chassé Catilina, pourvu qu'il s'en aille en exil.
Mais, vous pouvez m'en croire, il n'ira pas. Pour
moi, Romains, jamais je ne demanderai aux dieux
immortels, pour confondre la calomnie, qu'on vienne
vous dire un jour : « Catilina s'avance avec une armée de rebelles; il voltige à la tête de ses troupes,
les armes à la main. » Cependant voilà ce qu'on dira
avant trois jours, et si je crains d'encourir quelques
reproches dans la suite, ce sera plutôt pour l'avoir
laissé partir que pour l'avoir chassé. Mais puisqu'il
y a des hommes qui, lorsqu'il est simplement parti,
le disent chassé, si je l'avais fait mettre à mort, que
diraient-ils donc ?

Du reste, ceux qui répètent que Catilina se rend à
Marseille, s'en plaignent moins qu'ils ne le craignent.
Il n'est personne parmi eux qui, tout en s'apitoyant
sur le sort de Catilina, ne préfère le voir dans le
camp de Mallius qu'à Marseille. Quant à lui, je vous
l'affirme, lors même qu'il n'eût jamais formé le dessein qu'il accomplit aujourd'hui, il aimerait encore
mieux périr en brigand que de vivre en exilé. Toutefois, comme jusqu'ici rien n'a jamais contrarié sa
volonté et ses vœux, si ce n'est cependant de n'avoir
pu m'ôter la vie avant de quitter Rome, souhaitons
qu'il aille vraiment en exil, bien loin de nous en
plaindre.

VIII. Mais pourquoi parler si longtemps d'un seul ennemi, d'un ennemi désormais reconnu comme tel, et qui, maintenant qu'un mur nous sépare de lui, ne m'inspire plus aucune crainte? Et ceux qui se cachent, qui restent à Rome, qui vivent au milieu de nous, n'en dirons-nous rien? Ceux-là, Romains, je cherche bien moins à en tirer vengeance qu'à les guérir, s'il est possible, et à les réconcilier avec la république. Et je ne vois pas ce qui m'empêcherait d'y parvenir, s'ils veulent seulement écouter ma voix. Je vous ferai connaître d'abord, citoyens, de quelles classes d'hommes se compose la troupe de Catilina ; et puis à chacune d'elles j'apporterai, si je le puis, le secours de mes conseils et de ma parole.

La première classe comprend ceux qui, devant beaucoup, possèdent plus encore, mais qui, tenant trop à leurs biens pour s'en détacher, n'ont aucun moyen de s'acquitter. Ce sont, entre tous, ceux qui ont les dehors les plus honorables, car ils sont riches ; mais, au fond, leurs prétentions, leurs motifs sont révoltants au dernier point. Eh quoi ! terres, palais, argenterie, esclaves, richesses de toute sorte, rien ne vous manque, rien ne vous fait défaut, et vous hésitez à diminuer vos possessions pour accroître d'autant votre crédit? Sur quoi donc comptez-vous? sur la guerre? Mais, dans la dévastation générale, pouvez-vous espérer que vos propriétés seules soient inviolables? Sur l'abolition des dettes? Ils se trompent ceux qui l'attendent de Catilina. C'est à moi qu'ils la devront, car je les forcerai à mettre leurs biens en vente ; c'est le seul moyen, pour les propriétaires obérés, d'échapper à la ruine. S'ils avaient voulu y recourir plus tôt, ils n'auraient pas (ce qui est le comble de la sottise), employé les revenus de leurs domaines à lutter contre l'usure ;

ils seraient aujourd'hui plus riches et meilleurs citoyens. Mais, du reste, ces hommes me semblent assez peu redoutables, car on peut les ramener de leur égarement, ou, s'ils y persistent, je les crois plus capables de former des vœux impies contre la république que de s'armer contre elle.

IX. La seconde classe se compose d'hommes qui, bien qu'écrasés de dettes, se croient cependant assurés de la domination : ils veulent le pouvoir, et, sans espoir d'arriver aux honneurs tant que la république sera tranquille, ils comptent bien y atteindre à la faveur d'un bouleversement. A ceux-là je crois devoir donner un conseil, un seul, il est vrai, et le même que j'adresse à tous les autres, c'est de renoncer à voir leurs espérances se réaliser. Avant tout, qu'ils sachent bien que je ne m'endors pas, que je suis là, que je veille sur la république ; ensuite, que les citoyens honnêtes sont pleins de courage, unis entre eux, très-nombreux et soutenus par des forces imposantes ; qu'enfin les dieux immortels, pour protéger ce peuple invincible, ce glorieux empire et cette reine des cités, contre une tentative aussi criminelle, seront toujours prêts à nous apporter un secours efficace. Et d'ailleurs, quand ils auraient obtenu déjà ce qu'ils convoitent avec tant de fureur, pensent-ils donc qu'au milieu de Rome en cendres, noyée dans le sang des citoyens, ils verraient se réaliser leurs espérances sacriléges et impies, et qu'on les proclamerait consuls, dictateurs, ou même rois? Ils ne voient donc pas que ce pouvoir qu'ils ambitionnent, le jour où ils l'auraient obtenu, il leur faudrait le céder à quelque esclave fugitif, à quelque gladiateur?

La troisième classe comprend des hommes déjà sur le déclin de l'âge, mais dont l'exercice a entretenu la vigueur : à cette classe appartient Mallius,

2.

que Catilina est allé remplacer. Ils font partie de ces
colonies, jadis fondées par Sylla, colonies formées,
en général, de citoyens honnêtes et courageux, je le
sais ; mais il en est parmi eux qui, maîtres de richesses inespérées, soudaines, ont fait de leur fortune un somptueux et insolent étalage. Ils ont voulu
bâtir, comme les grands, avoir des domaines, des
équipages, de nombreux esclaves, une table somp-
tueuse, et ils se sont tellement endettés que, pour
sortir de l'abîme, il leur faudrait évoquer Sylla des
enfers. Il n'est pas jusqu'à des paysans, obscurs et
pauvres, auxquels ils n'aient fait espérer le retour
des anciennes déprédations. Les uns et les autres,
Romains, je les range dans la même classe ; ce sont
des brigands et des pillards. Mais je les avertis d'une
chose : qu'ils renoncent à leurs projets insensés, et
cessent de rêver proscription et dictature. Ces sou-
venirs néfastes sont si douloureusement gravés au
cœur de la république, que non-seulement les hommes,
mais les brutes elles-mêmes, ne permettraient jamais
qu'on les fît revivre.

X. La quatrième classe est un mélange confus
d'hommes turbulents, depuis longtemps engloutis,
sans pouvoir se sauver jamais : soit indolence, soit
mauvaise gestion de leurs biens, soit prodigalité, ils
sont écrasés de dettes déjà anciennes, et fléchissent
sous le poids. Fatigués d'assignations, de sentences,
de saisies, ils ont, dit-on, déserté en foule la ville et
les campagnes pour courir au camp des révoltés.
Pour ceux-là, je vois en eux bien moins des soldats
intrépides que d'indolents fripons. S'ils ne peuvent
se soutenir, qu'ils tombent, mais que du moins ni la
république, ni même leurs plus proches voisins ne
s'aperçoivent de leur chute. Car je ne vois pas trop
pourquoi, ne pouvant vivre avec honneur, ils veulent
mourir dans la honte, ni comment il peut leur sem-

bler moins affreux de périr en nombreuse compagnie
que de périr seuls.

La cinquième classe est celle des parricides, des
assassins, des scélérats de toute espèce. Ceux-là, je
ne les dispute point à Catilina, car on ne saurait les
détacher de lui ; et d'ailleurs, puissent-ils mourir au
sein du brigandage, puisqu'ils sont si nombreux
qu'aucune prison ne saurait les contenir. Enfin la
classe qui est la dernière, non-seulement dans l'ordre
numérique, mais encore par le caractère et le genre
de vie de ceux qui la composent, nous montre les
véritables hommes de Catilina, les soldats de son
choix, que dis-je, ses délices, ses plus chères amours.
On les reconnaît à leurs cheveux bien peignés et
luisants de parfums, à leur visage ou sans barbe ou
garni d'une barbe artistement arrangée. Ils ont des
tuniques qui leur couvrent les bras et descendent
jusqu'aux talons, et portent des voiles transparents
plutôt que des toges ; hommes pleins d'énergie et
capables de supporter les plus longues veilles : voyez-
les plutôt rester bravement à table jusqu'au retour
de l'aurore.

C'est dans ce vil troupeau que l'on rencontre tous les
joueurs, tous les adultères, tous les hommes impurs
et débauchés. Ces enfants, si aimables, si délicats,
ne bornent pas leurs talents à savoir chanter et danser : ils savent aussi comment on manie un poignard,
comment on verse du poison. S'ils ne sortent de
Rome, s'ils ne périssent, Catilina lui-même aura beau
disparaître, nous aurons encore, sachez-le bien, dans
la république, une pépinière de Catilinas. Mais enfin,
à quoi songent ces malheureux ? emmèneront-ils avec
eux leurs courtisanes dans les camps ? Mais comment
s'en passer, surtout pendant ces nuits d'hiver ? Et
eux-mêmes, pourront-ils supporter les frimas et les
neiges de l'Apennin ? Après cela, ils se croient peut-

être préparés à braver les rigueurs de l'hiver par l'habitude qu'ils ont de danser nus dans les festins.

XI. O la triste guerre, où Catilina, pour garde prétorienne, aura cette cohorte impudique! Préparez maintenant, Romains, contre une milice si brillante, vos garnisons et vos armées; et d'abord, à ce gladiateur épuisé, blessé, opposez vos consuls et vos généraux; ensuite, contre cette poignée de naufragés, jetés à demi morts sur le rivage, faites marcher l'élite et la fleur de toute l'Italie. Les villes de nos colonies et de nos municipes vaudront sans doute bien les collines et les broussailles qui servent de forteresses à Catilina. Je ne parle pas de nos autres ressources, de tout ce qui nous rend grands et puissants; tout cela, je me garderai bien de le comparer avec la détresse et le dénûment de ce brigand.

Mais laissons là tout ce qui vous rend forts et qui lui manque à lui : le sénat, les chevaliers romains, le peuple, la ville, le trésor public, les revenus de l'État, l'Italie entière, toutes les provinces, les nations étrangères; faisons, dis-je, abstraction de tout cela, et bornons-nous à comparer entre elles les deux causes qui sont en présence; ce parallèle seul nous fera beaucoup mieux comprendre toute la faiblesse de nos adversaires. Je vois aux prises la pudeur et l'effronterie, la chasteté et la débauche, la loyauté et la mauvaise foi, la piété et le crime, le calme et le délire, l'honneur et la turpitude, la continence et le désordre; enfin l'équité, la tempérance, le courage, la prudence, toutes les vertus, en un mot, luttent contre l'iniquité, la luxure, la lâcheté, la témérité, les vices de toutes sortes : c'est un conflit entre l'opulence et la misère, la raison et la folie, le bon sens et l'aveuglement, les espérances légitimes et le plus complet désespoir. Dans une lutte, dans un combat de cette sorte, quand bien même le zèle des hommes viendrait à faillir, les dieux immortels eux-mêmes ne voudront-ils pas assurer le triomphe de ces éclatantes vertus sur tant de vices odieux?

XII. Dans de telles circonstances, Romains, multipliez autour de vos demeures, comme vous l'avez fait jusqu'ici, les sentinelles et les postes chargés de les défendre : de mon côté, je veille à la sûreté de la ville, et je la protégerai sans troubler votre repos, sans provoquer le plus léger tumulte ; j'ai pris pour cela toutes les mesures et toutes les précautions nécessaires. Toutes vos colonies, tous vos municipes, informés par moi de la sortie nocturne de Catilina, défendront facilement leurs villes et leurs territoires ; les gladiateurs, dont il espérait former ses bataillons les plus nombreux et les plus sûrs, sont encore mieux intentionnés que bien des patriciens : j'ai du reste des forces suffisantes pour les contenir. Q. Métellus, qu'en prévision de ces événements, j'avais envoyé d'avance dans la Gaule et dans le Picénum, écrasera ce misérable, ou paralysera tous ses mouvements, tous ses efforts. Quant aux autres mesures qu'il faut ordonner, presser ou exécuter, je vais en référer au sénat, qui, vous le voyez, est prêt à se réunir.

Je reviens à ceux qui sont restés dans la ville, ou plutôt que Catilina a laissés parmi nous, pour la perte de Rome, pour la vôtre à tous. Ce sont des ennemis, à coup sûr ; cependant ils sont nés citoyens, et, à ce titre, je ne veux pas leur ménager les conseils. Mon indulgence a pu sembler extrême ; mais elle attendait que les menées encore secrètes éclatassent ouvertement. Désormais, je ne puis pas oublier que c'est ici ma patrie, que je suis votre consul, que je dois vivre avec vous ou mourir pour vous. Les portes ne sont point gardées, les chemins ne cachent aucune embuscade ; si quelqu'un veut sortir il est libre de le faire. Mais quiconque, resté dans la ville, osera faire un mouvement ; quiconque sera convaincu par moi, je ne dis pas d'un acte, mais d'un projet, de la moindre tentative contre la république, s'apercevra que Rome a des consuls vigilants, qu'elle a des magistrats dévoués, qu'elle a un sénat courageux, qu'elle a des armes, qu'elle a une prison, destinée par nos ancêtres à la punition des grands forfaits, des crimes avérés.

XIII. Et tout cela s'accomplira, Romains, sans que les événements les plus graves provoquent la moindre agitation ; les dangers les plus grands n'exciteront pas le moindre tumulte ; pour apaiser une guerre intestine et domestique, la plus cruelle, la plus menaçante dont les hommes aient gardé le souvenir, il ne faudra pas d'autre chef, d'autre général que moi, et je n'aurai pas besoin de quitter la toge pour tout pacifier. Cette guerre, Romains, je la conduirai de telle sorte que, s'il est possible, aucun des coupables ne subira dans Rome même la peine de son crime. Mais si des attentats trop manifestes et trop audacieux, si le péril imminent de la patrie m'obligent à me départir de ma douceur naturelle, je ferai du moins, je m'y engage, ce que, dans une guerre si redoutable et si menaçante, on n'oserait à peine espérer ; j'aurai soin qu'aucun homme de bien ne périsse, et que le châtiment de quelques scélérats suffise pour vous sauver tous.

Si je prends de pareils engagements, Romains, ce n'est pas sur mes lumières personnelles, ni sur les conseils de l'humaine sagesse que je compte, mais j'ai pour garantie les manifestations nombreuses et irrécusables de la protection des dieux immortels. C'est sous leurs auspices que j'ai fondé mon espérance, formé ma résolution. Aujourd'hui ils ne vous défendent plus à distance, comme autrefois, et contre

un ennemi du dehors, un ennemi venu de loin ; mais,
présents au milieu de vous, ils couvrent de leur divine protection leurs temples et vos maisons. C'est à
eux, Romains, que vous devez adresser vos prières,
vos hommages et vos supplications, pour que cette
ville, dont ils ont voulu faire la plus belle, la plus
florissante, la plus puissante des cités, qu'ils ont
rendue victorieuse de tous ses ennemis, et sur terre
et sur mer, échappe aux fureurs parricides de ses
mauvais citoyens, grâce à leur divine protection.

TROISIÈME DISCOURS CONTRE CATILINA

AUX ROMAINS.

ANALYSE. — Il ne restait plus aucun doute sur la conjuration et sur les funestes desseins des ennemis de la république. Cicéron se présente devant le peuple: il raconte comment l'attentat a été dévoilé par lui en plein sénat, et engage tous les citoyens à se rendre, avec leurs femmes et leurs enfants, dans les temples des dieux pour leur adresser des actions de grâces. De quels périls en effet n'étaient-ils pas menacés si la conjuration, d'où devait surgir la guerre civile, guerre plus horrible que toutes les guerres étrangères, n'eût été étouffée à sa naissance! Il conjure le peuple de le défendre contre l'envie dont il prévoit les attaques, comme lui-même a défendu Rome contre les conjurés. Pour lui, il mettra tous ses efforts à soutenir dignement la gloire qu'il s'est acquise par sa prévoyance.

I. La république, Romains, et, avec elle, votre existence à tous, vos biens, vos fortunes, vos femmes, vos enfants, ce siège même du plus glorieux empire, cette ville si florissante et si belle, tout cela vient aujourd'hui, grâce à l'éclatante protection des dieux immortels, à mes travaux, à ma vigilance, à mon dévouement, d'être arraché à l'incendie, au carnage, à l'abîme, où le destin allait, pour ainsi dire, l'engloutir; Rome est sauvée, elle est rendue à la vie, vous le voyez.

S'il est vrai, Romains, que le jour où nous échappons à la mort n'est pour nous ni moins doux, ni moins solennel que celui qui nous vit naître, parce que la joie de se sentir sauvé est positive, tandis que les conditions auxquelles nous recevons le jour sont bien incertaines, et aussi parce que nous entrons dans la vie sans en avoir conscience, tandis que nous éprouvons une joie ineffable quand nous sommes arrachés au trépas. A ce titre, Romains, puisque, pour avoir été le fondateur de cette ville, Romulus a été divinisé par notre amour, par la voix publique, il aura sans doute quelques droits à votre reconnaissance et à celle de vos descendants le magistrat qui, trouvant Rome fondée et agrandie, l'a préservée de la ruine. La ville entière, ses temples, ses sanctuaires, ses maisons, ses remparts étaient déjà presque minés et enveloppés par l'incendie ; je l'ai étouffé : des glaives étaient levés contre la république, j'en ai émoussé le tranchant ; des poignards vous menaçaient, je les ai détournés de votre poitrine.

Puisque ces complots ont été déjà, dans le sénat, mis en lumière, déroulés, rendus manifestes par mes soins, il me reste maintenant, Romains, à vous les exposer à vous-mêmes en peu de mots. La gravité de la situation, l'évidence du péril, les mesures que j'ai prises pour en suivre la trame et en tenir les fils, sont encore pour vous des mystères dont vous brûlez d'avoir l'explication. Vous allez tout savoir.

II. D'abord, depuis le jour, peu éloigné, où Catilina, sortant brusquement de Rome, y laissa les complices de son crime, les chefs les plus ardents de cette guerre sacrilége, je n'ai cessé de veiller, de prendre des précautions. J'ai voulu qu'en présence de machinations si perfides et si ténébreuses vous n'eussiez rien à redouter. Car, lorsque je chassais Catilina de la ville (je ne crains plus aujourd'hui qu'on me fasse un crime de parler ainsi, mais bien plutôt de l'avoir laissé partir vivant), lorsqu'enfin je voulais en purger notre territoire, je pensais, ou que les autres conjurés partiraient avec lui, ou que ceux qui resteraient sans lui seraient réduits à l'impuissance.

Mais quand je vis ceux que je connaissais comme les plus furieux et les plus criminels se trouver encore au milieu de nous et n'avoir pas quitté Rome, je m'attachai jour et nuit à ce que leurs manœuvres et leurs intrigues ne pussent échapper à ma pénétration et à mes regards. En présence d'un forfait si monstrueux, je devais m'attendre à ce que vos oreilles pussent à peine en croire mes paroles ; aussi ai-je voulu tenir entre mes mains des preuves tellement irrécusables, que vous fussiez bien contraints de pourvoir à votre sûreté le jour où vous verriez le crime de vos propres yeux. Voici donc ce que je parvins à savoir : les députés des Allobroges avaient été travaillés par Lentulus, qui les excitait à allumer la guerre au delà des Alpes et à soulever les Gaulois ; en retournant en Gaule, auprès de leurs compatriotes, et en passant par l'Étrurie, ils devaient remettre à Catilina des lettres et des instructions dont on les avait chargés ; on leur avait donné, pour les accompagner, T. Vulturcius, porteur d'une lettre pour Catilina. Instruit de tous ces détails, je crus enfin avoir trouvé cette occasion, si difficile à rencontrer, et que je demandais si instamment aux dieux immortels, non-seulement de tenir moi-même toute la trame du complot, mais encore de l'exposer à vos regards et à ceux du sénat.

Hier donc, j'appelai chez moi les préteurs L. Flaccus et C. Pomptinus, hommes pleins d'énergie et de dévouement pour la république ; je leur exposai toute l'affaire et leur fis connaître les mesures que je croyais devoir prendre. Eux, en hommes animés envers la patrie des plus nobles et des plus généreux sentiments, se chargèrent, sans hésitation, sans retard, de l'exécution. Lorsque vint le soir, ils se rendirent en secret au pont Milvius, où ils se postèrent séparément, dans deux fermes voisines, de

2.

manière à mettre entre eux le Tibre et le pont. Ils avaient emmené avec eux, à l'insu de tout le monde, un grand nombre d'hommes résolus ; moi-même j'avais envoyé de la préfecture de Réate, comme renfort, une troupe choisie de jeunes gens dont j'emploie chaque jour les services pour assurer le repos de l'État : ils s'y rendirent en armes. Vers la fin de la troisième veille, paraissent sur le pont Milvius, avec une suite nombreuse, les députés des Allobroges ; Vulturcius les accompagne. On se précipite sur eux ; des deux côtés on met l'épée à la main. La chose n'était sue que des préteurs, mais ignorée de tous les autres.

III. L'intervention de Pomptinus et de Flaccus fait cesser le combat qui s'engageait. Toutes les lettres trouvées sur les gens du cortège sont remises, avec les cachets intacts, aux préteurs ; on s'assure de la personne de tous ceux qui étaient là, et, au point du jour, on me les amène. Le plus criminel artisan de ces manœuvres coupables était Gabinius Cimber ; avant qu'il puisse se douter de quelque chose, je le mande auprès moi. Je fais également appeler L. Statilius, et, après lui, C. Céthégus : Lentulus vient ensuite, mais beaucoup plus tard, car, je le suppose du moins, il avait dû, pour expédier ses dépêches, passer, contre son habitude, une partie de la nuit à veiller.

Un grand nombre de citoyens, des plus élevés et des plus distingués, s'étaient, à la nouvelle de ces événements, rassemblés chez moi dès le matin : ils étaient d'avis que j'ouvrisse les lettres avant de les soumettre au sénat, afin que, si elles ne contenaient rien d'important, on ne pût pas m'accuser d'avoir, à la légère, répandu dans Rome d'aussi vives alarmes. Mais je m'y refuse, protestant que, puisque cette affaire intéressait le salut public, je me garderais bien de n'en pas réserver au conseil public la connaissance tout entière. En effet, Romains, quand bien même on n'eût point trouvé dans les lettres la confirmation des rapports qui m'avaient été faits, je ne pensais pas qu'en présence du péril suprême de la république, on pût me reprocher un excès de vigilance. Le sénat, aussi nombreux que possible, est en toute hâte, comme vous l'avez vu, convoqué par mes soins.

En même temps, sur l'avis des Allobroges, le préteur C. Servilius, homme résolu, reçoit la mission d'enlever de la maison de Céthégus toutes les armes qui pouvaient s'y trouver. Il en rapporte une grande quantité de poignards et d'épées.

IV. Je fais entrer Vulturcius sans les Gaulois, et lui garantis, avec l'autorisation du sénat, l'impunité au nom de la république; je l'engage à révéler sans crainte tout ce qu'il sait. Revenu, non sans peine, de sa vive frayeur, il déclare que P. Lentulus lui a remis pour Catilina des instructions et une lettre, afin de l'exhorter à ne pas dédaigner le concours des esclaves et à s'approcher au plus tôt de Rome avec son armée. Son projet était qu'au moment où le feu serait mis à tous les quartiers de la ville, conformément au plan et aux dispositions arrêtés d'avance, et où l'on massacrerait un nombre immense de citoyens, Catilina fût à portée d'arrêter ceux qui voudraient fuir, et d'opérer sa jonction avec les principaux affidés restés dans les murs.

Introduits à leur tour, les Gaulois déposent qu'ils avaient reçu de P. Lentulus, de Céthégus et de Statilius un serment et des dépêches pour leur nation; que ceux-ci, et L. Cassius avec eux, leur avaient recommandé d'envoyer le plus tôt possible de la cavalerie en Italie; quant à l'infanterie, on n'en devait point manquer. Lentulus leur avait de plus

affirmé, sur la foi des livres sibyllins et des aruspices, qu'il était ce troisième Cornélius auquel la
royauté dans Rome et le pouvoir absolu étaient fatalement destinés ; que Cinna et Sylla les avaient déjà
possédés avant lui. Il ajoute que cette année était
désignée par les destins pour être marquée par la
chute de Rome et de l'empire, puisque cet événement devait arriver dix ans après l'absolution
des vestales et vingt ans après l'incendie du Capitole.

Les Gaulois déclarent en outre qu'un dissentiment
s'était élevé entre Céthégus et les conjurés, Lentulus et les autres voulant fixer aux Saturnales le
massacre et l'incendie, tandis que Céthégus trouvait
ce terme trop éloigné.

V. Mais abrégeons ce récit, Romains. Je fais représenter les tablettes que l'on disait avoir été remises
par chacun des accusés. Je commence par montrer à
Céthégus son cachet ; il le reconnaît. Je romps le fil
qui fermait la lettre et je donne lecture de ce qu'elle
contient. Elle était écrite de sa main : il y promettait au sénat et au peuple des Allobroges de tenir
fidèlement la parole qu'il avait donnée à leurs
envoyés, et les priait, à son tour, de ne pas manquer
aux engagements que les envoyés avaient pris envers
lui. Un instant auparavant, interrogé au sujet des
épées et des poignards trouvés dans sa maison, il
avait répondu, pour se justifier, qu'il avait toujours
été amateur de fers bien travaillés. Mais, la lecture
de sa lettre le confond et l'accable ; écrasé par le
témoignage de sa conscience, il devient muet tout à
coup. On introduit alors Statilius ; il reconnaît son
cachet et l'écriture de sa main. Lecture est faite de
sa lettre conçue à peu près dans le même esprit ; il
avoue tout. Alors je montre à Lentulus ses tablettes
et je lui demande s'il en reconnaît le cachet. Sur

son aveu : « En effet, lui dis-je, il porte une empreinte bien connue ; c'est l'image de ton aïeul, un
grand homme, qui aima par-dessus tout sa patrie et
ses concitoyens ; elle devait, toute muette qu'elle
est, te détourner d'un attentat aussi criminel. »

On lit sa lettre ; semblable aux autres, elle est
également adressée au sénat et au peuple des Allobroges. Je lui demande s'il a quelque chose à
répondre ; je lui permets de s'expliquer. Il commence
par refuser ; mais bientôt après, quand il voit toutes
les preuves exposées et mises au grand jour, il se
lève, et demande aux Gaulois ce qu'il a de commun
avec eux, et ce qu'ils sont venus faire chez lui ; il
adresse la même question à Vulturcius. Ceux-ci lui
répondent en peu de mots et sans se troubler, lui
rappelant et le nom de leur introducteur et le
nombre de leurs visites ; ils finissent par lui demander s'il ne leur a pas parlé des livres sibyllins. A ces
mots, soudain le criminel perd la tête, et l'on voit
alors une fois de plus quelle est la force de la conscience. Il aurait pu nier ce propos, et soudain, au
grand étonnement de tous, il en fait l'aveu. Ainsi
il ne retrouve alors ni la souplesse de son esprit, ni
ce talent oratoire qu'il possède toujours à un si haut
point. Que dis-je ? il demeure écrasé sous l'évidence
de son crime ainsi dévoilé et pris sur le fait ; son
impudence, qui n'a pas d'égale, son effronterie, tout
l'avait abandonné.

Aussitôt Vulturcius demande qu'on produise et
qu'on ouvre la lettre dont Lentulus, disait-il, l'avait
chargé pour Catilina. Malgré son trouble extrême,
Lentulus reconnaît et son cachet et l'écriture de sa
main. La lettre ne portait aucun nom ; elle était
conçue en ces termes : « Celui que je t'envoie t'ap-
« prendra qui je suis. Tâche d'être homme ; songe à
« quel point tu es engagé, et vois à quoi t'oblige désor-

« mais la nécessité. Recrute partout des auxiliaires,
« même dans les rangs les plus bas. » Gabinius enfin
est introduit ; après avoir commencé par répondre
avec effronterie, il finit par convenir de tout ce que
lui imputent les Gaulois.

Pour moi, Romains, si je trouvais des preuves
certaines, des indices manifestes du crime dans les
lettres, les cachets, l'écriture, enfin dans l'aveu de
chacun des coupables, j'en avais sous les yeux de
bien plus sûrs encore dans leur pâleur, leurs yeux,
leur physionomie, leur silence. À voir leur consternation, leurs fronts baissés vers la terre, les regards
que, de temps à autre, ils échangeaient à la dérobée,
on eût dit, non pas des gens que d'autres accusent,
mais des coupables qui se dénoncent eux-mêmes.

VI. Toutes les preuves étant ainsi exposées et
mises au grand jour, Romains, je consulte le sénat
sur ce qu'il juge convenable de faire dans l'intérêt
de la république. Les principaux sénateurs proposent
des mesures rigoureuses et énergiques, auxquelles
l'assemblée, tout d'une voix, donne son approbation.
Et, comme le sénatus-consulte n'est point encore
rédigé par écrit, je vais, citoyens, vous dire de mémoire les résolutions qui ont été arrêtées.

D'abord des remercîments me sont adressés, dans
les termes les plus honorables, pour avoir, par mon
courage, mon habileté, ma prévoyance, délivré la
république des plus grands périls. Ensuite les préteurs L. Flaccus et C. Pomptinus, pour m'avoir
prêté un concours énergique et dévoué, reçoivent
des éloges bien mérités et bien justes. L'homme
courageux, qui est mon collègue, est également
félicité pour avoir su se soustraire à l'influence
des complices de la conjuration dans sa conduite
publique et privée. Puis on décrète les résolutions suivantes : P. Lentulus se démettra de la pré-

ture et sera ensuite mis sous bonne garde; C. Céthégus, L. Statilius, P. Gabinius, tous présents,
subiront la même peine. Cette disposition s'applique
également à L. Cassius, qui avait sollicité la mission
de livrer la ville aux flammes; à M. Céparius, qui
était chargé, d'après les dépositions, de soulever
les pâtres dans les campagnes de l'Apulie; à P. Furius, un de ces colons que Sylla établit à Fésules;
à Q. Manlius Chilon, qui avait toujours été de moitié
avec ce même Furius dans toutes les tentatives
faites pour séduire les Allobroges; à P. Umbrénus,
un affranchi, convaincu d'avoir le premier mis les
Gaulois en relation avec Gabinius. Et telle a été
l'indulgence du sénat en cette circonstance, Romains,
que, sur tant de conjurés, sur tant d'ennemis domestiques, il a frappé seulement neuf des plus scélérats, pensant que leur châtiment suffirait pour
sauver la république et guérir les autres de leur
funeste égarement.

Ce n'est pas tout : des actions de grâce sont dé-
cernées aux dieux immortels, en mon nom, pour
leur protection signalée. Je suis le premier, depuis
la fondation de Rome, qui, sans avoir quitté la toge,
ait reçu un pareil honneur. Le décret porte ces
mots : *Pour avoir préservé Rome de l'incendie, les
citoyens du massacre, l'Italie de la guerre.* Si l'on
compare, citoyens, le texte de ce décret avec d'autres analogues, on est frappé de cette différence :
que les autres citoyens ont obtenu un tel honneur pour avoir bien servi l'État, moi seul pour
l'avoir sauvé. Avant d'aller plus loin, il y avait une
formalité indispensable à remplir : on l'accomplit.
P. Lentulus, en effet, convaincu par tant de témoignages et par ses propres aveux, avait sans doute
perdu aux yeux du sénat, non-seulement sa qualité
de préteur, mais encore celle de citoyen ; néanmoins

il se démit officiellement de sa charge. De cette façon, le scrupule qui n'avait point empêché C. Marius,
cet homme illustre, de frapper C. Glaucia, un préteur qu'aucun arrêt n'avait personnellement condamné, et de le faire mettre à mort, ce scrupule ne
saurait non plus nous arrêter quand il faudra punir
P. Lentulus : ce n'est plus qu'un citoyen ordinaire.

VII. Maintenant, Romains, que les chefs impies de
cette guerre sacrilége et redoutable sont entre vos
mains, maintenant que vous les tenez prisonniers,
vous pouvez considérer toutes les forces de Catilina,
toutes ses espérances, toutes ses ressources comme
entièrement anéanties. Quand je le chassais de nos
murs, je prévoyais bien, Romains, qu'une fois Catilina loin de nous, ni la somnolence d'un Lentulus,
ni l'embonpoint d'un Cassius, ni la fougueuse témérité d'un Céthégus ne seraient à redouter pour
moi. Lui seul était à craindre, lui seul, et encore tant
qu'il restait à Rome. Il connaissait tout, avait accès
partout : fallait-il s'adresser à quelqu'un, le sonder,
le solliciter, il le pouvait, il l'osait. Il savait conce-
voir le crime, et, le crime conçu, ni la parole ni le
bras ne lui faisaient défaut. Pour accomplir certaines
missions spéciales, il avait des hommes spéciaux,
choisis, et dont chacun avait son rôle ; mais, pour
avoir donné des ordres, il ne les croyait pas pour
cela accomplis. Il n'était rien qu'il ne voulût par lui-
même voir, prévenir, surveiller, mettre en œuvre :
le froid, la soif, la faim, il savait tout supporter.

Cet homme si actif, si déterminé, si audacieux, si
rusé, si infatigable dans le crime, si habile à mettre
l'ordre jusque dans le désordre, il a fallu le débus-
quer de ces murs où il nous menaçait, et le forcer à
se jeter dans la vie des camps et des brigandages,
sans quoi (je dirai, Romains, ce que je pense), il
m'eût été bien difficile de détourner de vos têtes le

3.

fléau qui menaçait de vous écraser. Ce n'est pas lui qui vous aurait ajournés aux Saturnales et qui aurait si longtemps d'avance annoncé à la république le jour fatal de sa ruine ; ce n'est pas lui qui se serait exposé à voir son cachet et ses lettres tomber entre vos mains, pour devenir contre lui d'irrécusables témoins. Mais, grâce à son absence, tout a été conduit de telle sorte, que jamais vol, dans une maison particulière, ne fut si évidemment découvert que cette vaste conjuration, tramée au sein de la république, et aujourd'hui manifestement reconnue et prise sur le fait. Si Catilina était resté dans Rome jusqu'à ce jour, malgré le zèle avec lequel j'ai toujours, tant qu'il y fut, prévenu et traversé tous ses projets, il nous aurait fallu, pour ne rien dire de plus, soutenir une lutte contre lui, et jamais, avec un tel ennemi dans nos murs, nous n'aurions pu arracher la république à d'aussi horribles dangers, en troublant aussi peu le calme, la tranquillité, le silence dont elle jouit.

VIII. Et pourtant, Romains, dans toutes ces circonstances, c'est la volonté, c'est la sagesse des dieux immortels qui ont, sans aucun doute, guidé et inspiré ma conduite. Nous serions en droit de le supposer rien qu'en songeant combien la prudence humaine est impuissante à diriger d'aussi grands événements ; mais le secours et la protection des dieux se sont, dans ces derniers temps, manifestés à nous d'une façon si éclatante, que nous avons, pour ainsi dire, pu les voir eux-mêmes de nos propres yeux. Sans parler de ces lueurs éclatantes qui, pendant la nuit, paraissaient à l'occident et embrasaient le ciel ; sans parler de ces coups de tonnerre, de ces tremblements de terre et de ces autres prodiges si nombreux qui ont marqué mon consulat, et par lesquels ce qui arrive maintenant semblait nous être annoncé par la voix prophétique des dieux immortels, il est certains faits, Romains, dont je dois vous entretenir, et qui ne sauraient être passés sous silence ou laissés de côté.

Vous vous souvenez sans doute que, sous le consulat de Cotta et de Torquatus, plusieurs tours du Capitole furent frappées de la foudre, alors que les images des dieux immortels furent déplacées, les statues des antiques héros renversées, et que les tables d'airain, où étaient gravées nos lois, furent fondues : la foudre ne respecta pas même le fondateur de cette ville, Romulus, qu'un groupe doré, placé dans le Capitole, représentait, l'on s'en souvient, sous les traits d'un enfant nouveau-né, ouvrant la bouche pour saisir les mamelles d'une louve. Dans cette circonstance, les aruspices, appelés de toutes les parties de l'Étrurie, annonçaient que les temps étaient proches où l'on verrait des massacres, des incendies, le renversement des lois, la guerre civile et domestique, la chute de Rome et de l'empire, si les dieux, apaisés à tout prix, ne faisaient en quelque sorte fléchir sous leur puissance les arrêts mêmes des destins.

Aussi, sur la réponse des aruspices, on célébra des jeux pendant dix jours, et rien de ce qui pouvait contribuer à calmer les dieux ne fut négligé. Ces mêmes devins ordonnèrent d'ériger à Jupiter une statue plus élevée que la première, de la placer à une grande hauteur, et contrairement à ce qu'on avait fait jusque-là, de la tourner vers l'orient. Si, disaient-ils, cette image, que vous pouvez voir d'ici, regardait à la fois l'aurore, le Forum et le sénat, alors les complots, qui se tramaient dans l'ombre contre le salut de Rome et de l'empire, éclateraient au grand jour et ne sauraient échapper aux regards du sénat et du peuple romain. Les consuls de ce temps-là mirent en adjudication l'érection de la nouvelle statue dans les

conditions indiquées; mais les travaux marchèrent
si lentement que nos prédécesseurs ne purent l'inau-
gurer; et nous-mêmes, c'est seulement aujourd'hui
que nous avons pu la voir en place.

IX. Et maintenant, citoyens, peut-il exister un
homme assez ennemi de la vérité, assez aveugle, assez dépourvu d'intelligence pour ne pas reconnaître
que cet univers, qui frappe nos regards, et cette
ville plus encore que le reste, c'est la puissance, c'est
la volonté souveraine des dieux immortels qui les
gouverne? En effet, les aruspices avaient annoncé des
massacres, des incendies, la ruine de la république,
tout cela tramé par des citoyens romains ; et ces forfaits, que leur énormité même rendait invraisem-
blables à la plupart d'entre vous, ont été, vous avez
dû le reconnaître, non-seulement médités par des citoyens impies, mais presque consommés. Comment
d'ailleurs ne pas reconnaître une preuve manifeste de
la protection de Jupiter très-bon et très-grand dans
cette coïncidence que, aujourd'hui, ce matin, à l'instant même où, par mon ordre, les conjurés et leurs
dénonciateurs étaient conduits, à travers le Forum, au
temple de la Concorde, la statue du dieu était dressée
sur sa base? A peine y était-elle placée, à peine ses
regards se tournaient-ils sur vous et vers le sénat,
que aussitôt, aux yeux du sénat et aux vôtres, les
complots tramés contre la sûreté publique apparais-
saient éclairés d'une éclatante lumière.

Ainsi donc, ils méritent plus de haine encore et
des châtiments plus sévères ces hommes impies qui
voulaient porter, non-seulement dans vos maisons et
vos demeures, mais encore dans les temples et dans
les sanctuaires des dieux immortels, la flamme horrible et sacrilége de l'incendie. Si je disais qne c'est
moi qui ai déjoué leurs efforts, ce serait de ma part
une étrange, une intolérable présomption. C'est Ju-

piter lui-même qui les a déjoués; c'est par lui
que le Capitole, par lui que ces temples, par lui que
cette ville, par lui que vous tous avez été sauvés. Ce
sont les dieux immortels qui m'ont guidé, citoyens,
ce sont eux qui, éclairant mes conseils, dirigeant mes
pas, m'ont conduit à ces importantes découvertes.
Car enfin, ces tentatives faites auprès des Allobroges
par Lentulus et les autres ennemis de la patrie, un
secret de cette importance si follement confié à des
inconnus, à des barbares, des lettres remises entre
leurs mains, que de fautes commises et qui ne l'eussent pas été, si les dieux immortels n'avaient répandu
un esprit de vertige sur ces audacieux conspirateurs.
Mais ce n'est pas tout : pour que des Gaulois, les
représentants d'une nation encore mal soumise, le
seul peuple au monde qui puisse encore et paraisse
vouloir faire la guerre au peuple romain, aient dé-
daigné l'empire et les magnifiques espérances que
des patriciens venaient spontanément mettre à leurs
pieds, pour qu'ils aient fait passer votre salut avant
l'intérêt de leur domination, ne faut-il pas reconnaître, dans tout cela, la main des dieux immortels, je
vous le demande? Alors surtout que pour nous vain-
cre, il suffisait à ces hommes, non pas de combattre,
mais de se taire.

X. Ainsi donc, Romains, puisque il a été décrété que
les actions de grâces les plus solennelles seraient partout rendues aux dieux, célébrez ces jours de fêtes
avec vos femmes et vos enfants. Si souvent les dieux
immortels ont reçu de justes et légitimes honneurs,
jamais assurément ils n'en ont mieux mérité qu'aujourd'hui. Vous avez échappé en effet à la mort la
plus cruelle, la plus misérable, et vous y avez échappé
sans massacres, sans effusion de sang, sans armée,
sans combat : vous n'avez pas quitté la toge, vous
n'avez eu d'autre chef, d'autre général que moi, qui

ne l'ai pas quittée non plus, et vous êtes victorieux.

Rappelez-vous en effet, Romains, toutes nos dis-
sension domestiques, non-seulement celles que vous
connaissez par ouï-dire, mais encore celles dont vous
avez gardé le souvenir, dont vous avez été les témoins.
L. Sylla fit périr P. Sulpicius; il chassa de ces murs
C. Marius, le sauveur de cette ville; une foule d'hommes distingués furent alors ou bannis ou égorgés par
lui. Le consul Cn. Octavius prit les armes et mit son
collègue hors de Rome. Le lieu où nous sommes fut
alors couvert d'un monceau de cadavres, et le sang
des citoyens y coula à grands flots. Cinna et Marius
triomphèrent à leur tour; alors les premiers citoyens
furent massacrés, et avec eux la république vit s'é-
teindre ses plus glorieuses illustrations. A son tour
Sylla tira plus tard vengeance de la cruauté des vainqueurs, et je n'ai pas besoin de vous dire combien
de victimes, combien de désastres Rome eut à déplorer. Enfin des dissentiments éclatèrent entre
M. Lépidus et l'illustre et brave Q. Catulus : Lentulus périt, et la république eut à pleurer, sinon sa mort,
du moins celle des citoyens qui périrent avec lui.

Et cependant, Romains, toutes ces dissensions
n'allaient pas à renverser l'État, mais seulement à
en changer la forme. Les agitateurs ne voulaient pas
que la république cessât d'exister; mais il leur en
fallait une où ils fussent les maîtres : ils ne demandaient pas que Rome disparût dans les flammes;
mais ils voulaient être puissants dans Rome. Toutes
ces dissensions néanmoins, dont aucune ne tendait au
renversement de la république, furent telles que,
toute réconciliation devenant impossible, elles ne
purent s'éteindre que dans le sang des citoyens.
Mais dans la guerre actuelle, la plus redoutable, la
plus cruelle dont les hommes aient gardé le souvenir, guerre telle que jamais peuplade barbare n'en

vit dans son propre sein, guerre où Lentulus, Catilina, Cassius, Céthégus s'étaient imposé la loi de traiter en ennemis tous ceux qui pouvaient trouver leur
salut dans le salut de Rome, j'ai si bien pris mes
mesures, citoyens, que vous voilà tous sauvés. Et,
tandis que vos ennemis se flattaient qu'il ne resterait
de Romains que ceux qui auraient pu échapper au
massacre général, et de Rome elle-même que ce que
les flammes n'auraient pu dévorer, j'ai déçu leur espoir; Rome et les Romains, j'ai tout préservé de leur
rage, tout sauvé.

XI. En échange de si grands services, citoyens,
je ne vous demande ni récompense pour mon courage, ni distinction honorifique, ni monument élevé
à ma gloire : gardez seulement de ce jour un souvenir impérissable. C'est dans vos cœurs que je
place et renferme tous mes triomphes, tous mes
titres d'honneur, les monuments de ma renommée,
les témoignages de ma gloire. Je ne saurais attacher
aucun prix à ces trophées muets et inanimés, à toutes
ces récompenses, en un mot, que de moins dignes
peuvent également obtenir. Votre mémoire, Romains,
fera vivre mes services, vos entretiens les grandiront,
vos annales les perpétueront et en assureront la durée. Un même jour, je le sens bien, jour qui, je
l'espère, sera immortel, aura assuré l'existence de
Rome et éternisé le souvenir de mon consulat. On
dira qu'à la même époque, dans cette république,
deux hommes se sont rencontrés, l'un pour reculer
les limites de votre empire, non pas jusqu'aux bornes de la terre, mais jusqu'aux confins du ciel, l'autre
pour conserver à cet empire sa capitale et le siége
même de sa puissance.

XII. Cependant la fortune a soumis à des conditions bien différentes les succès que je viens d'obtenir et ceux des généraux victorieux au dehors : tan-

dis que mon sort, à moi, est de vivre au milieu des hommes que j'ai vaincus et domptés, le général laisse ses ennemis ou morts ou soumis, et s'éloigne. C'est donc à vous, Romains, quand les autres recueillent le prix de leurs services, de veiller à ce que les miens ne causent pas un jour ma perte. Les plus audacieux des hommes tramaient contre vous des complots impies et sacriléges; j'ai empêché qu'ils ne pussent vous nuire; c'est à vous de me mettre moi-même à l'abri de leurs coups. Du reste, Romains, ces misérables sont désormais dans l'impuissance de me faire du mal. J'ai, dans les gens de bien, une sauvegarde efficace, qui m'est assurée à jamais; dans la majesté de la république, une égide invisible qui me protégera toujours; dans la voix de la conscience une puissance que nul, en voulant m'attaquer, ne saurait braver sans se dénoncer lui-même.

Joignez à cela, Romains, que nous nous sentons le courage nécessaire, non-seulement pour ne jamais faiblir devant l'audace de qui que ce soit, mais encore pour attaquer en face tous les méchants. Que si les ennemis domestiques, dont j'aurai détourné la fureur loin de vous, venaient à réunir tous leurs efforts contre moi, ce serait à vous, Romains, de montrer à quel sort doivent désormais s'attendre ceux qui, pour vous sauver, se seront dévoués à toutes les haines, à tous les dangers. Quant à ce qui me touche personnellement, est-il quelque chose qui puisse ajouter pour moi le moindre prix à l'existence, quand je ne vois plus, ni dans les honneurs qui dépendent de vous, ni dans la gloire qui couronne la vertu, un degré supérieur où je puisse avoir l'ambition de m'élever.

Je ferai donc tous mes efforts, Romains, pour conserver et soutenir dignement dans la vie privée la gloire que j'ai acquise dans mon consulat : de cette façon, si j'ai pu soulever des haines en sauvant la patrie, elles ne feront tort qu'à mes ennemis et tourneront à ma gloire. Enfin ma conduite dans la république sera toujours celle d'un homme qui se souvient de son passé, et qui tient à prouver que ses actions furent l'ouvrage de la vertu et non du hasard. Pour vous, Romains, puisque la nuit est venue, adressez vos hommages à Jupiter, que vous voyez d'ici, le protecteur de cette ville et le vôtre ; retirez-vous ensuite dans vos maisons, et, bien que le danger soit passé, continuez, comme la nuit précédente, de les garder, de veiller sur elles et de les défendre ; bientôt vous serez délivrés de ce soin, et vous jouirez d'une paix inaltérable ; je vais prendre pour cela, Romains, toutes les mesures nécessaires.

QUATRIÈME DISCOURS CONTRE CATILINA

PRONONCÉ DANS LE SÉNAT.

ANALYSE. — Fallait-il punir simplement les conjurés d'un emprisonnement à vie ou bien les condamner à mort? Telle était la question qui s'agitait dans le sénat. Entraîné par son ardent patriotisme et au mépris des périls que la décision rigoureuse qu'il allait provoquer pouvait attirer sur sa tête, Cicéron adjure le sénat de ne considérer dans sa délibération que l'intérêt public. Plus le crime est énorme, plus le châtiment doit être sévère. Les conjurés auraient-ils usé de ménagement si leurs infâmes projets n'avaient été déjoués? Pour lui il ne faillira pas dans le danger : l'avis de Silanus est le sien, et rien ne l'arrêtera pour faire exécuter le décret qui frappera les conjurés. Il recommande seulement au sénat de garder la mémoire de son consulat et de ne pas abandonner son jeune fils. C'est la seule récompense qu'il réclame pour son dévouement.

I. Je vois, pères conscrits, que les visages et les regards de vous tous sont dirigés vers moi. Je vois que ce ne sont pas seulement vos dangers personnels et ceux de la république qui vous inquiètent, mais que, même en les supposant conjurés, vous êtes encore préoccupés de ceux que je cours. C'est pour moi un adoucissement à mes maux, une consolation à mes douleurs d'être l'objet d'un sentiment si bienveillant. Mais, au nom des dieux immortels, bannissez-le de vos cœurs, je vous en conjure, et, oubliant le soin de ma sûreté, ne songez qu'à vous et à vos enfants. Car pour moi, si le consulat m'a été donné à la condition d'épuiser toutes les amertumes, toutes les douleurs, tous les tourments, je saurai les supporter, non-seulement avec courage, mais encore avec joie, pourvu que l'honneur et la conservation du sénat et du peuple romain soient le prix de mes travaux.

Je suis, pères conscrits, le consul pour lequel ni le Forum, ce sanctuaire de toute justice, ni le champ de Mars, ce lieu consacré par les auspices consulaires, ni l'enceinte du sénat, cet asile suprême de toutes les nations, ni le foyer domestique, ce refuge de tous les mortels, ni le lit où chacun doit trouver le repos, ni même enfin ce siége d'honneur, cette chaise curule n'ont cessé un seul instant d'être pleins de périls mortels et de trahisons. Bien des fois je me suis tu, j'ai supporté bien des choses, fait bien des concessions, souffert bien des maux pour vous épargner des craintes. Maintenant, si les derniers jours de mon consulat sont réservés par les dieux immortels à la noble mission de vous arracher, vous, pères conscrits, et le peuple romain, au plus horrible carnage; vos femmes, vos enfants, les vestales, aux outrages les plus cruels; les temples, les sanctuaires, cette belle patrie, notre mère commune, au fléau de l'incendie; enfin, l'Italie tout entière à la guerre et à la dévastation; quel que soit le sort que me séserve personnellement la fortune, j'y suis résigné. En effet, si Lentulus a pu croire, sur la foi des devins, qu'à son nom était fatalement attaché la ruine de l'État, pourquoi ne me réjouirais-je pas à l'idée qu'à mon consulat est aussi fatalement attachée la conservation de la république?

II. Ainsi, pères conscrits, veillez sur vous-mêmes, songez à la patrie, sauvez vos personnes, vos femmes, vos enfants, vos biens; défendez le nom et l'existence du peuple romain; mais cessez de me ménager et de vous inquiéter de moi. Car d'abord je dois espérer que tous les dieux protecteurs de cette ville récompenseront mes services comme ils le méritent; ensuite, s'il m'arrive quelque chose, je saurai mourir avec fermeté et résignation. La mort, en effet, ne peut être honteuse quand on a du courage, ni prématurée quand on a eu l'honneur d'être consul, ni malheureuse quand on est sage. Et pourtant, je n'ai point un cœur d'airain : la douleur de ce frère qui est là au milieu de vous, de ce frère que je chéris et qui m'aime tendrement, ne saurait me laisser insensible, pas plus que les larmes de tous ceux dont vous me voyez environné. Plus d'une fois aussi ma pensée se reporte vers ma maison, auprès d'une épouse éperdue, d'une fille tremblante, d'un fils encore au berceau, en qui la république semble avoir un gage précieux qui lui répond des actes de mon consulat : ici même, je vois un gendre qui attend avec anxiété l'issue de ce grand jour. Sans doute, tous ces objets m'émeuvent, mais pour m'inspirer le désir de les sauver avec vous, dussé-je y perdre la vie, plutôt que de les laisser périr avec nous, avec la république.

Ainsi donc, pères conscrits, mettez-vous à l'œuvre pour sauver l'État : voyez autour de vous tous les orages qui vont l'assaillir si vous ne les conjurez. Ce n'est point un Tibérius Gracchus voulant se faire réélire tribun de peuple ; ce n'est point un Caïus Gracchus s'efforçant de soulever les partisans des lois agraires ; ce n'est point un L. Saturninus, meurtrier de C. Memmius, que vous avez à juger et qui attendent l'arrêt de votre sévère justice. Vous tenez dans vos mains des hommes qui voulaient incendier la ville, vous immoler tous, et ouvrir les portes à Catilina ; c'est pour cela qu'ils étaient restés à Rome. Vous avez leurs lettres, leurs cachets, leur écriture, enfin l'aveu de chacun des coupables : on veut séduire les Allobroges, on soulève les esclaves, on appelle Catilina ; on forme le projet d'un massacre général, auquel pas un de nous ne doit survivre, même pour gémir sur l'extinction du nom romain et pour déplorer la chute d'un si puissant empire.

III. Tous ces attentats, des témoins les ont dénoncés, les accusés les ont avoués, et vous-mêmes, par plus d'un jugement déjà, vous vous êtes prononcés sur leur compte : d'abord quand vous m'avez voté des actions de grâces d'un caractère tout particulier, en déclarant par un décret que j'ai, par mon courage et ma vigilance, découvert la plus horrible des conjurations ; ensuite, lorsque vous avez forcé Lentulus à se démettre de la préture ; puis encore lorsque vous avez décidé que lui et ses complices, dont vous aviez jugé la conduite, seraient mis sous bonne garde ; mais surtout lorsque vous avez ordonné, en mon nom, des actions de grâces solennelles, honneur que n'avait reçu avant moi aucun magistrat civil ; enfin, hier encore, vous avez décerné aux députés des Allobroges et à Titus Vulturcius de magnifiques récompenses. Tous ces actes ont un tel caractère, qu'ils impliquent de votre part la condamnation manifeste de tous ceux que vous avez expressément désignés comme devant être détenus.

Cependant, pères conscrits, j'ai voulu en référer à vous, comme si la procédure n'avait point encore été entamée, et vous appeler à juger les faits et à vous prononcer sur la peine. Mais permettez-moi d'abord de vous donner, en ma qualité de consul, quelques explications. Je voyais, depuis longtemps, des menées insensées se former au sein de la république, et de coupables intrigues nous préparer des malheurs inconnus. Je le voyais ; mais qu'une si vaste et si menaçante conjuration eût pour auteurs des citoyens romains, voilà ce que jamais je n'aurais pensé. Maintenant, quoi qu'il en soit, de quelque côté que penchent vos sentiments et vos opinions, il faut vous prononcer avant la nuit. Vous voyez l'énormité du crime qu'on vous dénonce ; si vous croyez que quelques hommes seulement y ont trempé, vous êtes dans une grande erreur, pères conscrits. Le mal est plus étendu qu'on ne pense; non-seulement il a infecté l'Italie, mais encore il a franchi les Alpes, et, dans sa marche silencieuse, il a envahi déjà plusieurs de nos provinces. En triompher à force de patience et de temps, c'est chose absolument impossible. Quelque remède que vous proposiez, il faut une prompte répression.

IV. Je vois, jusqu'ici, deux opinions en présence; la première est celle de D. Silanus : selon lui, les hommes qui ont rêvé la ruine de la république doivent être punis de mort; l'autre est celle de César : écartant la peine capitale, il accepte les autres supplices dans toute leur rigueur. Tous les deux, tenant un langage à la hauteur du rang qu'il occupent et de l'énormité du forfait, font preuve d'une extrême sévérité. L'un ne croit pas que des hommes, qui ont voulu nous égorger tous, exterminer le peuple romain, renverser l'empire, anéantir jusqu'au nom de Rome doivent un seul instant jouir de la vie, respirer l'air que nous respirons. Il n'oublie pas que, plus d'une fois, dans cette république, la peine capitale a été appliquée à des citoyens dangereux. L'autre est persuadé que la mort a été établie par les dieux immortels, non pas comme un châtiment destiné à frapper les coupables, mais comme une loi de la nature, comme un repos après les peines et les misères de cette vie. Aussi le sage ne la reçut-il jamais à regret, l'homme courageux courut-il souvent avec joie au-devant d'elle. Mais la prison, et la prison à perpétuité, a sans aucun doute été inventée pour punir d'un châtiment exceptionnel les forfaits abominables. César propose donc de distribuer les conjurés dans des villes municipales. Cette mesure me paraît injuste, si vous voulez contraindre les villes d'accepter ce fardeau, et difficile à faire admettre, si cette charge n'est pas obligatoire. Décrétez-la cependant, si vous la trouvez bonne.

Pour moi, je me chargerai de la faire exécuter, et, je l'espère du moins, je trouverai bien des villes qui, jalouses de concourir avec vous au salut commun, ne regarderont pas comme indigne d'elles de vous seconder. César propose, en outre, des peines sévères contre les habitants des municipes, dans le cas où les fers des coupables viendraient à être brisés. Il entoure les prisonniers d'un effrayant appareil de surveillance, et, par une rigueur bien légitime envers de pareils scélérats, il interdit à qui que ce soit la faculté de demander au sénat ou au peuple le moindre adoucissement à la peine de ceux qu'il condamne; il leur ôte ainsi jusqu'à l'espérance, cette unique consolation des malheureux. En outre, il veut que leurs biens soient confisqués; il ne leur laisse que la vie, à ces hommes abominables, puisqu'il ne pourrait la leur enlever sans les soustraire, par une souffrance d'un seul instant, à toutes les souffrances de l'âme et du corps, à tous les châtiments qu'ont mérités leurs crimes. C'est pour cela qu'afin d'inspirer, dans cette vie, aux méchants une terreur salutaire, la sagesse des anciens a imaginé des supplices réservés, dans les enfers, aux impies. Ils comprenaient bien, en effet, que, cette crainte une fois écartée, la mort elle-même cesserait d'être redoutable.

V. Maintenant, pères conscrits, je vois de quel côté se trouve mon intérêt. Si vous vous rangez à l'avis de César, comme il a toujours suivi, dans sa vie politique, la route qui passe pour être celle des amis du peuple, peut-être aurai-je, pour un décret proposé et soutenu par lui-même, moins à redouter les orages populaires. Si vous adoptez, au contraire, l'opinion de Silanus, je ne sais s'il n'en résultera pas pour moi de plus graves embarras. Mais cepen-

dant mes dangers personnels ne sauraient l'emporter sur l'intérêt public. César, par un vote vraiment digne de son rang et de sa haute naissance,
vient de nous donner un gage de son attachement
inébranlable à la république. Nous savons à présent
quelle distance il y a entre ces harangueurs futiles
et ces hommes vraiment dévoués au peuple et prêts
à tout faire pour le sauver.

J'en sais plus d'un, parmi ces amateurs de popu-
larité, qui s'est abstenu de venir au sénat, sans doute
pour n'avoir pas à se prononcer sur la vie de citoyens
romains. Ce sont les mêmes hommes qui, il y a trois
jours, privaient des citoyens romains de leur liberté,
les mêmes qui décrétaient des actions de grâces en
mon nom; les mêmes qui, hier, récompensaient
magnifiquement les dénonciateurs. Or, je vous le
demande (et peut-il y avoir à cet égard le moindre
doute?), celui qui a fait décréter pour les accusés la
détention, pour le magistrat instructeur des actions
de grâces, pour les dénonciateurs des récompenses;
celui-là n'a-t-il pas suffisamment montré sa manière
de voir sur le fond même de la cause? Pour César,
s'il sait que la loi Sempronia fut établie en faveur
des citoyens romains, il sait aussi que l'homme qui
se déclare l'ennemi de la patrie ne peut être citoyen
à aucun titre; il n'ignore pas également que l'auteur
même de la loi Sempronia expia, par l'ordre du
peuple, ses attentats contre la république. Il ne croit
pas non plus que Lentulus, malgré ses largesses et
ses prodigalités, puisse, après avoir formé, avec tant
de barbarie et de cruauté, le projet d'égorger le
peuple romain et d'anéantir cette ville, revendiquer
le titre d'ami du peuple. Aussi lui, le plus doux et le
plus clément des hommes, n'hésite-t-il pas à plonger
P. Lentulus dans les ténèbres et dans les fers pour
sa vie : il va même jusqu'à ôter dans l'avenir à tout

citoyen la possibilité de se faire valoir, en demandant la grâce du coupable, et de capter la faveur populaire en risquant de perdre le peuple romain. Il prononce, en outre, la confiscation des biens de Lentulus, afin qu'à toutes les tortures de l'âme et du corps viennent encore se joindre l'indigence et la misère.

VI. En conséquence, si vous vous rangez à l'avis de César, vous donnerez à ma cause, devant l'assemblée du peuple, l'appui d'un homme qui lui est cher et agréable; si, d'un autre côté, vous adoptez l'avis de Silanus, il sera facile de nous justifier, vous et moi, du reproche de cruauté, et l'on sera forcé de convenir que le châtiment qu'il propose est encore de beaucoup le moins rigoureux. Au reste, pères conscrits, quand il s'agit de punir un forfait aussi horrible, où peut être la cruauté? J'en juge par ce que j'éprouve moi-même. Puissé-je ne jamais jouir avec vous du bonheur de voir la république sauvée, s'il est vrai que, en faisant preuve de sévérité dans cette circonstance, j'obéisse à l'inflexibilité de mon caractère (quel homme, au contraire, est plus doux que moi?), et non pas à un profond sentiment de pitié et d'humanité. Je crois voir, en effet, cette ville, le flambeau de l'univers entier, le rempart de toutes les nations, s'abîmer tout à coup dans un vaste embrasement; je me représente sous les cendres de la patrie nos malheureux concitoyens entassés sans sépulture; j'ai devant les yeux l'image de Céthégus en délire se baignant dans les flots de votre sang.

Mais quand je me figure Lentulus en possession de cette royauté qu'il avoue lui-même avoir espéré sur la foi des oracles; quand je vois Gabinius revêtu de la pourpre et Catilina entrant dans Rome avec son armée; alors je me représente les mères poussant des cris lamentables, les jeunes filles et les enfants fuyant avec effroi, les vestales outragées, et je suis saisi

4

d'horreur. Et c'est parce que ces calamités me semblent douloureuses et lamentables, que ceux qui ont voulu les attirer sur nous me paraissent mériter toute ma sévérité. En effet, je vous le demande, si un père de famille, voyant ses enfants tués par un esclave, sa femme égorgée, sa maison incendiée, ne tirait point de ce crime la plus terrible vengeance, passerait-il pour clément et miséricordieux ou pour le plus barbare et le plus cruel des hommes? Quant à moi, je croirais une âme inaccessible à tout sentiment généreux, un cœur de bronze à celui qui ne chercherait pas dans la douleur et les tourments du coupable un adoucissement à sa propre douleur, à ses propres tourments. Et nous aussi, pères conscrits, nous sommes en présence d'hommes qui ont voulu nous massacrer, nous, nos femmes et nos enfants; qui ont entrepris de détruire à la fois et la demeure de chacun de nous et cette ville où réside la république entière; qui ont tout fait pour établir la nation des Allobroges sur les ruines de Rome et sur les cendres encore fumantes de l'empire. Envers de pareils hommes, l'extrême rigueur paraîtra encore de l'humanité; mais si nous voulons être trop indulgents, nous ne saurons échapper au reproche de cruauté, pour être demeurés insensibles à la ruine de la patrie et de nos concitoyens.

. Quelqu'un parmi vous oserait-il dire que César, cet homme si courageux, si dévoué à la république, s'est montré trop cruel avant-hier envers l'époux de sa sœur, cette femme si distinguée, envers Lentulus qui était présent, qui l'entendait, lorsqu'il a déclaré que Lentulus devait cesser de vivre? A-t-il paru cruel en rappelant que son propre aïeul Fulvius avait été tué par l'ordre d'un consul, et que le fils de Fulvius, malgré son extrême jeunesse, malgré la mission pacifique dont son père l'avait chargé, avait

été mis à mort dans sa prison? Et cependant, qu'a-
vaient-ils fait auprès de ceux-ci? Avaient-ils comploté
la ruine de l'État? Non; quelques largesses promises
au peuple, une lutte de partis, voilà tout ce dont il
s'agissait. A cette époque, l'aïeul de Lentulus, un
grand homme, poursuivit Gracchus les armes à la
main : il reçut même une grave blessure en voulant
préserver la république de la moindre atteinte. Aujourd'hui, c'est pour la renverser jusque dans ses
fondements qu'un autre Lentulus soulève les esclaves, appelle Catilina, charge Céthégus d'égorger
les sénateurs, Gabinius de massacrer les autres citoyens, Cassius de livrer Rome aux flammes, Catilina
de dévaster et de piller l'Italie tout entière. Ah! sans
doute, vous avez raison de craindre, en présence
d'un forfait si horrible et si abominable, qu'on vous
accuse d'agir avec trop de sévérité : craignez plutôt,
en vous montrant trop indulgents, de paraître cruels
envers la patrie ; car jamais la répression la plus sévère ne peut sembler excessive envers nos plus mortels ennemis.

VII. Cependant, pères conscrits, j'entends autour
de moi des paroles sur lesquelles je ne saurais garder
le silence. Certains mots, partis de vos rangs, par-
viennent à mon oreille : on paraît craindre que je
ne dispose pas de forces assez considérables pour
exécuter le décret que vous allez porter aujourd'hui.
Eh bien, sachez, pères conscrits, que tout a été prévu,
préparé, arrêté par mes soins, par mon extrême vigilance et, bien plus encore, par la ferme volonté du
peuple romain, qui est bien décidé à sauver son empire et la fortune de tous les citoyens. Autour de
nous se sont rangés les hommes de tous les ordres,
de tous les âges ; ils remplissent le Forum, ils remplissent tous les temples qui entourent le Forum, ils
remplissent toutes les avenues qui conduisent jus-

qu'ici, jusqu'à ce sanctuaire. C'est que cette cause est la seule, depuis la fondation de Rome, qui unisse dans une même pensée tous les citoyens, excepté ceux qui, voyant leur perte inévitable, ont mieux aimé nous entraîner tous dans leur ruine que de succomber seuls.

Ceux-là, je les excepte et j'en fais volontiers une classe à part; ce ne sont pas même, à mes yeux, de mauvais citoyens; je les relègue au nombre des ennemis les plus acharnés. Mais les autres, grands dieux, quelle affluence! quelle ardeur! quel dévouement pour la gloire et le salut de la république! Parlerai-je de ces chevaliers romains qui reconnaissent volontiers votre prééminence et dans la hiérarchie sociale et dans les conseils, mais à la condition qu'ils pourront rivaliser avec vous de patriotisme? Après des dissensions qui ont duré plusieurs années, ils s'étaient enfin réconciliés avec le sénat et rapprochés de lui : mais ce jour mémorable et cette cause sacrée vont les unir à vous bien plus étroitement encore. Puisse cette union, consolidée sous mon consulat, subsister éternellement dans notre patrie! Grâce à elle, je vous l'affirme, les dissensions civiles et domestiques ne pourront prévaloir contre aucune partie de la république. Un même zèle a fait voler à la défense de l'État les tribuns du trésor, ces courageux citoyens; je les vois autour de nous, et, avec eux, la classe entière des scribes, que le hasard avait aujourd'hui même rassemblés au trésor public pour le tirage au sort, et qui laissent de côté leurs préoccupations personnelles pour ne songer qu'au salut général.

Tous les hommes libres sont accourus ici, même les plus obscurs d'entre eux. Quel est, en effet, le citoyen pour qui ces temples, l'aspect de cette ville, la possession de la liberté, cette lumière même qui nous éclaire, cette terre de la commune patrie, ne soient à la fois et le bien le plus précieux et la source des jouissances les plus délicieuses?

VIII. Je ne crois pas non plus inutile, pères conscrits, de vous faire connaître l'ardeur qui anime les affranchis. Depuis que leur mérite leur a valu l'heureuse fortune d'être citoyens romains, ils regardent comme leur véritable patrie cette cité que d'autres, nés dans son sein, nés dans la plus haute condition, ont traitée, non pas comme leur mère, mais comme une ville ennemie. Du reste, pourquoi parler ici d'hommes et de classes que l'intérêt de leur fortune, les droits de citoyens auxquels ils sont admis, la liberté enfin, si douce à tous les cœurs, intéressent naturellement à la défense de la patrie? Mais prenons les esclaves : en est-il un seul parmi eux, pour peu que sa condition soit tolérable, qui n'ait horreur d'un complot tramé par des citoyens romains, qui ne désire la conservation de cette république, qui ne brûle de contribuer, autant du moins qu'il l'ose et qu'il le peut, au salut commun de l'État?

Si donc quelqu'un d'entre vous s'est alarmé en entendant dire qu'un des impurs agents de Lentulus parcourt les boutiques de Rome, dans l'espoir de séduire les malheureux et les hommes crédules, qu'il sache, en effet, que cette entreprise a été tentée ; mais il ne s'est pas trouvé un homme dans une situation assez misérable, ou animé de sentiments assez bas, pour ne pas tenir avant tout à conserver le réduit où le travail fournit à ses besoins journaliers, l'asile où il s'abrite, son humble lit, enfin le cours même de ses paisibles habitudes. La plus grande partie de ceux qui vivent dans les boutiques, ou, pour parler plus justement, cette classe tout entière est, avant tout, amie de la tranquillité. Tous ses moyens d'existence, tout son travail, tous les profits qu'elle en retire,

4.

s'alimentent surtout par une nombreuse population ;
la paix seule lui permet de vivre. Or, si ses béné-
fices diminuent quand les boutiques sont fermées,
que sera-ce le jour où elles deviendront la proie des
flammes ?

Ainsi, pères conscrits, les secours du peuple romain ne vous manquent point : que le peuple romain
à son tour ne puisse pas croire que vous lui faites
défaut ; ce soin vous regarde.

IX. Vous avez un consul qui a échappé à des périls, à des piéges sans nombre, à la mort elle-même,
moins pour vivre que pour vous sauver. Tous les ordres de l'État, quand il s'agit du salut de la république, n'ont qu'une âme, une volonté, une même ardeur, un même courage, une même voix : environné
de torches et de poignards par des conspirateurs
sacriléges, notre commune patrie tend vers vous ses
mains suppliantes. A vous elle confie le soin de son
salut, à vous la vie de tous les citoyens, à vous la
citadelle et le Capitole, à vous les autels des dieux
Pénates, à vous le feu de Vesta, ce feu perpétuel et
éternel, à vous tous les temples, tous les sanctuaires
des dieux, à vous les murailles et les maisons de notre
ville ; c'est sur vous qu'elle se repose. Enfin, votre
existence, la vie de vos femmes et de vos enfants,
votre fortune, la conservation de vos demeures et de
vos foyers, voilà sur quoi vous allez prononcer aujourd'hui.

Vous avez un chef qui ne s'occupe que de vous
sans songer à lui-même ; c'est là un privilége bien
rare ; vous avez tous les ordres, tous les individus, le
peuple romain tout entier qui par une bonne fortune,
dont voici le premier exemple dans une cause politique, sont unis en un seul et même sentiment. Songez
quels travaux il a fallu pour fonder cet empire, que
de courage pour y établir solidement la liberté,

quelle protection des dieux pour étendre et agrandir cette fortune qu'une seule nuit a failli anéantir! Empêcher que désormais un pareil attentat puisse être, je ne dis pas commis, mais simplement rêvé par des citoyens, voilà à quoi il vous faut aviser en ce jour. Si je vous transmets ce langage, ce n'est pas pour exciter votre zèle qui a, pour ainsi dire, prévenu le mien. Mais ma voix, dans une affaire qui intéresse la république, doit se faire entendre la première; c'est à ce devoir consulaire que ne je veux pas manquer.

X. Maintenant, pères conscrits, avant de revenir à l'objet de la délibération, je vous dirai quelques mots de moi. Autant il y a de conjurés, et vous voyez qu'ils sont nombreux, autant je me suis fait d'ennemis; je le vois bien, mais ce n'est à mes yeux qu'une tourbe vile et impuissante, méprisable et abjecte. Que si, un jour, soulevée par la fureur criminelle de quelque misérable, elle vient à prévaloir contre la majesté du sénat et de la république, jamais cependant, pères conscrits, je ne regretterai ce que j'ai fait et la ligne de conduite que j'ai suivie. En effet, la mort, dont peut-être ils me menacent, est le sort commun de tous les hommes; mais une gloire comme celle dont vos décrets ont honoré ma carrière, n'a jamais été donnée qu'à moi seul. A tous les autres, vous avez décerné des félicitations pour avoir bien servi la patrie, à moi seul pour l'avoir sauvée.

Honorons la mémoire du grand Scipion, dont le génie et la valeur forcèrent Annibal à retourner en Afrique et à abandonner l'Italie! Comblons des plus magnifiques éloges le second Africain, sous qui tombèrent les deux villes les plus acharnées contre cet empire, Carthage et Numance! Regardons comme un héros ce Paul Émile, qui vit attaché à son char un roi, jadis si puissant et si illustre, Persée, l'ornement de son triomphe! Réservons une gloire éternelle à Marius, en qui l'Italie, tremblant devant l'invasion et la servitude, trouva deux fois un libérateur! Plaçons avant tout Pompée, dont les exploits et les vertus n'ont d'autres limites que celles où s'arrête la course du soleil! Il y aura, sans aucun doute, au milieu de toutes ces gloires, une place pour la mienne : à moins qu'il ne soit plus beau de nous ouvrir des provinces où nous puissions nous retirer, que de conserver à nos soldats eux-mêmes, absents et victorieux, une patrie où ils puissent triompher à leur retour.

Il est un point cependant où le vainqueur de l'étranger a l'avantage sur le vainqueur de ses concitoyens. L'ennemi du dehors, s'il est subjugué, devient notre esclave, et, s'il est reçu en grâce, se croit enchaîné par la reconnaissance. Mais quand des citoyens, égarés par je ne sais quel délire, se sont une fois déclarés les ennemis de la patrie, lors même que vous aurez détourné les coups dont ils menaçaient la république, la force sera impuissante à les dompter, la clémence à les désarmer. C'est donc une guerre éternelle qu'il me faudra soutenir contre les mauvais citoyens, je le vois; mais, fort de votre appui et de celui de tous les gens de bien, fort du souvenir de tant de périls, souvenir qui, non-seulement se conservera dans ce peuple sauvé par moi, mais encore se perpétuera dans les entretiens et dans la mémoire de toutes les nations, j'écarterai facilement le danger et de moi et des miens, j'en ai la confiance. Non, jamais il ne se trouvera une force assez puissante pour que l'union du sénat et des chevaliers romains et cette formidable ligue de tous les honnêtes gens puissent craindre un instant d'être affaiblies ou ébranlées.

XI. Ainsi donc, pères conscrits, pour me tenir lieu

du pouvoir militaire, de l'armée, de la province auxquels j'ai renoncé ; pour remplacer le triomphe et les
autres distinctions glorieuses dont j'ai sacrifié l'espérance au devoir de vous défendre, vous et votre ville ;
pour me dédommager de ces liaisons de clientèle et
d'hospitalité qu'un proconsul se crée dans son gouvernement, et que, même à Rome, j'emploie tous mes
moyens d'influence à conserver avec autant de soin
que j'en ai mis à les acquérir ; pour prix, dis-je, de tous
ces sacrifices et de mon dévouement sans bornes à
vos intérêts, comme aussi de cette vigilance dont vous
voyez aujourd'hui les effets, je ne vous demande
rien, sinon de conserver le souvenir de cette époque
et de mon consulat tout entier : tant qu'il restera
gravé dans vos cœurs, je me croirai entouré d'un
rempart inexpugnable. Que si mon espoir vient à être
déçu, grâce à la violence des méchants, si je succombe, je vous recommande mon fils encore enfant.
Certes, il est assuré de ne manquer ni d'une protection efficace ni même d'honneurs, si vous n'oubliez
pas qu'il doit le jour à celui qui, en s'exposant seul
au danger, a sauvé la république entière.

C'est donc votre existence, pères conscrits, celle
du peuple romain, de vos femmes et de vos enfants,
la conservation de vos autels et de vos foyers, de vos
sanctuaires et de vos temples, de la ville entière avec
ses monuments et vos maisons ; c'est l'empire, la
liberté, le salut de l'Italie, c'est la république tout
entière dont vous allez décider en ce moment. Pro-
noncez avec réflexion, comme vous l'avez déjà fait,
et avec fermeté. Vous avez un consul qui n'hésitera
pas à se conformer à vos décrets, et qui, lorsque vous
aurez parlé, saura toute sa vie maintenir et exécuter
vos arrêts.

W. RINN.

DISCOURS CONTRE VERRÈS

SUR LES STATUES.

ANALYSE. Verrès, pendant son gouvernement de la Sicile, s'était signalé per ses vols et ses brigandages. Les habitants de cette province l'accusèrent alors de concussion et chargèrent Cicéron de soutenir leur cause. Cicéron composa donc contre l'ancien préteur une série de discours dont celui intitulé *de Signis* est sans contredit un des plus remarquables. — L'orateur annonce son sujet par une propostion générale. Il présente Verrès comme un brigand qui a enlevé aux Siciliens tout ce qu'ils avaient de plus précieux, et, à ce propos, il entre dans des détails. Il énumère successivement les vols dont Verrès s'est rendu coupable et termine en faisant ressortir énergiquement l'impudence du préteur dont l'avidité n'a jamais rien respecté.

I. Je viens maintenant à ce que Verrès appelle son goût, ce que ses amis nomment sa maladie et sa manie, et les Siciliens son brigandage ; pour moi, je ne sais quel nom lui donner. Je vais vous mettre la chose sous les yeux : jugez-en par ce qu'elle est en elle-même, plutôt que par le nom. Considérez d'abord la nature des faits, et peut-être ne chercherez-vous pas longtems le nom qui leur convient.

Je nie que dans toute la Sicile, cette province si riche, qui conserve tant d'anciens monuments, où sont tant de villes, tant de familles opulentes, il y ait eu un vase d'argent, de métal de Corinthe ou de Délos, une pierre précieuse, un ouvrage d'or ou d'ivoire, une statue de bronze, de marbre, d'ivoire ; enfin un tableau, un tapis, dont Verrès n'ait fait une exacte recherche, qu'il n'ait regardé avec des yeux de cupidité, et qu'il n'ait enlevé pour peu que l'objet lui ait plû.

Je parais en dire beaucoup : considérez comment je m'exprime ; car ce n'est ni pour exagérer, ni pour

grossir l'accusation, que je rassemble tant de choses.
Quand j'avance que Verrès n'a laissé aucune de ces
richesses dans toute la Sicile, comprenez que je
parle simplement, et non sur le ton d'un accusateur.
Je parlerai encore plus clairement, et je prouverai
que dans les maisons des particuliers, dans les villes
même, chez les Siciliens comme chez le citoyen romain, en un mot, que dans la Sicile entière, il n'a
rien laissé de ce qui a frappé ses regards et excité
ses désirs, que ce fût une chose particulière ou publique, profane ou consacrée à la religion.

Par où donc puis-je mieux commencer, Verrès,
que par cette ville, la seule que vous ayez aimée, la
seule qui ait fait vos délices ? puis-je mieux faire
que de choisir vos apologistes ? On connaîtra sans
doute plus aisément comment vous avez traité ceux
qui vous haïssent, vous accusent et vous poursuivent,
quand on verra que vous avez pillé de la manière la
plus indigne vos amis les Mamertins.

II. Caïus Héjus est le citoyen de Messine le plus
riche en meubles et en ornements de toute espèce :
tous ceux qui ont vu cette ville conviendront de cette
vérité. Sa maison est la plus considérable, ou tout
au moins la plus célèbre ; elle est ouverte à tous les
Romains, qui peuvent y jouir des droits de l'hospitalité. Cette maison, avant l'arrivée de Verrès, était
si bien décorée, qu'elle faisait l'ornement de la ville
même. Car Messine, d'ailleurs si remarquable par sa
situation, ses murailles et son port, est dépourvue
de ces curiosité qui font les délices de Verrès.

Il y avait chez Héjus une chapelle, monument antique et respectable qu'il avait hérité de ses pères.
On y voyait quatre statues d'un travail exquis, et
d'une beauté capable de ravir, je ne dis pas seulement Verrès, cet homme intelligent, cet habile connaisseur, mais encore chacun de nous qu'il traite de

bonnes gens et d'hommes sans goût. L'une d'elles
est un Cupidon de marbre, digne ouvrage de Praxitèle ; car, en recherchant les crimes de Verrès, j'ai
appris les noms des artistes. C'est, si je ne me trompe,
ce même Praxitèle qui fit cet autre Cupidon qui est
à Thespies, où sa beauté attire les étrangers ; car il
n'y a rien d'ailleurs qui mérite l'attention. Ainsi,
quand L. Mummius enleva à cette ville les statues
des Muses qui étaient dans le temple de la Félicité,
et quelques monuments profanes, il ne toucha point
à ce Cupidon, parce qu'il était consacré.

III. Mais pour revenir à cette chapelle, la statue
de ce Cupidon était de marbre : de l'autre côté on
voyait un Hercule de bronze, morceau achevé ; on
le disait, à ce que je crois, l'ouvrage de Myron, et
cela est vrai. Deux petits autels dressés devant ces
divinités, semblaient annoncer la sainteté de ce lieu.
Il y avait encore deux statues d'airain d'une hauteur
médiocre, mais d'une beauté ravissante ; elles avaient
la figure et l'habillement de jeunes vierges qui, les
bras élevés, portaient sur la tête, comme les vierges
d'Athènes, certains vases sacrés. On les appelait Canéphores. Mais quel en était l'artiste ? comment se
nommait-il ? Vous m'interrogez fort à propos, c'était
Polyclète. Nos Romains, aussitôt qu'ils arrivaient à
Messine, allaient visiter cette chapelle ; elle était tous
les jours ouverte à tous ceux qui voulaient la voir :
cette maison ne faisait pas moins d'honneur à la ville
qu'au propriétaire.

C. Claudius, qui signala son édilité par la plus
grande magnificence, fit usage de ce Cupidon tout le
temps qu'il fit orner la place en honneur des dieux
immortels, et pour la gloire du nom romain. Mais ce
magistrat, hôte de la famille Héjus et défenseur des
Mamertins, après avoir usé de l'empressement qu'ils
mirent à lui prêter cette statue, fut très-exact à la

leur faire rapporter. Il n'y a pas longtemps, juges,
que nous avons vu de ces hommes distingués ; que
dis-je, il n'y a pas longtemps, nous venons de les
voir ; ils décoraient la place et les basiliques, non de
la dépouille des provinces et du vol des prévarica-
teurs, mais des meubles précieux que leurs amis et
leurs hôtes leur prêtaient ; ils rendaient à chacun les
statues et les ornements qu'on leur avait confiés. Ils
ne les avaient pas enlevés des villes alliées pour
quatre jours, sous prétexte de leur édilité ; ils ne les
faisaient pas ensuite transporter chez eux et dans
leurs maisons de campagne. Toutes ces belles statues dont j'ai parlé ont été enlevées par Verrès de
la chapelle d'Héjus. Il n'y en a laissé aucune, à la
réserve cependant d'une figure antique de bois, qui
représentait, si je ne me trompe, la Bonne Fortune.
Il dédaigna de l'avoir dans sa maison.

IV. O justice des dieux et des hommes! Quel crime! quelle cause monstrueuse! quelle impudence!
Tous ceux que la république a envoyés à Messine,
revêtus du pouvoir, ont vu ces statues avant que vous
les eussiez enlevées. Nous avons eu dans la Sicile,
soit en temps de paix, soit en temps de guerre, tant
de préteurs, tant de consuls, tant de magistrats de
caractères différents : je ne parle pas de ceux dont
la conduite a pour base et pour principe l'intégrité,
la justice et la religion ; je parle de tant d'hommes
avares, injustes, entreprenants ; néanmoins aucun
n'a été assez hardi, aucun n'a assez présumé de son
crédit ou de sa noblesse, pour oser demander, enlever, toucher rien de ce qui appartenait à ce lieu
sacré. Et Verrès se saisira de tout ce qu'il y a de
plus beau, en quelque lieu qu'il le trouve ! Il sera le
seul qui possédera des choses rares! Sa maison ab-
sorbera les richesses de tant de maisons! C. Claudius
a-t-il tout rendu à Héjus, afin que Verrès pût lui

tout enlever? Mais ce Cupidon ne demandait pas une maison prostituée au plaisir, ni des leçons de débauches; il se plaisait dans cette chapelle héréditaire. Il n'ignorait pas que les ancêtres d'Héjus le lui avaient laissé avec d'autres monuments de leur religion; il ne cherchait pas, pour être honoré, l'héritier d'une courtisane.

Mais pourquoi déclamer avec tant de force? Verrès me réfute d'un seul mot. « J'ai, dit-il, tout acheté. » Dieux immortels! le beau moyen de défense! C'est donc un marchand, avec la pourpre et les faisceaux, que nous avons envoyé en Sicile pour y acheter toutes les statues, tous les tableaux, toutes les pierres précieuses, tous les ouvrages d'or, d'argent et d'ivoire, pour ne laisser personne en possession d'aucune chose; car voilà la justification qu'on me paraît opposer à tout : « Il a acheté. » Mais quand je vous accorderais d'avoir tout acheté, comme vous le voulez, puisque sur cet article vous n'apportez point d'autre défense; de quelle nature avez-vous cru que seraient les jugements à Rome, si vous vous êtes imaginé que qui que ce soit vous passerait d'avoir acheté, durant votre préture et le temps que vous avez commandé dans la province, tant de choses précieuses, en un mot, tout ce que vous y avez trouvé de rare et de curieux?

V. Admirez ici, juges, la sage précaution de nos ancêtres, qui, sans soupçonner qu'on pût jamais se porter à de pareils excès, ont néanmoins étendu leur prévoyance jusque sur les plus petites choses. Ils n'ont pas cru qu'un magistrat près de partir pour aller commander en province fût assez peu raisonnable pour acheter de la vaisselle d'argent; car l'État lui en fournissait : ni même d'habits, parce qu'on lui en donnait suivant les lois. Ils lui ont laissé la liberté d'acheter un esclave, dont le service est absolument

3.

nécessaire, et que l'État ne donne point; mais en
même temps ils ont réglé « qu'il ne pourrait en
acheter que pour en remplacer un autre qui serait
mort, » non à Rome, mais dans le lieu même où il
commanderait. Ils n'ont jamais prétendu vous permettre de faire votre maison et de composer votre
domestique dans votre province; ils vous ont permis
seulement d'y acquérir les choses d'un usage indispensable.

Pourquoi tous ces soins, ces lois pour nous détourner de toute acquisition dans les provinces où nous
commandons? C'est, ô juges, qu'ils étaient persuadés
que c'était plutôt une extorsion qu'un achat, quand
il n'était pas permis au vendeur de vendre à son gré.
Ils comprirent que si, dans les provinces, celui qui
commandait avec autorité voulait acheter les effets
des particuliers, et qu'il en eût la permission, il les
emporterait pour le prix qu'il voudrait, qu'ils fussent
à vendre ou qu'ils ne le fussent pas. Mais, dira
quelqu'un, ne soyez pas si rigoureux à l'égard de
Verrès; n'examinez point ses actions par les principes et la conduite de nos pères. Passez-lui tous ces
achats, pourvu qu'il les ait faits en bonne forme,
qu'il n'y ait eu ni abus de son autorité, ni violence,
ni injustice. J'y consens : si Héjus a voulu vendre
quelqu'un de ses effets, s'il l'a vendu le prix qu'il l'es-
timait, je ne demande plus pourquoi vous avez acheté.

VI. Que faire donc? faut-il alléguer des preuves dans
une cause de cette nature? Sans doute il faut examiner si cet Héjus avait des dettes à acquitter; s'il
faisait une vente à l'enchère; si, supposé qu'il la fît,
il était dans un tel besoin d'argent; s'il se trouvait
dans des circonstances si critiques, qu'il fût obligé
de dépouiller sa chapelle et de vendre les dieux de
ses pères. Mais je vois qu'il n'a jamais fait de vente
semblable : Héjus n'a vendu que les fruits de ses

terres : il n'avait aucune dette ; il avait alors beaucoup d'argent, et en a toujours eu. Quand bien même
sa situation aurait été autre que je ne la dépeins, je
soutiens qu'il n'aurait jamais vendu ce qui était depuis tant d'années dans sa famille et dans la chapelle
de ses aïeux. Mais si le prix élevé qu'on lui a offert
l'a déterminé à cette vente? Non, il n'est pas vraisemblable qu'un homme si riche et si vertueux ait
préféré l'argent à sa religion et aux monuments de
ses ancêtres.

Cela est plausible, me dira-t-on; néanmoins une
somme considérable fait quelquefois oublier à l'homme
ses principes. Voyons donc quelle était cette somme
qui a pu faire perdre à Héjus, homme très-riche, et
qui n'était point avare, son bon naturel, sa piété et
sa religion. Vous l'avez sans doute obligé d'écrire sur
les registres : « J'ai vendu à Verrès toutes mes statues de Praxitèle, de Myron, de Polyclète, six mille
cinq cents sesterces. » Lisez la note des registres.
Registres d'Héjus. J'aime à voir que les noms célèbres
de ces artistes, dont nos curieux font tant de cas,
soient ainsi tombés par l'estimation de Verrès. Un
Cupidon de Praxitèle pour mille six cents sesterces?
De là sans doute est né le proverbe : « J'aime mieux
acheter que de demander. »

VII. Mais, me dira-t-on, vous mettez donc à bien
haut prix ces curiosités? Non, elles ne sont ni de
mon goût ni de mon usage : je crois que vous devez
les apprécier d'après ceux qui les recherchent et qui
les aiment, sur le pied qu'ordinairement elles sont
vendues, sur le prix qu'elles coûteraient dans une
vente libre et publique ; enfin, sur l'estime que Verrès
en fait lui-même : car s'il avait pensé que ce Cupidon
ne valait que quatre cents deniers, se serait-il exposé pour l'avoir, aux discours malins du public et
à l'infamie dont il s'est couvert?

Qui d'entre vous ignore quel prix on met à ces beaux ouvrages? Dernièrement, à un inventaire, une statue de bronze de grandeur médiocre ne monta-t-elle pas à cent vingt mille sesterces? Et si je voulais nommer telles personnes qui ont donné un prix égal ou même plus haut, ne le pourrais-je pas? En effet, ces choses valent à proportion de l'envie qu'on a de les posséder; il est difficile d'en borner le prix, à moins que de borner sa passion. Je vois donc que ni le caprice, ni la grandeur de la somme, n'ont engagé Héjus à vendre ses statues; et que, sous prétexte de les acheter, vous les avez arrachées par la force, les menaces, l'autorité, vos licteurs, et que vous les avez emportées de chez un homme que la république avait confié, avec les autres alliés, non-seulement à votre puissance, mais à votre bonne foi.

Que pourrais-je tant souhaiter, juges, que de voir Héjus déposer des mêmes choses! Rien assurément. Mais ne souhaitons rien de difficile. Héjus est de Messine : la ville de Messine est la seule qui, par une commune délibération, fait publiquement l'éloge de Verrès. Haï et détesté du reste de la Sicile, c'est des seuls habitants de Messine qu'il est aimé. Or, la députation envoyée pour faire son apologie a pour chef Héjus, car Héjus est le premier citoyen de sa ville; et il est à craindre que, portant la parole pour le public, il ne dissimule ce qu'il a souffert comme particulier.

J'avais prévu cet inconvénient; je m'en rapportai cependant à Héjus. Il fut entendu dans la première information. Je ne risquais rien à tenter ce moyen; car, quand bien même Héjus se serait démenti et aurait renoncé au caractère d'honnête homme, qu'aurait-il pu répondre? que ces statues étaient encore chez lui et non chez Verrès? Pouvait-il avancer

un mensonge aussi hardi ? S'il eût voulu se déshono-
rer et porter l'impudence au plus haut point, il aurait soutenu qu'il avait voulu les vendre, et qu'il les
avait vendues au prix qu'il en avait exigé. Mais ce
respectable citoyen de Messine, qui voulait vous
donner une juste idée de sa religion et de ses sentiments, déclara d'abord qu'en conséquence de sa mission, il avait fait publiquement l'apologie de Verrès :
il dit ensuite que jamais il n'avait mis en vente ces
statues ; et que, quand il lui aurait été libre de le
vouloir, aucune condition n'aurait pu l'engager à
vendre ces monuments précieux, que ses ancêtres
lui avaient successivement laissés dans la chapelle.

VIII. Quoi, Verrès, vous êtes tranquille ? qu'attendez-vous encore? Pourquoi dire que Centorbe,
Catane, Halèse, Tyndare, Enna, Agyrium, et les
autres villes de Sicile, ont réuni leurs efforts pour
vous accabler, et qu'elles vous persécutent de con-
cert? Votre chère Messine, que vous appeliez votre
seconde patrie, Messine, complice de vos crimes, témoin de vos déportements, dépositaire de vos brigandages et de vos larcins, vous poursuit comme les
autres : voici un de ses premiers citoyens, député
par elle à l'occasion de ce procès intenté contre vous,
qui, chargé de justifier votre conduite, fait publiquement votre éloge, car c'est l'objet de sa mission, il
en a reçu l'ordre; mais lorsqu'on l'a interrogé au sujet de la Cybée, vous savez ce qu'il a répondu. Il dit
que ce navire avait été construit par des ouvriers
publics, forcés à cette corvée par l'autorité des magistrats, et sous les yeux d'un sénateur nommé par
la ville pour présider à cette construction. Ce même
citoyen, juges, reprenant sa qualité de particulier,
s'adresse à vous. Il use du bénéfice de cette loi qui
protége également les fortunes publiques et particulières de nos alliés. Quoique la loi soit contre les con-

cussionnaires, Héjus ne réclame point les effets qui
lui ont été volés; ce n'est pas ce qu'il regrette le
plus. Il ne vous demande que les objets du culte de
ses pères et les dieux de sa maison.

Où sont, Verrès, la pudeur, la religion, le respect
et la crainte des dieux? Vous avez logé à Messine
dans la maison d'Héjus; vous l'avez vu faire presque
tous les jours des actes de piété dans sa chapelle
aux pieds de ces mêmes dieux : il est peu touché de
la perte de ses biens, il vous laisse tout ce qui n'était
que pour l'ornement et la magnificence : gardez les
Canéphores, mais rendez-lui les images des dieux.
Parce qu'il a révélé ces vérités, parce qu'il a profité
de l'occasion pour venir, avec la confiance d'un ami
et d'un fidèle allié des Romains, porter à vos pieds
des plaintes que la modération même semble avoir
dictées ; parce qu'il s'est montré plein de religion,
soit en réclamant ses dieux, soit en respectant son
serment ; apprenez que pour l'en punir, Verrès a
renvoyé à Messine un des députés de cette ville,
celui même qui présida publiquement à la construction du navire dont j'ai déjà parlé, pour demander
au sénat un arrêt flétrissant contre Héjus.

IX. Homme insensé! pensiez-vous obtenir la condamnation d'Héjus? Vous ignoriez donc combien il est
estimé de ses concitoyens, quel est le crédit dont il
jouit? Mais supposons qu'on eût acquiescé à votre demande, que les habitants de Messine l'eussent sévère-
ment puni, de quel poids, à votre avis, serait leur
éloge, s'ils avaient décerné une punition contre celui
dont le témoignage est reconnu conforme à la vérité?
Au reste, quel est cet éloge, si le panégyriste interrogé se trouve obligé de vous accuser? Vos panégyristes ne sont-ils pas des témoins qui déposent pour
moi? Héjus en est un, et il vous a fait plus de mal que
personne. Je produirai les autres; ils tairont volon-

tiers ce qu'ils pourront ; mais ce qui sera nécessaire,
ils le diront, quoique à regret. Nieront-ils que cet immense vaisseau de charge ait été construit à Messine ?
Qu'ils le nient, s'il est possible. Nieront-ils qu'un sénateur de Messine présida publiquement à cette construction ? Je voudrais bien qu'ils eussent l'effronterie
de le nier. J'omets plusieurs choses sur lesquelles je
ne veux point m'ouvrir pour le présent, afin que les
partisans de Verrès n'aient point le temps de concerter les moyens d'appuyer leur parjure.

Que l'éloge d'une seule ville vous tienne lieu de
celui des autres villes qui vous manque. Ayez pour
soutien le crédit de ces hommes qui ne devraient
pas vous secourir quand ils le pourraient, et qui ne
le peuvent pas quand ils le voudraient ; de ces hommes
que vous avez chargés chacun en particulier d'injustices et d'outrages : d'une ville où vous avez
déshonoré à jamais, par vos débauches et par vos
adultères, un grand nombre de familles. Vous avez
rendu de grands services à cette ville : oui, mais au
grand détriment de la république et même de la
Sicile. C'était chez eux un devoir et un usage de fournir, à prix d'argent, soixante mille boisseaux de fro-
ment. Vous seul les avez déchargés de cette obligation. La république y a perdu, puisque vous avez
diminué dans une ville ses droits de souveraineté ;
les Siciliens en ont souffert, en ce que ces soixante
mille boisseaux n'ont pas été déduits de la quantité
de grain que l'île doit nous fournir, mais qu'ils ont
été rejetés sur Centorbe, sur Halèse, villes exemptes
de pareille charge, et que par là elles ont été taxées
au-dessus de leur force.

Vous avez dû, suivant leur traité avec nous, leur
ordonner de fournir un vaisseau : vous les en avez
exemptés pendant trois ans. Vous n'avez point demandé, pendant tout ce temps, un seul soldat. Vous

avez imité la politique des pirates, qui, quoique ennemis de tous les peuples, se font pourtant quelques
amis qu'ils épargnent, qu'ils enrichissent même d'une
partie de leur butin ; ce sont ceux surtout qui ont
une ville dans un lieu commode, où ils sont souvent
obligés d'aborder , et où la nécessité les force quelquefois d'aller chercher un asile.

X. Phasélis, qui fut la conquête de P. Servilius,
n'appartenait point dans l'origine aux Ciliciens ni aux
pirates ; c'était une colonie de Lyciens, peuple ori-
ginaire de Grèce. Mais, à cause de sa situation, et
parce qu'elle était si avancée dans la mer, que les
corsaires, en sortant de leur port, étaient souvent
obligés d'y venir relâcher, et qu'en revenant de leurs
courses ils y étaient encore naturellement poussés,
ils se l'attachèrent d'abord par un traité de commerce,
et ensuite par une association.

Messine, avant la préture de Verrès, ignorait le
crime : elle était même l'ennemie des méchants. Elle
arrêta les équipages de Caton, celui-là qui fut consul.
Et quel était cet homme? un citoyen également illustre et puissant; néanmoins la dignité de consul dont
il avait été revêtu ne l'empêcha point d'être condamné. Ainsi ce Caton, petit-fils de deux hommes
aussi recommandables que L. Paulus et M. Caton, et
fils de la sœur de P. Scipion, fut condamné à payer
dix-huit mille sesterces : telle était alors la sévérité
des jugements. Cependant les Mamertins furent indignés de la modicité de cette somme ; en effet, la dépense qu'ils ont faite depuis pour un seul repas de
Timarchide a été portée au delà de la somme que
Caton fut condamné à payer.

Ce brigand, ce corsaire de la Sicile, a trouvé le
moyen de faire de cette ville une autre Phasélis. Là
étaient transportés les larcins et les fruits de ses concussions. Il les y mettait en dépôt; les habitants y

recélaient tout ce qu'il voulait dérober aux recherches. Les Mamertins étaient les agents dont il se servait, soit pour faire charger son butin sans bruit,
soit pour le faire transporter secrètement. Enfin, ce
fut chez eux qu'il fit construire ce grand navire, pour
l'envoyer en Italie chargé des dépouilles des villes.
C'est en considération de ces services que Verrès
les a affranchis de contributions, de corvées, de milice, en un mot, de toutes charges : pendant trois
ans, ils ont été le seul peuple, je ne dis pas de la
Sicile, mais, selon moi, de toute la terre, particulièrement dans ce temps-là, qui ait été tranquille, libre,
exempt de toute dépense, de tout embarras et de
toute redevance.

C'est à Messine que commencèrent les hauts faits
de Verrès. C'est là qu'ayant fait traîner S. Cominius
dans un repas, il essaya de lui jeter à la tête la coupe
qu'il tenait en main, et qu'il le fit ensuite enlever
de la salle, garrotter et renfermer dans un cachot.
C'est à Messine qu'a été dressée cette croix sur laquelle, en présence de la multitude, il a fait élever
un citoyen romain : attentat qu'il n'aurait osé commettre ailleurs que chez ceux qu'il avait associés à
ses brigandages.

XI. Quoi, Mamertins! vous avez l'audace de venir
faire l'apologie de quelqu'un ? de quel droit ? est-ce
en vertu de celui que vous devez tenir ou du sénat,
ou du peuple romain ? Où trouver, je ne dis pas dans
nos provinces, mais dans les climats les plus éloignés, une ville, quelque puissante, quelque libre, ou
si vous voulez, quelque barbare ou féroce qu'elle
soit ; où trouver enfin un roi qui n'accueille, qui
n'invite, qui ne loge un sénateur romain ? honneur
qui ne se rend pas seulement à la personne, mais
premièrement au peuple romain, puisque notre titre
de sénateur est un de ses bienfaits ; ensuite à la ma-

jesté du sénat : car si les alliés et les nations étrangères cessent de respecter cet illustre corps, que de-
viennent le nom et la majesté de notre empire ? La
ville de Messine ne me fit point d'invitation publique
et solennelle. A ne considérer que moi, c'est peu de
chose ; mais en négligeant de rendre ce devoir à un
sénateur du peuple romain, c'est moins à lui en particulier qu'au sénat même qu'elle a manqué. Tullius
avait une retraite assurée dans la riche et magnifique maison de Cn. Pompéius Basiliscus ; et quand
même vous l'auriez invité, il aurait néanmoins pris
chez lui un logement. Il avait encore la maison des
Parcennius, qui sont aujourd'hui de la famille de
Pompée, maison très-honnête, où, suivant leurs désirs,
mon frère Lucius alla loger. Vous avez fait de votre
part tout ce qui était nécessaire pour qu'un sénateur
romain n'ait point trouvé d'asile chez vous, et qu'il
ait été exposé à passer la nuit sur la place publique :
conduite inouïe dans toute autre ville.

Mais vous citiez en justice notre ami. Vous avez
donc cru pouvoir vous venger de ma conduite per-
sonnelle, en refusant ce qui est dû à la qualité d'un
sénateur ? Mais je me plaindrai de ce procédé lorsque vous aurez quelque affaire auprès de cet auguste
corps que vous seuls avez méprisé. Quoi ! vous osez
paraître devant le peuple romain, sans avoir auparavant arraché du port de votre ville cette croix où
coule encore le sang d'un citoyen de Rome ! vous ne
l'avez pas jetée au fond de la mer, et vous n'avez pas
purifié ce lieu avant d'entrer dans Rome et de vous
présenter à cette assemblée ! C'est dans Messine,
ville qui porte le titre de notre alliée et de notre
amie, qu'on a dressé cet infâme monument de la
cruauté de Verrès. Elle a donc été choisie pour montrer à tous ceux qui y aborderaient, en venant de
l'Italie, l'instrument du supplice d'un de nos citoyens,

avant qu'ils pussent voir un ami de la république !
Vous montrez cette croix et aux habitants de Rhégium,
dont la puissance excite votre jalousie, et à nos citoyens établis parmi vous, afin de les humilier, et
de leur apprendre à moins vous mépriser, en voyant
tous les privilèges de la bourgeoisie romaine anéantis
par ce supplice.

XII. Mais revenons à ces statues. Vous dites que
vous les avez achetées. Vous avez donc oublié d'a-
cheter du même Héjus ces tapisseries si renommées
dans toute la Sicile, et connues sous le nom de tapisseries attaliques? Vous pouviez les acheter comme
les statues. Qu'est-il donc arrivé? Avez-vous ménagé
l'écriture? Non, cet insensé a oublié cet article : il
a cru qu'on s'apercevrait moins de ce qu'il a pris
dans un garde-meuble que de ce qu'il a enlevé
d'une chapelle. Mais comment a-t-il enlevé ces tapisseries? Je ne puis le dire plus clairement que ne l'a
fait devant vous Héjus. Lorsque je lui demandai s'il
était passé quelque autre de ses effets entre les mains
de Verrès, il me répondit que ce préteur lui avait
mandé de lui envoyer ces tapisseries à Agrigente. Je
lui demandai s'il l'avait fait; il me répondit que,
comme de raison, il avait obéi au préteur. Je le priai
de me dire si elles étaient arrivées à Agrigente; il
me l'assura. Enfin, lui dis-je, ont-elles été rappor-
tées chez vous? Il répondit qu'elles ne l'étaient pas
encore. Cette dernière réponse fit rire le peuple et
excita le murmure de toute l'assemblée.

Comment alors, Verrès, ne vous vint-il point dans
l'esprit de lui ordonner d'écrire sur son registre qu'il
vous avait vendu ces tapisseries six mille cinq cents
sesterces? craigniez-vous d'avoir plus à restituer,
s'il était prouvé que vous aviez acheté six mille cinq
cents sesterces ce que vous pouviez aisément re-
vendre deux cent mille? Croyez-moi, la chose en va-

lait bien la peine. Vous auriez de quoi vous défendre : personne n'en demanderait le prix ; si vous pouviez montrer que vous les avez achetées, vous justifieriez aisément votre conduite à cet égard. Mais aujourd'hui vous ne savez comment vous débarrasser de ces tapisseries.

De plus, Philarque, ce riche et illustre citoyen de Centorbe, avait de magnifiques ornements de chevaux, qui appartinrent, à ce qu'on dit, au roi Hiéron ; les lui avez-vous enlevés ou achetés ? Lorsque j'étais en Sicile, les Centorbains, et tous les Siciliens, disaient d'un commun accord (car la chose était claire et connue) que vous aviez enlevé ces objets à Philarque, comme vous en aviez enlevé d'autres fort beaux à Ariste de Palerme et à Cratippe de Tyndare. Si Philarque vous avait vendu ces harnais, vous n'auriez pas promis de les lui rendre, quand vous avez vu qu'on vous citait en justice. Au reste, convaincu que cette extorsion était presque de notoriété publique, vous avez fait réflexion que les restituer, ce serait vous en dépouiller en pure perte, et que le fait n'en serait pour cela ni moins authentique, ni moins avéré ; en conséquence, vous ne les avez point rendus. Philarque a déposé qu'instruit de cette passion que vos amis appellent votre maladie, il souhaitait ardemment que vous n'eussiez aucune connaissance de ces harnais ; qu'ayant reçu ordre de venir vous parler, il avait soutenu qu'il ne les avait point : qu'en effet, pour qu'on ne les trouvât point chez lui, il les avait mis en dépôt ; que votre sagacité fut telle, que vous vous les fîtes montrer par le dépositaire lui-même ; qu'après cette découverte, il ne put soutenir plus longtemps qu'il ne les avait point, et que, malgré lui, vous en aviez fait votre butin.

XIII. Il est à présent essentiel, juges, de connaître la méthode qu'il employait dans ses perquisitions et

ses découvertes. Il y avait dans la ville de Cibyre
deux frères, nommés Tlépolémus et Hiéron ; l'un faisait, je pense, des figures en cire, et l'autre était
peintre. Je crois que, soupçonnés dans leur patrie
d'avoir pillé le temple d'Apollon, la crainte du châtiment leur fit prendre la fuite. Ils savaient que Verrès était fort curieux des ouvrages de leur art. Ils
l'avaient connu lorsqu'il alla à Cibyre avec de vaines
obligations, comme vous l'avez appris des témoins. En
fuyant de leur ville, ces exilés se rendirent en Asie,
où il était alors. Il les eut toujours avec lui depuis ce
temps-là, et tous les brigandages qu'il a faits durant
sa magistrature, ils les ont exécutés ou conseillés.

C'est d'eux qu'il s'agit sur les registres de Q. Tadius, où ce questeur rapporte que, par ordre de Verrès, il a donné une somme d'argent à des peintres
grecs. Après les avoir bien connus et éprouvés, il les
conduisit avec lui en Sicile. Arrivés dans cette province, vous les auriez pris pour les chiens de chasse
les mieux dressés, tant ils avaient le nez fin, tant ils
avaient de sagacité pour découvrir les choses les plus
cachées. Menaces, promesses, esclaves, enfants, amis,
ennemis, tout était pour eux un moyen de faire des
découvertes. Il fallait se résoudre à perdre tout ce
qui leur plaisait. Ceux dont on demandait la vaisselle
d'argent ne souhaitaient autre chose, si ce n'est
qu'elle ne fût pas au gré de Tlépolème et d'Hiéron.

XIV. Écoutez ceci, juges, je jure de rapporter le
fait avec la plus exacte vérité. Je me souviens que
Pamphile de Lilybée, mon hôte et mon ami, homme
de mérite, me disait un jour que, Verrès lui ayant
pris d'autorité un vase de Boëthus, d'un travail admirable et d'un grand poids, il était retourné chez lui
fort triste d'avoir perdu cet ornement de sa maison,
héritage de ses pères, dont il se servait aux jours de
fête et à l'arrivée de ses hôtes. Au moment, conti-

nue-t-il, que j'étais chez moi, rêveur et mélancolique,
arrive un satellite du temple de Vénus : il me signifie
l'ordre de faire dans l'instant porter chez le préteur
mes coupes ciselées. J'en fus troublé, dit-il, j'en
avais deux. J'ordonne qu'on les tire du buffet pour
prévenir des suites fâcheuses, et qu'on les porte chez
le préteur, où je me rends moi-même. Il dormait lorsque j'arrivai : les deux frères se promenaient ; dès
qu'ils m'aperçurent : Pamphile, me demandèrent-ils,
où sont vos coupes ? Je les leur montre en soupirant ;
ils les trouvent fort belles. Je commençai alors à me
plaindre que si on me les ôtait, je n'aurais plus rien
qui fût de quelque valeur. Voyant mon trouble,
Que voulez-vous nous donner, reprirent-ils, pour ne
pas perdre vos coupes ? enfin (c'est toujours Pamphile qui parle) ils exigent deux cents sesterces ; j'en
promets cent. Cependant le préteur appelle, il demande à voir ces coupes : alors ils témoignent qu'ils
avaient cru que ces vases, dont ils avaient entendu
parler, étaient de quelque prix, mais que c'était un
ouvrage méprisable, et indigne d'avoir place parmi
sa vaisselle d'argent. Verrès répondit qu'il en pensait
de même. C'est ainsi que Pamphile remporta ses excellents vases. Et certes, quoique je regarde comme
un mérite bien petit d'être connaisseur en bagatelles,
j'étais toujours étonné que Verrès eût du goût en
cette partie, lui dont je connaissais la stupidité en
tout le reste.

XV. Ce récit de Pamphile me fit comprendre que
Verrès entretenait auprès de lui ces deux frères, afin
de voir les choses par leurs yeux avant de faire agir
ses mains. Il est si jaloux de la réputation de connaisseur en ce genre, que dernièrement (admirez
son extravagance), quoique son affaire eût été remise
au surlendemain, qu'il fût déjà condamné et mort
civilement aux yeux du public, il alla le matin, du-

rant les jeux du cirque, chez L. Sisenna, citoyen recommandable. Comme il y avait des tables dressées,
que l'argenterie était posée sur les buffets, et que la
maison de l'illustre Sisenna était remplie d'honnêtes
gens, il s'approcha de l'argenterie et se mit à considérer, à examiner chaque pièce à loisir. Les uns ad-
mirèrent son imprudence d'augmenter ainsi, à la
veille de son jugement, les soupçons des crimes dont
on l'accusait; les autres sa folie, de ce que, renvoyé
à la prochaine audience, et tant de témoins ayant
déposé contre lui, il ne pensait à rien de tout cela.
A l'égard des esclaves de Sisenna, qui avaient sans
doute entendu parler des témoignages rendus contre
lui, ils suivirent des yeux tous ses mouvements et
ne s'éloignèrent point de l'argenterie.

Un juge éclairé tire des conjectures des plus petites choses, pour décider quelle est dans un homme
la passion dominante, et la force de cette passion.
Or, si, accusé suivant la loi, et renvoyé à une prochaine audience, presque condamné réellement et
dans l'opinion publique, il n'a pu s'empêcher, dans
une nombreuse assemblée, de manier et de considérer l'argenterie de Sisenna, est-il probable que
lorsqu'il était préteur en Sicile, il ait été assez maître de lui-même pour ne point désirer ni prendre la
vaisselle d'argent des Siciliens?

XVI. Mais revenons à Lilybée, d'où nous nous
sommes éloignés. Dioclès, surnommé Popilius, citoyen de cette ville, est le gendre de Pamphile, à
qui Verrès prit ce grand vase d'argent. Son argenterie eut le même sort; elle fut enlevée de dessus le
buffet. Qu'il dise qu'il l'a achetée; car sans doute
l'importance du vol l'aura déterminé à en faire mention sur ses registres. Il ordonna à Timarchide
d'évaluer cette vaisselle. Comment se fit cette estimation? On la mit à un plus bas prix qu'on n'a ja-

mais estimé ce qui se donne aux comédiens. Mais je
m'éloigne du fait : pourquoi tant parler sur vos ac-
quisitions, et demander si vous en avez fait quel-
ques-unes? de quelle manière et à quel prix? Un
mot seul peut résoudre toute la difficulté. Montrez-
moi un mémoire qui porte ce que vous avez acheté
d'argenterie en Sicile, de qui, et à quel prix vous
l'avez acheté.

Pourquoi refusez-vous de le montrer? que dis-je?
est-ce à moi à vous demander vos registres? ne
dois-je donc point les avoir entre les mains et les
produire? Vous dites que pendant ces années-là
vous n'en avez point tenu. Fournissez-moi au moins
des éclaircissements sur l'argenterie dont il s'agit;
nous verrons ensuite pour le reste. Je n'ai point de
registres, répliquez-vous, je ne puis en présenter.
Quel parti prendrons-nous donc? que pensez-vous
que puissent faire ces juges? Avant même votre
préture, votre maison était pleine des plus belles
statues; vous en avez orné vos maisons de campagne, vous en avez mis en dépôt chez vos amis, vous
en avez donné, et cependant vos livres ne font point
foi que vous en ayez acheté aucune. Toute l'argenterie de la Sicile a disparu ; Verrès n'a rien laissé à
personne de ce qu'il a eu envie de s'approprier. On
se retranche sur cette mauvaise défense, que le
préteur a tout acheté, et cela ne se trouve écrit
nulle part. Si vous présentez quelques registres, on
n'y trouve ni la qualité des choses ni les moyens
employés pour leur acquisition. Or, soutenir que,
durant votre préture, vous avez acheté tant d'effets,
et ne présenter aucun titre qui prouve ces achats,
n'est-ce pas mettre les juges dans la nécessité de
vous condamner, et pour les mémoires insuffisants
que vous leur présentez, et pour ceux que vous ne
pouvez produire?

XVII. C'est à M. Cœlius, jeune chevalier romain
très-distingué, que vous avez pris dans Lilybée les
vases d'argent qui vous ont plu. C. Cacurius est un
homme brave, habile et fort estimé ; cependant vous
avez osé emporter tous ses meubles précieux. Cette
grande et magnifique table de bois de citronnier
qu'avait Q.Lutatius Diodorus, qui, par l'obligeante entremise de Catulus, reçut de Sylla le titre de citoyen
romain, ne l'avez-vous pas enlevée publiquement dans
Lilybée? Je ne vous reproche point d'avoir pillé un
homme dont les mœurs ressemblent si bien aux vôtres, Apollonius de Drépane, fils de Nicon, et qui
porte aujourd'hui le nom d'A. Clodius : vous l'avez
dépouillé de toute sa belle argenterie; je passe ce
fait, car il ne pense pas que vous lui ayez fait une
injustice. Il sait qu'il était perdu, et que vous l'avez
sauvé en vous associant avec lui pour partager le patrimoine des pupilles de Drépane. Si vous lui avez
enlevé quelque chose, je m'en réjouis avec vous :
c'est ce que vous avez fait de mieux. Mais pour Lyson, cet homme si distingué dans Lilybée, chez qui
vous logiez alors, il ne convenait certainement pas
de lui enlever sa statue d'Apollon. Vous direz que
vous l'avez achetée : oui, mille sesterces, si je ne
me trompe. Je le sais, et je produirai l'acte de cet
achat ; néanmoins, je le répète, cela ne convenait
pas. Soutiendrez-vous encore que, dans la même
ville, vous avez acheté à Héjus, pupille de Marcellus,
de qui vous aviez déjà extorqué une grosse somme
d'argent, ses gondoles ornées d'emblèmes, ou con-
venez-vous de bonne foi que vous les avez volées ?

Mais pourquoi rappeler toutes ces petites injustices,
dont le détail ne montre que rapines, d'un côté, et
pertes, de l'autre. Écoutez, je vous prie, juges , un
fait qui prouve moins son avarice et sa cupidité
qu'une extravagance singulière et une sorte de fureur.

XVIII. Parmi les témoins que vous avez déjà ouïs, il y a un certain Diodorus de Malte. Depuis plusieurs années, il habite à Lilybée ; distingué dans sa patrie, il s'est fait encore respecter et chérir de ceux chez qui il a transporté son domicile. Verrès est instruit que cet homme avait de très-beaux vases ciselés, et entre autres deux coupes de celles qu'on nomme Thériclées, deux chefs-d'œuvre de Mentor : à cette nouvelle, impatient de les voir et de les prendre, il fait venir Diodorus et les lui demande ; celui-ci, désirant les conserver, dit qu'il ne les a point à Lilybée, qu'il les a laissées à Malte chez un de ses parents.

Verrès envoie sur-le-champ des hommes affidés dans cette île, mande à quelques-uns des habitants de faire enquête de ces vases, presse Diodorus d'écrire à son parent. Rien ne lui paraissait si long que le temps qu'il fallait pour faire venir ces vases. Diodorus, homme économe et soigneux, qui veut conserver son bien, écrit à son parent de dire à ceux qui viendraient de la part de Verrès qu'il avait fait partir depuis peu de jours ces vases pour Lilybée. Il s'absente en attendant, aimant mieux quitter sa maison que de voir enlever sous ses yeux ces vases si bien travaillés. Verrès, instruit de sa retraite, en est tellement irrité, qu'on le croit tombé en démence et devenu furieux. N'ayant pu dépouiller Diodorus de son argenterie, il l'accuse de lui avoir volé des vases d'une rare beauté : il le menace, tout absent qu'il est ; il pousse des cris et des hurlements ; quelquefois à peine peut-il retenir ses larmes. Nous lisons dans la fable qu'Ériphyle, à la vue d'un collier d'or enrichi de pierreries, poussée du désir violent de l'obtenir, trahit et sacrifia son époux : voilà l'image de la cupidité de Verrès. Elle est même plus vive et plus déraisonnable, car Ériphyle était tentée par un objet présent ; et les désirs de Verrès étaient excités non-seulement par les yeux, mais encore par les oreilles.

XIX. Il ordonne de chercher Diodorus dans toute la Sicile, mais il était déjà sorti avec ses vases. Verrès, pour le faire revenir, imagina cet expédient, ou, pour mieux dire, cette extravagance. Il lâche un de ses chiens pour répandre le bruit qu'il va faire un procès criminel à Diodorus. On est surpris d'abord d'entendre accuser Diodorus, l'homme le plus pacifique, et que personne n'a jamais soupçonné, je ne dis pas d'un crime, mais même de la plus légère faute. On conçoit bientôt clairement que son argenterie est le motif de tout ce manége. Cependant Verrès n'hésite point à prononcer qu'on le citera en justice; et ce fut vraisemblablement la première plainte qu'il reçût contre un absent.

Alors toute la Sicile vit que cette avidité de Verrès pour la vaisselle bien travaillée ne craignait pas de multiplier les accusations capitales, et qu'on poursuivait les absents comme ceux qui étaient dans le pays. Diodorus, avec l'extérieur d'un suppliant, court ici chez ses protecteurs et ses amis et leur détaille à tous son malheur. Verrès reçoit de son père une lettre pressante; ses amis lui écrivent sur le même ton. Tous l'avertissent de prendre garde à l'action qu'il intente contre Diodorus, d'envisager où cette démarche peut le conduire. Ils lui représentent que la vérité est connue, que son procédé le rend odieux, qu'il y a de la folie dans cette accusation, et que, s'il n'y fait attention, cette affaire seule le perdra. Verrès alors regardait son père comme un homme, s'il ne le regardait pas comme l'auteur de ses jours. Il n'avait pas encore amassé assez d'argent pour essayer de corrompre ses juges; c'était la première année de sa préture. Il n'était pas encore fort riche, comme dans l'affaire de Sthénius. Ainsi la crainte du châtiment, plutôt que la honte du crime, mit un frein à sa fureur. Il n'ose condamner Diodorus ; il l'efface de la liste des accusés. Cependant Diodorus, pendant les trois ans que dura la préture de Verrès, ne parut point en Sicile et s'était éloigné de sa maison. Tous les Siciliens et les citoyens romains qui sont dans cette île, voyant jusqu'où Verrès se laissait entraîner par sa passion, jugèrent bien qu'ils ne devaient pas se flatter de conserver chez eux rien de ce qui lui ferait plaisir.

XX. Mais quand ils eurent appris que Q. Arrius, homme ferme et impatiemment attendu par toute la province, ne succédait pas à Verrès, ils désespérèrent de trouver le moyen de cacher et de dérober à son industrieuse cupidité leurs effets les plus précieux. Cn. Calidius, chevalier romain, vivant noblement et jouissant de la faveur du peuple, avait son fils sénateur et juge à Rome ; quoique Verrès ne l'ignorât pas, il lui enleva de beaux vases d'argent ornés de chevaux en relief, et qui avaient toujours passé pour être d'un très-grand prix.

J'ai avancé ce fait témérairement, juges : car il les a achetés, il ne les a point volés ; je voudrais n'en avoir point parlé. Il va se faire valoir, il va triompher. Je les ai achetés, je les ai payés ; on produira les registres. L'importance de la chose exige en effet que vous les produisiez : montrez-les-moi. Si je puis les lire, dès lors vous êtes disculpé du crime dont vous accuse Calidius. Mais si vous les aviez achetés, pourquoi Calidius se plaignait-il à Rome ? Pourquoi disait-il que depuis tant d'années qu'il trafiquait dans la Sicile, vous seul l'aviez méprisé jusqu'à le dépouiller comme les autres Siciliens ? S'il vous les avait vendus librement, pourquoi publiait-il qu'il les réclamait ? et vous-même, pouviez-vous refuser de les rendre, surtout puisque Calidius était le grand ami de L. Si-

senna, votre protecteur, et que vous aviez fait resti-
tution aux autres amis de Sisenna?

Enfin, je crois que vous conviendrez que votre
ami Potamon a restitué de votre part l'argenterie de
L. Cordius, homme respectable sans doute, mais qui
n'est pas plus accrédité que Calidius. Ce Cordius
vous rendit plus difficile à restituer aux autres ce que
vous leur aviez pris. Car, quoique vous eussiez promis à plusieurs de restituer, quand Cordius eut dit
en justice que vous lui aviez rendu, vous avez cessé
de rendre, parce que vous avez compris que c'était
lâcher votre proie, sans espérance de fermer la bouche
aux témoins. Tous les autres préteurs ont laissé à C.
Calidius, chevalier romain, sa belle argenterie; il lui
a été libre, toutes les fois qu'il invitait quelque magistrat ou quelque grand, d'orner sa table avec ce
qu'il avait de plus beau. Il a reçu dans sa maison des
hommes revêtus d'une autorité quelconque, et il
ne s'en est trouvé aucun assez téméraire pour lui
enlever une si belle et si précieuse vaisselle, aucun
assez hardi pour la lui demander, ou assez impudent
pour exiger qu'il la lui vendît.

En effet, juges, c'est un orgueil insupportable d'entendre un préteur, dans sa province, dire à un
homme respectable, et qui se fait honneur de son
bien : « Vendez-moi ces vases ciselés. » N'est-ce point
dire : Vous n'êtes pas digne de posséder de si belles
pièces; elles sont faites pour un homme comme moi?
Quoi! Verrès, vous avez plus de mérite que Calidius?
Sans comparer ici sa conduite et sa réputation avec
votre renommée et avec vos mœurs (car le parallèle
n'est plus admissible), je rappellerai seulement l'avantage sur lequel vous fondez votre supériorité. Le
voici : vous avez donné quatre-vingt mille sesterces
aux chefs des tribus, pour être fait préteur; trois
cent mille à l'accusateur public, pour qu'il ne tra-

versât point votre élection. Voilà ce qui vous a fait
mépriser l'ordre des chevaliers; voilà ce qui vous a
porté à croire que Calidius ne devait pas avoir pré-
férablement à vous quelque chose qui vous plaisait.

XXI. Il y a longtemps qu'il parle avec confiance
de l'affaire de Calidius; il assure à tout le monde
qu'il a acheté ces vases d'argent. Verrès, n'avez-vous
point aussi acheté l'encensoir de L. Papirius, chevalier
romain, homme noble, riche et vertueux? Il a dit,
dans sa déposition, qu'ayant demandé à le voir, vous
le lui aviez renvoyé, après en avoir ôté les figures.
Vous comprenez ici que c'est son goût pour les belles
choses, et non l'esprit d'intérêt, qui le conduit. Il
préfère la beauté du travail à la richesse de la matière. Ce n'est point à l'égard du seul Papirius que
notre préteur a été si modéré; il a usé de la même
retenue pour tous les encensoirs qu'il a trouvés en
Sicile. Or, on ne saurait comprendre le nombre et la
beauté de ceux que l'on y voyait. Je suis persuadé
que la Sicile, dans les temps de sa splendeur et de
son opulence, possédait une infinité de chefs-d'œuvre
en ce genre. Car, avant la préture de Verrès, il n'y
avait point de maison un peu aisée où, lors même
qu'il n'y avait point d'autre argenterie, on ne trouvât
un plat orné de gravures et de figures des dieux, un
encensoir, une coupe dont les femmes se servaient
pour les sacrifices et les cérémonies religieuses. Toutes
ces pièces étaient des morceaux antiques, travaillés
avec un art admirable. De là on pouvait conjecturer
qu'autrefois, chez les Siciliens, on trouvait à proportion tous les autres ustensiles d'argent; que la fortune leur en avait enlevé une grande partie, mais
qu'ils avaient conservé tout ce qui était consacré par
la religion.

J'ai dit, juges, qu'il y avait chez presque tous les
Siciliens beaucoup de ces vases, et j'avance hardi-

ment que maintenant il n'y en a pas un seul. Quel monstre nous avons envoyé dans cette malheureuse province! Ne diriez-vous pas qu'il s'est proposé non-seulement de satisfaire sa passion et ses yeux, mais encore d'assouvir, à son retour à Rome, les désirs des hommes les plus passionnés. Entrait-il dans une ville, il lâchait aussitôt ses chiens, je veux dire les deux Cybirates, qui allaient à la découverte, pour qui rien n'était caché. Trouvaient-ils quelque grand vase, quelque ouvrage de prix, ils s'en saisissaient et revenaient charmés de leur butin. Quand ils ne pouvaient faire aussi bonne chasse, ils prenaient du moins, comme autant de menu gibier, les plats, les coupes, les encensoirs. Quels gémissements! quelles larmes ces pertes coûtaient aux femmes! Peut-être regardez-vous ces choses comme de petits objets; mais qu'elles causent de cruelles douleurs, surtout à de faibles femmes, lorsqu'elles se voient arracher ces vases, qui leur ont toujours servi pour le culte des dieux, qui de tout temps ont été dans leur famille, et qu'elles ont hérités de leurs pères!

XXII. N'attendez pas qu'entrant dans le détail de l'accusation et parcourant toutes les maisons de la Sicile, je vous dise : Il a enlevé une coupe à Eschyle de Tyndare, un vase à Thrason, citoyen de la même ville, un encensoir à Nymphodorus d'Agrigente. Lorsque je ferai entendre les témoins venus de la Sicile, que Verrès choisisse celui qu'il veut que j'interroge sur l'enlèvement des vases, des coupes, des encensoirs; vous verrez qu'il n'y a pas de ville, pas même de maison un peu riche qui ait été à l'abri de ses rapines. Était-il invité à un repas, la vue de quelque pièce de vaisselle bien travaillée le transportait, il n'était pas maître de ses mains. Cn. Pompée Philon était autrefois citoyen de Tyndare. Il invita Verrès à souper dans sa maison de campagne, proche de la ville. Il fit ce que les Siciliens n'osaient faire ; comme il était citoyen romain, il crut qu'il le ferait sans risque : il mit sur sa table un vase embelli de magnifiques cachets. Dès que Verrès voit ce vase consacré aux dieux pénates et aux dieux hospitaliers, il a la hardiesse de le prendre sur la table de son hôte ; mais, par une suite de cette modération dont j'ai déjà parlé, après avoir détaché les figures, il laissa généreusement l'argenterie.

Quoi ! n'en fit-il pas autant à Eupolème, illustre citoyen de Calacte, l'hôte et l'ami de la famille des Lucullus, et qui est maintenant à l'armée auprès de L. Lucullus ? Verrès soupait chez lui : celui-ci avait fait servir son argenterie sans ornement et toute nue, pour n'être pas dépouillé lui-même. Il n'y eut que deux petites coupes qu'on servit avec leurs emblèmes. Aussitôt Verrès, comme s'il eût été le bouffon de la fête, ne voulut point sortir de table sans avoir sa récompense, et fit détacher ces emblèmes en présence de tous les convives. Je ne prétends pas donner un détail circonstancié de toute sa conduite ; la chose n'est ni nécessaire ni possible. Je parcours sommairement les différentes espèces de crimes, et je cite un exemple de chacune ; car il s'est conduit, non en homme qui devait un jour rendre compte, mais absolument comme s'il n'eût jamais dû être accusé, ou que plus il aurait pillé, moins il aurait à craindre les lois et la justice. Aussi n'a-t-il rien fait sourdement, ou par des amis ou par des agents ; il a commis le crime le front levé, sur les tribunaux où il était assis pour rendre la justice, et il a fait servir à ses desseins son pouvoir et son autorité.

XXIII. Arrivé à Catane, ville considérable et très-opulente, il mande Dionysiarque, qui en était le premier magistrat, et lui ordonne publiquement de faire rechercher toute l'argenterie qui est dans la ville et

de la lui faire apporter. Philarque de Centorbe, que
sa naissance, ses vertus, ses richesses, mettent à la
tête des citoyens de cette ville, n'a-t-il pas déposé,
après avoir promis par serment de dire la vérité,
qu'il avait reçu ordre de faire la même recherche à
Centorbe, une des principales villes et des plus riches
de la Sicile, et de lui envoyer tout ce qu'il pourrait découvrir? Agyrium fut de même, suivant ses ordres, dé-
pouillée de ses vases de Corinthe par Apollodore, que
vous avez déjà entendu, et qui les fit porter à Syracuse.

Mais voici le trait le plus frappant. Notre préteur,
laborieux et vigilant, arrivé proche d'Haluntium,
refuse d'aller jusqu'à la ville, parce qu'elle était
élevée et que les chemins étaient difficiles à gravir.
Il fait venir Archagathe, citoyen de cette ville, homme
respecté dans sa patrie et dans toute la Sicile, lui
donne la commission de faire transporter au plus tôt
sur le bord de la mer, où il l'attend, tout ce qu'il
pourrait trouver dans la ville, ou d'argenterie bien
travaillée, ou de vases de Corinthe. Archagathe remonte à la ville. Cet honnête homme, qui souhaitait
de se conserver l'estime et l'amitié de ses concitoyens, était très-fâché de la commission qu'il avait
reçue, et ne savait comment l'annoncer. Il déclare
cependant l'ordre du préteur, et enjoint à ses concitoyens d'apporter ce qu'ils ont de plus précieux.
La crainte et la consternation étaient générales, car
le tyran ne s'éloignait pas : couché dans sa litière,
il attendait sur le rivage, au-dessous de la ville, Archagathe avec l'argenterie.

Qui pourrait se représenter le tumulte que cet ordre causa dans la ville, les cris et les lamentations
des femmes! Ceux qui en auraient été témoins auraient dit que le cheval de Troie avait été introduit
dans la ville, et qu'elle était déjà prise. On emportait des vases sans étuis; on en arrachait des mains

des femmes ; on brisait les portes, on enlevait les ver-
rous. Quelle autre image se faire de cette désolation? Si dans un temps de guerre, ou dans une
alarme subite, on oblige les particuliers de donner
leurs armes, ils ne les donnent qu'à regret, quoique
ce soit pour le salut et la défense commune. Ne dou-
tez pas qu'il n'en ait coûté des larmes bien amères à
tous ceux qu'on a contraints de porter leur argenterie hors de leurs maisons et de la mettre sous la
main du préteur. Enfin, on apporte tout à Verrès :
on appelle les deux Cybirates, qui ne rejettent que
peu de chose. On détache des vases qu'ils avaient
trouvés beaux les pièces de rapport ou les ornements ; et les Haluntiens, privés de leurs délices,
retournèrent chez eux avec leur argenterie toute
nue.

XXIV. Y eut-il jamais un pareil fléau dans cette
province? On a vu des magistrats détourner sourdement une partie des finances, d'autres piller sans
bruit les particuliers, et malgré toutes leurs précautions, ils étaient découverts et condamnés. Et si vous
me demandez mon sentiment sur leurs accusateurs,
je me rabaisserai moi-même, car je pense que les
bons accusateurs étaient ceux qui suivaient ces sortes de larcins à la piste, ou d'après quelque trace
légèrement imprimée. Pour nous, en effet, quelle
recherche faisons-nous par rapport à Verrès? nous
trouvons toutes les traces de son corps imprimées
dans la boue. Est-il si difficile d'instruire le procès
d'un coupable qui, en passant auprès d'une ville,
fait arrêter sa litière, et sans user de moyens propres à faire illusion, mais par un acte authentique de
son pouvoir, et par un ordre absolu, pille toutes les
maisons? Cependant, afin de pouvoir dire qu'il a
acheté, il commande à Archagathe de compter pour
la forme quelques pièces d'argent à ceux qu'il dé-

pouillait. Archagathe n'en trouva que quelques-uns qui voulussent en accepter ; il en donna à ceux-ci. Cependant Verrès ne le remboursa point : Archagathe voulait lui en demander à Rome le remboursement ; Cn. Lentulus Marcellinus l'en détourna, comme vous l'avez appris par sa déposition. [Lisez cette *déposition d'Archagathe et de Lentulus.*]

Pour vous convaincre qu'il avait un motif en ramassant toutes ces pièces rares et curieuses, examinez quel respect il a eu pour vos jugements et pour ceux du peuple romain ; pour les lois, pour la justice ; voyez s'il a craint les témoins, s'il a ménagé les négociants de la Sicile. Voici l'usage qu'il en voulait faire. Après avoir enlevé une si grande quantité d'ornements, sans en laisser à personne, il établit publiquement un immense atelier dans le palais de Syracuse, ordonne d'y faire assembler tout ce qu'il y avait d'ouvriers en or, en gravure, en ciselure, en vaisselle ; il en avait déjà lui-même un grand nombre à ses gages. Y ayant rassemblé cette multitude d'ouvriers, il les fait travailler huit mois consécutifs, quoiqu'il ne les occupe qu'à des ouvrages d'or. Ensuite on applique sur ces coupes d'or les ornements qu'il avait enlevés des vases et des encensoirs des particuliers, et on les y adapte avec tant d'art, qu'on aurait dit que la pièce ajoutée n'avait jamais eu d'autre destination. Cependant ce préteur, qui se vante d'avoir maintenu la Sicile en paix par ses soins et sa prudence, passait des jours entiers dans cet atelier, en tunique brune et en manteau.

XXV. Je n'oserais entrer dans un pareil détail, si je ne craignais que vous ne prétendissiez en avoir plus appris par la voix publique que de moi, qui suis chargé d'instruire son procès. Qui n'a point entendu parler de cet atelier, de ces vases d'or et de l'habillement dans lequel il y parut ? Nommez tel honnête homme qu'il vous plaira de Syracuse, je l'appellerai en témoignage. Il n'y en aura pas un qui ne vous dise ou avoir vu ces choses, ou les avoir ouï raconter.

O temps! ô mœurs! l'exemple que je vais vous citer n'est pas fort ancien. Il y en a beaucoup parmi vous qui ont connu L. Pison, père de celui qui fut préteur. Lorsqu'il exerçait la préture en Espagne, où il fut tué, le hasard voulut qu'en faisant des armes, l'anneau d'or qu'il portait se rompit et se brisa tout en pièces. Voulant s'en procurer un autre, il fait venir l'orfèvre sur la place publique de Cordoue, et là, du haut de son siége, en présence de tous les assistants, il pèse l'or nécessaire, fait asseoir l'ouvrier et lui commande de fabriquer l'anneau à la vue des spectateurs. Peut-être dira-t-on que c'est une exactitude trop scrupuleuse. Le blâme qui voudra aujourd'hui, je n'en dirai pas davantage; mais cette action était bien digne du fils de celui qui le premier porta une loi contre les concussionnaires.

Il est absurde de revenir à Verrès, après avoir parlé du vertueux Pison. Considérez cependant quelle différence il y a entre l'un et l'autre. Le premier fit faire des vases d'or pour garnir plusieurs buffets, sans s'inquiéter ni des cris des Siciliens ni des poursuites judiciaires qui l'attendaient à Rome ; le second voulut que toute l'Espagne sût d'où il avait tiré une demi-once d'or pour se faire un anneau ; c'est-à-dire, que l'un a prouvé qu'il était digne de son nom infâme, et l'autre, de son glorieux surnom.

XXVI. On ne peut ni se retracer à soi-même ni renfermer dans un seul discours tous les crimes de Verrès; il suffit d'en indiquer succinctement les espèces. L'anneau de Pison me rappelle une chose qui m'était entièrement échappée. A combien d'honnêtes gens pensez-vous que Verrès a enlevé leurs anneaux

6.

d'or? Il n'a jamais hésité de le faire, toutes les fois qu'un anneau lui plaisait par lui-même ou par rapport à la pierre. Voici un fait qui paraît incroyable; mais il est si connu, que Verrès n'aura pas, je pense, le front de le nier.

Valentius, son secrétaire, reçoit une lettre d'Agrigente; Verrès, qui remarque par hasard sur la craie l'empreinte du cachet, le trouve beau, demande d'où vient la lettre. On lui apprend qu'elle vient d'Agrigente. Il écrit à ses correspondants ordinaires de lui envoyer incessamment cet anneau. L'ordre est exécuté: on l'arrache du doigt de L. Titius, père de famille et citoyen romain. Et sa passion pour les ornements de lits, elle est incroyable; car quand même il aurait voulu avoir pour chacune de ses salles à manger, soit à Rome, soit dans ses maisons de campagne, trente lits bien dressés, avec tous les autres ornements d'un repas, il aurait encore paru en trop acheter. Il n'y avait pas de riche maison dans la Sicile où il n'eût établi une manufacture d'étoffes.

Il y a à Ségeste une femme très-riche et très-distinguée, nommée Lamia. Sa maison fut pendant trois ans remplie de toiles appartenant au préteur, et elle lui fit une couverture de lit tout entière en cramoisi. Il chargeait des mêmes soins, à Nétum, Attale, homme fort riche, et citoyen de cette ville; Lyson à Lilybée; Critolaüs à Enna; Eschrion, Cléomène, Théomnaste, à Syracuse; Archonide et Mégiste, à Élore. La voix me manquerait plutôt que les noms. Il y a apparence qu'il fournissait la laine, et que ses amis payaient les frais de la façon. Il ne faut pas le faire criminel sur tous les chefs; il suffit, pour l'accusation, qu'il ait eu tant de matière à faire travailler, qu'il ait voulu emporter tant de choses, et enfin, comme il en convient lui-même, qu'il se soit servi du ministère de ses amis pour tous ces ouvrages. Ces lits de bronze, ces candélabrés de cuivre, qui occupèrent pendant trois ans tous les ouvriers de Syracuse, n'étaient-ils point pour Verrès? Il les achetait; je le veux. Mais je ne prétends, juges, que vous exposer ce qu'il a fait dans sa province, de peur qu'il ne paraisse avoir oublié ses intérêts, et ne s'être point servi de son autorité pour enrichir et meubler sa maison.

XXVII. Je vais maintenant vous parler non d'un vol, d'un trait d'avarice et de cupidité, mais d'une action qui me paraît renfermer tous les crimes à la fois. On y voit les dieux offensés, la confiance dans le peuple romain et la dignité de ce nom auguste affaiblies et presque perdues, les droits de l'hospitalité violés et trahis, les rois alliés aigris, et les cœurs de leurs peuples entièrement indisposés contre nous.

Vous savez que les jeunes rois de Syrie, les fils d'Antiochus, étaient à Rome il n'y a pas longtemps. L'objet qui les y avait conduits, était non le royaume de Syrie, qui leur appartenait incontestablement, étant l'héritage de leurs aïeux, mais le royaume d'Égypte, sur lequel eux et leur mère Sélène avaient des prétentions; les circonstances et les deux guerres fâcheuses qui occupaient alors la république n'ayant pas permis au sénat de leur donner satisfaction, ils retournèrent en Syrie, leur royaume héréditaire. L'un d'eux, nommé Antiochus, prit sa route par la Sicile, et arriva à Syracuse pendant la préture de Verrès.

Le préteur regarda cette arrivée comme un héritage pour lui, parce qu'il voyait dans ses domaines, et pour ainsi dire entre ses mains, un prince qu'il avait ouï dire et qu'il soupçonnait avoir beaucoup de riches curiosités. Il lui envoie une assez grande quantité de présents pour ses usages domestiques, des vins, des huiles autant qu'il le crut à propos, et même sa provision de blé prise sur les décimes qu'il

levait à son profit. Il invite ensuite ce prince à souper
et fait orner magnifiquement la salle du festin. On y
voit paraître sa belle et nombreuse vaisselle d'argent, car sa vaisselle d'or n'était pas encore achevée.
Le repas est recherché et somptueux. En un mot,
le roi se retire charmé de la magnificence qu'il a vue
régner dans la maison de Verrès et des honneurs
qu'il y a reçus. Il invite à son tour le préteur, étale
toutes ses richesses, beaucoup d'argenterie, plusieurs
coupes d'or embellies de pierres précieuses, comme
en ont les rois, et surtout ceux de Syrie. Il y avait
entre autres un vase à mettre du vin, formé d'une
seule pierre précieuse, creusée pour cet usage, et à
laquelle on avait ajouté un pied d'or. Vous en avez
entendu faire le récit par Q. Minucius, témoin com-
pétent et bien digne de foi.

Verrès prend ces vases l'un après l'autre, en fait
l'éloge et les admire ; le prince était charmé qu'un
préteur du peuple romain eût trouvé agréable et de
bon goût toute la disposition de son repas. Verrès
se retire tout occupé, comme l'événement le fit voir,
des moyens de renvoyer de la Sicile Antiochus dépouillé de toutes ses richesses. Il lui fait demander
ses plus beaux vases, sous le prétexte de les montrer
à ses ouvriers. Ce prince, qui ne connaît point le caractère de cet homme, lui fait porter le tout sans le
moindre soupçon ; Verrès renvoie prier le prince de
confier aussi le beau vase d'une seule pierre, parce
qu'il désire le considérer plus attentivement : le prince
le lui envoie de même.

XXVIII. Maintenant, juges, daignez écouter la
suite de l'histoire. Elle n'est nouvelle ni pour vous
ni pour le peuple romain, et elle s'est répandue chez
les nations étrangères, jusqu'aux extrémités du
monde. Ces deux rois dont je parle avaient apporté
à Rome un candélabre enrichi de pierres éclatantes

et d'un travail admirable; leur dessein était de le
placer dans le Capitole; mais ne pouvant l'y poser
alors, parce que ce temple n'était pas encore achevé,
ils ne voulurent pas l'exposer en public, ni le faire
voir à beaucoup de personnes, afin que, lorsqu'il serait placé devant la statue de Jupiter, il eût tout le
mérite de la nouveauté, et que sa beauté surprît
agréablement tout le monde. Ils résolurent donc de
le reporter en Syrie, se proposant, aussitôt qu'ils
apprendraient la consécration de la statue du grand
Jupiter, d'envoyer des ambassadeurs chargés de présenter ce rare et magnifique présent, avec les autres
offrandes destinées pour le Capitole. Verrès en fut
instruit, je ne sais par quelle voie, car le prince voulait tenir la chose secrète : non qu'il craignît, ou qu'il
eût le moindre soupçon ; mais il ne voulait pas que
plusieurs particuliers vissent ce candélabre avant le
peuple romain. Notre préteur le prie et le conjure
de le lui envoyer, lui marquant une extrême envie de
l'examiner et lui promettant de ne le laisser voir à
personne.

Antiochus, qui, avec la confiance d'un jeune
homme, avait l'âme véritablement royale, ne soup-
çonne Verrès d'aucun mauvais dessein. Il ordonne à
ses officiers de porter bien secrètement au préteur
le candélabre enveloppé. Quand ils l'eurent apporté
et posé, ils en ôtèrent l'enveloppe; aussitôt Verrès
s'écria que c'était un présent digne du royaume de
Syrie, digne du prince qui l'offrait, digne enfin du
Capitole. Il brillait en effet de l'éclat de toutes les
pierres précieuses dont il était enrichi; l'art le disputait à la richesse de la matière. Sa grandeur faisait comprendre qu'il avait été fait pour orner, non
la demeure des mortels, mais le temple le plus ma-
jestueux de l'univers. Les officiers, croyant qu'il l'a-
vait considéré suffisamment, se préparaient à le rem-

porter ; mais il leur dit qu'il veut encore l'examiner,
qu'il ne peut se rassasier du plaisir de le voir : il les
oblige à se retirer et à laisser le candélabre ; ils retournent auprès d'Antiochus les mains vides.

XXIX. Le prince n'a d'abord ni crainte ni soupçon ; plusieurs jours s'écoulent, et le candélabre ne
revient point. Le prince envoie prier Verrès de le
lui rendre, s'il le veut bien ; celui-ci répond qu'on
revienne dans quelques jours. Antiochus est étonné
de ce retard : il renvoie une seconde fois sans pouvoir l'obtenir. Il vient lui-même trouver Verrès et
le prie de lui rendre ce qu'il lui a confié. Reconnaissez ici le front et l'extrême impudence de cet
homme. Il savait, et le prince même le lui avait dit,
qu'il le réservait pour le Capitole, à l'honneur de Jupiter, comme un présent qu'il voulait faire au peuple
romain ; il le presse cependant, il le conjure avec
instance de le lui donner. Antiochus s'en défend, et
sur le respect qu'il doit à Jupiter Capitolin, et sur
les reproches qu'il craint de la part de tant de peuples
qui avaient vu faire cet ouvrage et qui en connaissaient la destination. Verrès s'emporte et le menace ;
mais voyant qu'il n'avance pas plus par cette voie
que par celle des prières, il lui ordonne de sortir de
la province avant la nuit ; il lui dit qu'il est instruit
que des pirates, sortis de ses États, doivent aborder
dans la Sicile.

Le roi, en présence d'une nombreuse assemblée
de Syracusains, au milieu de la place publique (car
ce que j'avance n'est ni conjectures ni soupçons ; il
ne s'agit pas d'un crime commis dans l'obscurité et
dans les ténèbres) ; le roi, dis-je, au milieu de cette
assemblée, atteste, en gémissant, les hommes et les
dieux, déclare que Verrès lui a enlevé un candélabre
enrichi de pierreries, qu'il avait l'intention de placer
dans le Capitole, pour y être un monument de son

amitié et de son alliance avec le peuple romain,
qu'il ne regrette ni les autres ouvrages d'or, ni les
pierres précieuses qu'il lui retient, mais qu'il est indigne et cruel de lui arracher cette pièce. Quoique
mon frère et moi, continua-t-il, l'ayons déjà consacré dans le cœur et par l'intention, je renouvelle
cette consécration en présence de cette assemblée de
citoyens romains; je donne ce candélabre, je l'offre,
je le dédie au grand Jupiter. Que ce dieu soit aujour-
d'hui témoin de ma volonté et de ma religion.

XXX. Quelle voix, quels poumons, quelles forces
pourraient exprimer toute l'atrocité de cette seule
action? Antiochus, après avoir paru à Rome pendant
près de deux ans avec le cortége et l'appareil d'un
roi; ce prince, ami et allié du peuple romain, fils
d'un père très-attaché à la république, dont l'aïeul et
les ancêtres étaient des rois fort anciens et fort illustres, maître lui-même d'un vaste et florissant empire,
est chassé précipitamment d'une province romaine!

Quel jugement avez-vous cru que porteraient les
rois, les peuples, les nations les plus reculées, en apprenant qu'un de nos préteurs, dans une de nos provinces, a insulté à un roi, dépouillé son hôte, chassé
l'allié et l'ami du peuple romain? Votre nom et celui
du peuple romain, soyez-en sûrs, ô juges, deviendront l'horreur et l'exécration des étrangers, si cette
affreuse injustice reste impunie. Tous penseront,
surtout quand le bruit de l'avarice et de la cupidité
de nos magistrats sera répandu de tous côtés, que
cette action n'est pas seulement le crime de Verrès,
mais encore celui de tous ceux qui l'ont protégé et
justifié. Les rois, les villes libres, les plus riches particuliers de l'univers, sont sans doute dans l'intention d'orner le Capitole, comme l'exigent la majesté
de ce temple et la grandeur du nom romain. Si vous
montrez de la sévérité contre celui qui a détourné

l'offrande que ce prince lui destinait, ils croiront que leur zèle et leurs présents vous seront agréables ; mais s'ils apprennent que les plaintes d'un grand roi, l'importance de l'objet dont il s'agit, l'atrocité de l'injure reçue, ne vous affectent que faiblement, ils ne seront pas assez imprudents pour employer leurs peines, leurs soins et leur argent à des choses dont ils croiront que vous ne faites aucune estime.

XXXI. C'est vous-même que j'atteste ici, Catulus : il s'agit de ce superbe monument que vous avez décoré avec tant de magnificence ; en cette occasion, c'est non-seulement de la sévérité d'un juge, mais presque de la vivacité d'un ennemi et d'un accusateur que vous devez vous revêtir. Par un bienfait du sénat et du peuple romain, votre gloire réside dans ce temple ; votre nom, consacré avec cet édifice, jouira d'une égale immortalité. Vous devez vous intéresser et contribuer, par vos soins, à ce que le Capitole, après avoir été plus magnifiquement rétabli, soit aussi plus richement orné ; comme si l'incendie qui l'a consumé avait été excité par la providence des dieux, non pour détruire le temple du grand Jupiter, mais pour avertir les mortels de lui en bâtir un plus auguste.

Q. Minucius Rufus vous a dit qu'Antiochus avait logé chez lui à Syracuse ; qu'il savait que ce candélabre avait été porté chez Verrès, et qu'il n'avait pas été rendu. Vous avez appris, et toute la ville de Syracuse vous l'attestera encore s'il le faut, qu'Antiochus a dit à haute voix qu'il dédiait et consacrait ce candélabre au grand Jupiter. Si vous n'étiez pas juge, et qu'on vous instruisît d'un pareil fait, vous devriez vous-même en dénoncer l'auteur et en poursuivre la punition. Je connais donc les dispositions que vous devez apporter sur ce tribunal, puisque, si vous étiez à ma place, vous devriez être plus ardent que je ne le suis à déférer ce sacrilége et à presser le châtiment qu'il mérite.

XXXII. Concevez-vous, juges, un crime plus indigne, et qu'on puisse moins tolérer? Verrès aura-t-il dans sa maison un candélabre d'or, orné de pierreries et consacré au grand Jupiter? ce qui devait éclairer et décorer le temple du plus grand des dieux ne servira-t-il qu'à éclairer les repas de Verrès souillés per les débauches et l'infamie? Quoi! dans la maison de cet homme perdu de vices, les ornements du Capitole seront confondus avec les autres belles choses qu'il a héritées d'une Chélidon! Qu'y aura-t-il de sacré, ou qu'y a-t-il eu de respectable, pour un homme à qui l'horreur d'un pareil crime n'a point encore causé de remords? qui, près de subir un jugement, ne peut implorer le grand Jupiter, et recourir à son assistance, comme tous les autres accusés; à qui les dieux immortels redemandent leurs dépouilles dans ce tribunal établi en faveur des hommes, pour y revendiquer ce qui leur appartient? Serons-nous étonnés maintenant qu'il ait pillé à Athènes le temple de Minerve, à Délos celui d'Apollon, celui de Junon à Samos, et à Perga celui de Diane? que la Grèce et l'Asie aient vu toutes leurs divinités insultées et déshonorées par cet homme, qui n'a point respecté le Capitole; qui a empêché les rois d'orner ce temple, que tous les particuliers s'empressent d'embellir à leurs dépens? Coupable d'un si grand crime, il n'a plus rien trouvé ni de sacré ni de respectable dans toute la Sicile; et pendant les trois ans qu'il l'a gouvernée, on eût dit qu'il avait déclaré la guerre non-seulement aux hommes, mais encore aux dieux immortels.

XXXIII. Ségeste est une des plus anciennes villes de la Sicile; on sait qu'Énée, échappé des ruines de Troie, aborda en ce lieu et bâtit cette ville : aussi

4. Cicéron. *Discours*, trad. 7

les Ségestains croient nous être unis plutôt par les liens du sang que par ceux de l'amitié et de l'alliance qu'ils ont toujours entretenues avec le peuple romain. Cette ville, faisant la guerre aux Carthaginois en son nom et avec ses seules forces, fut prise et détruite par les vainqueurs. Tout ce qu'elle possédait de rare et de beau fut transporté à Carthage. On y voyait, entre autres choses, une statue de Diane, aussi recommandable par l'ancienneté du culte dont elle était honorée que par la beauté du travail. Transférée à Carthage, elle ne fit que changer de lieu et d'adorateurs. Son culte fut toujours le même ; sa beauté lui conserva les mêmes hommages chez un peuple ennemi.

Quelques siècles après, pendant la troisième guerre punique, Carthage fut prise par la valeur de P. Scipion (admirez ici la vertu et l'attention de ce grand homme, et en vous réjouissant de trouver chez vous de si beaux exemples, concevez une juste indignation contre l'audace incroyable de Verrès) : après sa victoire, sachant que la Sicile avait été longtemps ravagée par les Carthaginois, Scipion assemble les Siciliens, leur ordonne de faire enquête de ce qu'ils pouvaient avoir perdu, et promet de rendre scrupuleusement à chaque ville ce qui lui aurait appartenu. Alors on reporta à Thermes tout ce qui avait été autrefois enlevé d'Himère et dont j'ai déjà parlé. Galèze, Agrigente, recouvrèrent ce qu'elles avaient perdu dans les anciens temps ; entre autres choses ce fameux taureau, l'instrument des cruautés du barbare Phalaris et du supplice des malheureux que ce tyran y renfermait, pour les faire mourir par la violence des feux qu'il allumait sous ses flancs. On rapporte que Scipion, en le rendant aux habitants d'Agrigente, dit que les Siciliens devaient comparer la domination des Romains au joug de leurs compatriotes, voir lequel des

4.

deux partis était le plus avantageux pour eux, en considérant que le même monument qui attestait la tyrannie de leurs princes annonçait aussi la douceur et la justice de notre gouvernement.

XXXIV. Alors cette Diane dont nous parlons fut rendue bien soigneusement aux Ségestains et reportée dans leur ville, où les citoyens, avec de grands transports de joie et d'allégresse, la posèrent sur ses anciens autels. Elle était sur un piédestal élevé, qui portait le nom du grand Scipion écrit en gros caractères. On y lisait ces mots : *Scipion l'Africain, après la prise de Carthage, a rendu cette statue aux Ségestains.* Elle était l'objet du culte des habitants de cette ville et de la curiosité des étrangers : lorsque j'étais questeur, c'est la première chose qu'on me montra à Ségeste. La déesse était représentée en robe longue : sa hauteur presque colossale et sa grosseur proportionnée n'empêchaient pas qu'on y reconnût les traits et l'air d'une vierge. Son carquois pendait sur ses épaules ; de la main gauche elle tenait un arc, et de la droite une torche allumée.

À peine cet ennemi de toutes les choses sacrées, ce ravisseur de tout ce que la religion rend respectable, aperçoit-il cette statue, que sa passion le transporte, le brûle comme si la torche de la déesse eût pénétré jusque dans son sein. Il ordonne aux magistrats de la faire ôter de sa place, de la lui donner, et leur déclare qu'ils ne peuvent lui faire un plus grand plaisir. Ceux-ci lui répondent qu'il ne leur est pas permis de la donner ; que leur religion et la crainte des lois et des châtiments les en empêchent. Verrès prie, menace, tente toutes les voies de la crainte et de l'espérance. On lui oppose de temps en temps le nom de Scipion ; on lui dit que c'est un présent du peuple romain, et que la ville n'a aucun droit sur une chose dont le destructeur de Carthage avait voulu faire le monument de la victoire des Romains.

Verrès, loin de se relâcher, devient chaque jour plus pressant et plus importun. On agite cette affaire dans le sénat : tous rejettent hautement une telle demande. En ce temps-là donc, et la première fois qu'il revint, on le refusa absolument. Depuis ce jour, s'agissait-il de demander aux villes des matelots, des rameurs ou du blé, il taxait toujours Ségeste au-dessus des autres villes, souvent même au delà de ses forces ; il mandait les magistrats, faisait venir les plus vertueux et les plus nobles, les promenait par toutes les villes où les fonctions de sa charge l'obligeaient de se transporter : il disait à chacun en particulier qu'il ferait le malheur de leur cité ; et il les menaçait de sa destruction. Les Ségestains donc, cédant à tant de persécutions et à la crainte de plus grands malheurs, se déterminent à obéir au préteur. Enfin, au milieu de la tristesse et des gémissements de toute la ville, au milieu des larmes et des lamentations des hommes et des femmes, on fait prix pour ôter de sa place la statue de Diane.

XXXV. Jugez du respect et du culte que toute cette ville rendait à cette déesse ; hommes libres, esclaves, citoyens, étrangers, personne n'osa toucher à sa statue. On fit venir de Lilybée quelques ouvriers, qui, ignorant le nœud de cette affaire et le culte qu'on rendait à cette statue, l'ôtèrent de dessus son piédestal, après avoir reçu leur salaire. Représentez-vous à ce moment l'alarme et le concours des femmes de la ville ; les pleurs et les gémissements des vieillards, dont quelques-uns se souvenaient du jour où cette statue, reportée de Carthage à Ségeste, avait annoncé, par son retour, la victoire du peuple romain. Que ce dernier jour leur paraissait différent de ce temps heureux ! Alors un général de l'armée

romaine, et l'un de nos plus illustres, leur renvoyait
les dieux de leurs pères, qu'il venait d'enlever à leurs
anciens ennemis, et, dans ces derniers temps, le plus
indigne et le plus infâme préteur qui fut jamais, par
un crime détestable, ôtait à une ville confédérée ces
mêmes dieux! Toute la Sicile n'a-t-elle pas vu les
dames et les jeunes filles assemblées, quand on trans-
porta cette déesse, répandre sur elle les parfums les
plus exquis, la charger de fleurs et de couronnes,
faire brûler de l'encens en son honneur, et l'accompagner jusqu'aux limites de leur territoire?

Si l'orgueil du commandement, l'audace et la cupidité vous faisaient alors mépriser ce culte religieux ;
dans le péril où vous êtes aujourd'hui, vous et vos
enfants, n'êtes-vous pas effrayé au souvenir de ce
mépris? Quels secours attendez-vous ou de la part
des hommes, qui ne sauraient vous défendre de la
colère des dieux, ou de la part des dieux mêmes,
qui ne peuvent vouloir sauver celui qui a détruit
leur culte et profané leurs autels? Quoi! dans un
temps de paix, chez un peuple ami, vous n'avez point
respecté la statue de Diane, qui, ayant vu réduire en
cendres deux villes, a deux fois été sauvée du fer et
du feu, et des ravages de la guerre; qui, après la
victoire des Carthaginois, transportée dans une terre
étrangère, reçut les mêmes hommages; qui fut enfin
rétablie par la valeur du grand Scipion dans son ancien temple et dans son premier culte? Après cet
indigne enlèvement, tous ceux qui ne voyaient plus
que le piédestal, sur lequel était gravé le nom de
Scipion, regardaient comme un crime impardonnable
que Verrès, se dépouillant de tout sentiment de religion, eût fait disparaître ce monument de la gloire et
de la vertu du héros vainqueur de Carthage. Instruit
des sentiments que faisait naître la vue du piédestal
et de cette inscription, il crut, en détruisant ces té-

moignages et ces indices de son crime, dérober à la postérité la connaissance de cette impiété. Les Séges-tains, par son ordre, font un nouveau marché avec les ouvriers pour faire cette démolition. On vous a lu précédemment les conditions de ce marché, extraites des registres publics.

XXXVI. Je vous interpelle maintenant, Scipion, vous qui, dans votre jeunesse, montrez tant de vertus et de grandes qualités; j'exige de vous ce que vous devez à votre sang et à votre nom. Pouvez-vous donc vous déclarer le protecteur d'un homme qui a profané la gloire de votre maison? Pourquoi voulez-vous qu'on le justifie? pourquoi suis-je obligé de prendre ici vos intérêts, de me charger de votre fonction? Quoi! Cicéron réclame les monuments du second Africain, et P. Scipion protége celui qui les a détruits? Nos anciens ont fait une loi sacrée à chacun de défendre et de conserver les monuments de sa famille, de porter même le scrupule jusqu'au point de ne pas souffrir que le nom d'un étranger y soit inscrit, et vous favoriseriez Verrès, qui a, je ne dis pas mis son nom par force ou par fraude sur les monuments de Scipion, mais qui les a totalement détruits et renversés!

Dieux immortels! qui soutiendra donc la mémoire de Scipion? qui se chargera de défendre les monuments de sa vertu, si vous en abandonnez le soin? non-seulement vous souffrirez qu'on les enlève, mais vous en protégerez encore le destructeur! Écoutez le rapport des Ségestains, vos clients et les amis du peuple romain : ils vous disent qu'après la ruine de Carthage, P. Scipion rendit à leurs pères cette statue de Diane, et qu'elle fut remise en place et consacrée au nom et sous les auspices de ce général; que Verrès, en la faisant ôter et transporter, fit aussi effacer et enlever entièrement le nom de Scipion. Ils vous

conjurent de leur faire rendre l'objet de leur culte,
et de rétablir ce monument qui fait la gloire de votre
famille ; de les aider à retirer de la maison d'un brigand cette statue qu'ils avaient recouvrée de chez
les ennemis par la valeur de Scipion.

XXXVII. Quelle réponse raisonnable pouvez-vous
leur donner, et que peuvent-ils faire autre chose
que d'implorer votre secours ? Les voici, et ils vous
adressent leurs prières ; vous pouvez conserver la
gloire de votre maison, oui, vous le pouvez ; vous
réunissez tous les avantages de la fortune et de la
nature. Je ne vous enlèverai pas l'honneur de remplir un si beau devoir : je ne suis point jaloux de la
gloire d'autrui. Je rougirais de me déclarer le protecteur et le vengeur des monuments de l'Africain,
tandis que nous possédons le jeune Scipion, digne
héritier de ce héros.

Si donc vous vous chargez de défendre l'honneur
de votre famille, je garderai le silence sur ces monuments, les dépositaires de sa gloire : je me réjouirai
de ce que Scipion trouve après sa mort un défenseur
dans sa maison, sans avoir besoin d'un appui étranger. Mais si l'amitié de Verrès vous retient, si vous
pensez que ce que je vous demande n'intéresse que
peu votre devoir, je prendrai votre place ; je me
chargerai d'une commission que je croyais ne pas
m'appartenir, afin que cette illustre noblesse ne cesse
de se plaindre de ce que le peuple romain confère
encore aujourd'hui les honneurs à des hommes nouveaux, et que leurs talents seuls ont élevés. Cependant il est injuste de se plaindre de ce que peut la vertu
dans une ville que la vertu seule a rendue maîtresse des
nations. Que d'autres, après la mort de Scipion, expo-
sent ses images, se décorent de sa gloire et de son nom,
j'y consens ; mais je soutiens que ce grand homme,
et par lui-même, et par les services qu'il a rendus

à la république, doit intéresser à sa mémoire, non
pas une seule famille, mais Rome tout entière. J'ai
moi-même ici un rôle à remplir, comme citoyen
d'une ville qu'il a rendue plus puissante et plus
illustre, surtout comme admirateur de ses vertus
éclatantes ; je veux dire de son équité, de son
activité, de sa tempérance, de son ardeur à défendre la vertu, et de sa haine contre les méchants.
Cette affinité de goût, cette ressemblance de conduite et de mœurs, sont des liens peut-être aussi
forts que ceux du nom et du sang dont vous faites
tant d'état.

XXXVIII. Je ne réclame maintenant, Verrès, que
le monument de la gloire de Scipion. J'abandonne la
cause des Siciliens, dont je me suis chargé ; ne parlons pas actuellement de vos concussions ; oublions
les vexations que les Ségestains ont endurées de
votre part ; rétablissez seulement ce piédestal ; qu'on
y grave le nom de cet invincible général ; qu'on re-
place cette magnifique statue reprise à Carthage. Je
ne vous fais point ces demandes comme défenseur
des Siciliens, ni comme votre accusateur ; ce ne sont
point les Ségestains qui vous les font, c'est celui qui
s'est chargé de soutenir et de conserver la gloire de
ce grand homme. Mon zèle ne sera pas sans doute
désagréable à P. Servilius, un de vos juges, qui déjà
illustre par ses belles actions, occupé du soin d'élever des monuments qui en éternisent la mémoire,
bien loin de prétendre qu'ils servent un jour de proie
à l'audace et à l'avarice, souhaite déjà que tous les
hommes de cœur et tous les bons citoyens se joignent
à ses descendants pour les défendre et les conserver.
Pour vous, illustre Catulus, qui avez élevé le plus
beau et le plus auguste de tous les monuments, vous
approuvez sans doute que ceux des autres trouvent
plus d'un défenseur, et que tous ceux qui aiment la

vertu se croient obligés de parler en faveur de la gloire des grands hommes.

Pour moi, je considère les autres crimes et les autres injustices de Verrès comme dignes d'être punis par le blâme ; mais à ce dernier trait surtout mon cœur est saisi de douleur et d'indignation, rien ne me paraît si atroce et moins supportable. Les monuments du grand Africain serviront à décorer la maison de Verrès, maison de débauche, d'opprobre et d'infamie ! Les trophées du plus religieux et du plus sage des Romains, la statue de la chaste Diane, seront placés par Verrès dans ce repaire d'hommes perdus et de femmes déhontées !

XXXIX. N'avez-vous déshonoré que ce seul monument de Scipion ? Quoi ! n'avez-vous pas enlevé aux habitants de Tyndare une très-belle statue de Mercure que ce même Scipion avait fait placer dans leur ville ? Dieux immortels ! avec quelle audace, avec quelle impudence fit-il cet enlèvement ! Vous avez entendu, il n'y a pas longtemps, les députés de Tyndare, tous connus par leur probité, et les premiers citoyens de cette ville ; ils nous ont dit que ce Mercure, l'objet principal de leur culte, honoré chez eux par des fêtes annuelles, digne présent que leur fit Scipion après la prise de Carthage, pour être le monument de sa victoire, le gage et la marque de leur fidélité et de leur alliance avec nous, leur avait été arraché par les ordres, les violences et les mauvais traitements de Verrès. A son arrivée dans cette ville, comme si la chose eût été non-seulement de droit, mais encore nécessaire, comme si le sénat et le peuple romain l'eussent ainsi décidé, il ordonna sur-le-champ de descendre la statue et de la transporter à Messine.

Comme cet ordre parut indigne à ceux qui étaient présents et incroyable aux absents qui en entendirent parler, il n'en pressa point l'exécution dans ce

7.

premier voyage ; mais, en partant, il ordonna au premier magistrat, nommé Sopater, dont vous avez entendu la déposition, de faire ôter de sa place ce Mercure. Celui-ci refusant d'obéir, Verrès lui fait de plus fortes menaces, et part de la ville dans cette irritation. Sopater en fait son rapport au sénat ; tous se récrient, et protestent contre l'ordre du préteur. Enfin, peu de jours après, Verrès arrive et s'informe d'abord de ce qui concerne la statue. Sopater répond que le sénat s'oppose à sa volonté ; qu'il est défendu, sous peine de mort, d'y toucher sans l'ordre du sénat : il lui représente en même temps le motif de la religion. « De quelle religion me parlez-vous ? reprend alors Verrès ; de quelle peine, de quel sénat ? il vous en coûtera la vie ; vous expirerez sous les verges, si l'on ne me livre cette statue. » Sopater retourne au sénat, les yeux baignés de pleurs ; il révèle la cupidité du préteur et ses menaces. Le sénat ne lui rend aucune réponse, et se sépare interdit et troublé. Sopater, mandé par le préteur, lui rend compte de ce qui s'est passé, et lui déclare qu'il lui est impossible d'obéir à ses ordres.

XL. Toute cette affaire (pour n'omettre aucune circonstance propre à caractériser son impudence) se passait en présence du peuple assemblé, le préteur étant sur son tribunal. C'était au fort de l'hiver, et, comme Sopater l'a dit, le temps était très-froid : il pleuvait beaucoup. Cependant Verrès ordonne à ses satellites d'arracher ce magistrat de dessous le portique où il était lui-même assis, de le traîner au milieu de la place et de le dépouiller. Il dit, et Sopater paraît tout nu au milieu des licteurs. Tous pensaient que cet infortuné, malgré son innocence, allait être déchiré à coups de verges ; on se trompa. Verrès traiterait ainsi, sans aucun sujet, un honnête homme, ami et allié du peuple romain ! Il n'est

pas si méchant; il ne réunit pas en lui tous les vices,
jamais il ne fut cruel. Il montra en effet de la douceur et de l'humanité envers Sopater. Il y a dans la
place publique de cette ville, comme dans presque
toutes les autres de la Sicile, des statues équestres
des Marcellus. Il choisit celle de Caïus, à qui la province était redevable d'importants services nouvellement rendus; il y fit étendre et attacher le malheureux Sopater, né d'une famille illustre et revêtu
de la première magistrature.

On comprend aisément ce qu'il souffrait, attaché
ainsi nu sur le bronze et exposé au froid et à la pluie.
Cependant ce supplice cruel et injurieux ne finissait
point; il fallut que tout le peuple, touché de compassion, et ne pouvant plus soutenir la vue d'un si
indigne traitement, forçât, par ses cris, le sénat de
promettre au préteur cette statue de Mercure. Tous
s'écriaient que les dieux en tireraient vengeance, et
qu'il ne fallait pas laisser périr un innocent. Le sénat
en corps se rend auprès de Verrès, et lui promet ce
qu'il désire. Alors Sopater fut détaché de la statue de
Marcellus et transporté chez lui, roide de froid et
presque mourant.

XLI. Je ne puis, quand je le voudrais, formuler
contre Verrès mes accusations avec ordre : pour le
bien peindre, il faut non-seulement de l'esprit, mais
un art tout particulier. Il ne paraît qu'un crime dans
tout ce que Verrès a fait pour enlever ce Mercure
de Tyndare, et moi-même je n'en fais qu'un, quoiqu'il en renferme plusieurs. Mais comment les dé-
mêler, et désigner en particulier tous ces crimes
accumulés dans un seul? crime de concussion : il a
volé à nos alliés une statue d'un grand prix; crime
de péculat : il a publiquement enlevé ce qui appartenait au peuple romain comme faisant partie des
dépouilles de nos ennemis vaincus, et ayant été placé

dans cette ville au nom et sous les auspices de notre général ; crime contre la majesté de notre empire : il n'a pas craint de fouler aux pieds la gloire du nom romain, de renverser les monuments de nos exploits et de se les approprier ; crime contre la religion : il a profané ce qu'elle a de plus sacré ; crime contre l'humanité : il a inventé un supplice jusqu'alors inouï contre un homme innocent, contre un ami, un allié du peuple romain.

Mais quel nom donner à l'insulte faite à la statue de Marcellus ? quelle est cette nouvelle espèce d'attentat ? Je ne vois pas d'expression qui lui convienne. Avez-vous choisi la statue de Marcellus parce qu'il était le protecteur des Siciliens ? mais quelle était votre idée ? En cette qualité, devait-elle servir à la défense de ses hôtes et de ses clients, ou devenir l'instrument de leur supplice ? Avez-vous prétendu donner à connaître qu'il n'y avait point de protection efficace contre votre tyrannie ? Qui ne sait que les ordres d'un méchant, quand il est présent, ont plus de force que la protection des gens de bien qui sont absents ? Ce dernier trait ne caractérise-t-il pas l'insolence, l'orgueil, la témérité que vous seul pouvez porter à cet excès ? Vous avez cru sans doute diminuer la gloire et la grandeur de cette illustre famille. Ainsi, les Marcellus ne sont plus les patrons de la Sicile ? Verrès a été substitué en leur place.

Quel mérite, quelle distinction avez-vous cru trouver en vous, pour aspirer au titre glorieux de protecteur d'une si belle province, et pour en dépouiller ceux à qui il appartient incontestablement et depuis si longtemps ? Quoi ! sans talents, sans probité, sans mérite, vous pourriez être le protecteur, je ne dis pas de toute la Sicile, mais du dernier des citoyens ? Par vos ordres, la statue d'un Marcellus a servi de gibet aux clients de cette maison ? Le monument de sa gloire devient l'instrument du supplice de ceux qui le lui ont érigé? Quel respect pensiez-vous qu'on aurait pour vos statues? vous vous attendiez sans doute à ce qui leur est arrivé? car les Tyndaritains, aussitôt qu'ils eurent su le mauvais tour qu'avait pris l'affaire de Verrès, abattirent la statue qu'il avait fait placer auprès de celles des Marcellus, et sur un piédestal plus élevé.

XLII. La fortune des Siciliens vous a donné aujourd'hui pour juge C. Marcellus, afin que nous vous livrions lié et garrotté à la justice de celui dont la statue, sous votre préture, servait de chevalet aux malheureux Siciliens. Premièrement, juges, Verrès annonçait que la ville de Tyndare avait vendu ce Mercure à C. Marcellus, natif d'Éserne. Il se flattait que Marcellus se rendrait à ses vues, et dirait la même chose ; mais il ne m'a jamais paru vraisemblable que ce jeune Romain, digne rejeton d'une si belle tige, et protecteur né de la Sicile, voulût prêter son nom à Verrès et se charger de son crime : cependant, à tout événement, j'ai pris de si bonnes mesures, que, s'il se trouvait quelqu'un qui voulût prendre sur soi la faute de Verrès et l'accusation intentée contre lui, cet artifice ne pourrait point nuire à la vérité. J'ai amené ici des témoins du fait, et j'ai apporté des mémoires qui ne laisseront aucun doute à personne.

Les registres publics portent que cette statue a été transférée à Messine aux frais de la province : ils marquent combien il en a coûté, et que Poléa fut chargé par les magistrats de présider à ce transport. Où est ce Poléa? le voici : c'est un des témoins. Tout s'est fait par ordre du magistrat Sopater. Quel est Sopater? celui qui fut attaché à la statue de Marcellus. Accusez-vous vrai? où est-il donc? c'est encore un témoin ; vous l'avez vu, vous l'avez entendu. Démocrite, qui préside aux exercices des lutteurs, se chargea de la faire abattre, parce qu'il avait la direction de ce lieu. Mais c'est peut-être nous qui avançons ce fait : non, ce Démocrite est ici présent. Il dépose que Verrès promit aux députés, depuis qu'ils sont à Rome, de leur rendre cette statue s'ils voulaient taire cet article et lui garantir qu'ils n'en parleraient point en justice. Zosippe et Hisménias, hommes distingués, et les premiers citoyens de Tyndare, ont parlé de même en votre présence.

XLIII. De plus, la ville d'Agrigente ne vous a-t-elle point vu enlever du temple d'Esculape, ce temple si saint et si révéré, un autre monument du vainqueur de Carthage, cette admirable statue d'Apollon qui portait sur la cuisse le nom de Myron, sculpteur, inscrit en petits caractères d'argent? A la nouvelle de cet enlèvement, fait en secret et par le ministère d'une troupe de scélérats à qui il avait confié la conduite et l'exécution de ce dessein criminel, toute la ville fut en mouvement. Les Agrigentins réclamaient en même temps le bienfait du grand Scipion, l'objet de leur culte, l'ornement de leur ville, la preuve de notre victoire et le gage de leur alliance avec nous. Les premiers magistrats de la ville donnèrent ordre aux édiles et aux questeurs de faire la garde pendant la nuit auprès des temples. Verrès n'osait pas faire un coup d'éclat à Agrigente, craignant sans doute le nombre et le courage des Agrigentins, et l'intervention de plusieurs citoyens romains, gens honnêtes et pleins de bravoure, qui vivent très-unis avec les habitants et trafiquent dans la ville : il n'osait même pas demander ce qui lui plaisait.

Il y a dans cette même ville, assez près de la place, un temple d'Hercule, très-fréquenté, et célèbre par la dévotion des habitants. La statue du dieu est de bronze; et je ne crois pas avoir rien vu de plus beau, quoique

je ne sois pas aussi connaisseur en fait de tels objets
que j'ai été à même d'en voir. Leur respect pour cette
statue était tel, juges, que sa bouche et son menton
sont un peu usés, parce que, dans leurs prières et
leurs dévotions, ils ont coutume non-seulement de
l'adorer, mais encore de la baiser. Or, pendant le
séjour de Verrès dans Agrigente, Timarchide, à la
tête d'une troupe d'esclaves armés, marche vers ce
temple, à la faveur des ténèbres de la nuit, et veut
en forcer l'entrée. Les sentinelles et les gardiens du
temple crient et appellent au secours : ils résistent
d'abord, mais on les repousse à coups de bâtons et
de massues. Les esclaves brisent les portes, arrachent
les barres, ébranlent avec des leviers la statue pour
l'ôter de sa place. Cependant les cris des sentinelles
ont été entendus de toute la ville ; le bruit se répand
que les dieux de la patrie sont attaqués, non par des
ennemis ou par des pirates brusquement descendus
pour surprendre les habitants, mais par une troupe
de fugitifs armés dans la maison du préteur et ser-
vant dans sa cohorte.

Il n'y eut personne dans Agrigente, quelque vieux,
quelque infirme qu'il fût, qui, au bruit de cette nouvelle, ne se levât aussitôt et ne prît pour arme ce
que le hasard lui mit sous la main ; la ville se ras-
sembla en peu de temps auprès du temple. Depuis
plus d'une heure, les ouvriers travaillaient à déplacer
cette statue ; cependant elle ne s'ébranlait d'aucun
côté, quoique les uns s'efforçassent de la soulever
avec des leviers, tandis que d'autres la tiraient avec
des cordes dont ils l'avaient liée. A l'arrivée des Agrigentins, une grêle de pierres tombe sur les ouvriers ;
et les soldats que ce brave capitaine faisait agir dans
les ténèbres prennent la fuite. Cependant ils empor-
tent deux statuettes pour ne pas retourner les mains
vides vers ce ravisseur des choses saintes. Les plus

grands malheurs eux-mêmes fournissent toujours aux
Siciliens matière à quelque plaisanterie : au sujet de
ce dernier enlèvement, ils disaient que la défaite de
ce formidable verrat méritait, autant que la mort
du sanglier d'Erymanthe, d'être comptée au nombre
des travaux d'Hercule.

XLIV. Cet acte de vigueur fut imité quelque temps
après par les Assoriens, peuple brave et fidèle,
quoique leur ville ne soit pas à beaucoup près aussi
considérable que celle d'Agrigente. Le fleuve Chrysas,
qui coule sur les terres d'Assore, passe chez eux pour
un dieu, et il est le principal objet de leur culte. Son
temple est dans la campagne, près du chemin qui conduit d'Assore à Enna. On y voit la statue du dieu,
taillée en marbre avec beaucoup d'art. Verrès, à
cause du grand respect qu'on a pour ce temple, n'osa
la demander aux Assoriens; mais il chargea Hiéron
et Tlépolème de l'enlever. Ceux-ci vont au temple
pendant la nuit, à la tête d'une troupe bien armée;
ils enfoncent les portes. Les gardiens et les sentinelles s'aperçoivent bientôt de ce qui se passe; la
trompette donne le signal qui était connu de tous
les environs. Les habitants de la campagne accourent;
Tlépolème est repoussé, et rien ne fut emporté du
temple, qu'une petite statue de bronze.

Il y a dans la ville d'Enguium un temple consacré
à la Mère des dieux. Non-seulement je crois devoir ne
dire qu'un mot de chaque article, mais encore en supprimer plusieurs, pour parler des vols et des crimes
plus considérables que Verrès a commis en ce genre.
Dans ce temple se voyaient des cuirasses et des cas-
ques de bronze travaillés à Corinthe, de grandes urnes
de même espèce et faites avec la même perfection;
c'était le même Scipion, cet homme si supérieur en
tout, qui les avait placés et y avait fait graver son
nom. Pourquoi vous parler et me plaindre davantage

de Verrès? il prit tout, enleva tout, ne laissa dans le temple que les traces de son sacrilége et le glorieux souvenir de Scipion. Ainsi les dépouilles des ennemis, les monuments des généraux, les ornements des temples, vont désormais perdre ces beaux titres et faire partie du mobilier de Verrès.

Vous êtes donc le seul qui soyez curieux de ces vases de Corinthe? vous seul connaissez bien le juste mélange de ces métaux et la délicatesse du burin? Scipion, cet homme universel et d'un goût si exquis, ne s'y connaissait donc pas? Et vous, Verrès, sans principes, sans talents, sans génie, sans études, vous voyez tout le mérite de ces ouvrages, vous savez les apprécier! Je crois cependant que Scipion, je ne dis pas seulement par sa modération, mais aussi par son intelligence, l'emportait sur vous et sur ceux qui se vantent d'être connaisseurs en cette partie. C'est parce qu'il connaissait la beauté de ces ouvrages qu'il ne les croyait pas faits pour le luxe des particuliers, mais pour la décoration des villes et des temples, afin que la postérité les regardât comme les monuments de notre respect pour les dieux.

XLV. Écoutez encore, juges, un trait singulier de sa cupidité, de son audace, de son extravagance dans la profanation des choses saintes, dont la religion nous ordonne d'éloigner non-seulement nos mains, mais encore nos désirs et nos pensées. Il y a dans Catane une chapelle de Cérès, où elle est honorée avec le même respect qu'elle l'est à Rome, dans les autres lieux et dans presque tout l'univers. Dans le sanctuaire de cette chapelle était une statue très-ancienne de la déesse; les hommes ne l'avaient jamais vue; ils ignoraient même qu'elle existât : car l'entrée de cette chapelle leur est interdite, et il est d'usage que les sacrifices ne s'y fassent que par les femmes et les jeunes filles. Les esclaves de Verrès enlèvent

secrètement, pendant la nuit, cette statue de ce
temple si saint et si ancien. Le lendemain, les jeunes
et les anciennes prêtresses de ce temple, femmes
vertueuses et de qualité, dénoncent aux magistrats
ce sacrilége. Il parut à tout le monde affligeant, indigne, déplorable.

Alors Verrès, frappé des conséquences de ce crime,
et voulant empêcher que les soupçons ne tombent
sur lui, charge son hôte de lui trouver quelqu'un
qu'il puisse accuser et faire condamner comme coupable, pour paraître lui-même innocent. On exécute
cet ordre sans délai. A peine est-il parti de Catane,
qu'on dénonce un esclave : on l'accuse, on produit
de faux témoins : tout le sénat procède selon les lois
du pays. Les prêtresses sont mandées ; on les interroge en particulier sur ce qui s'est passé, et sur la
manière dont la statue a été enlevée : elles répondent qu'on a vu dans le temple les esclaves du préteur. L'affaire, qui déjà n'était pas obscure, devint
évidente par le témoignage des prêtresses. On en
vient aux opinions, et l'esclave innocent est absous
d'une voix unanime, sans doute afin que vous puissiez plus aisément condamner ce coupable avec la
même unanimité.

Que demandez-vous, Verrès? qu'espérez-vous?
qu'attendez-vous? quel est le dieu, quel est le mortel
de qui vous puissiez vous promettre une protection
efficace? Quoi! vous envoyez des esclaves pour piller
un temple où les hommes libres n'ont pas même la
permission d'entrer pour prier? Téméraire! vous avez
porté la main sur des choses que la religion vous défendait même de regarder? Ce n'est pourtant pas
parce que vos yeux ont été éblouis que vous êtes
tombé dans une impiété si criminelle et si détestable ;
car vous avez désiré ce que vous n'aviez jamais vu,
vous avez voulu posséder ce qui n'avait jamais frappé

vos regards. C'est sur des on dit que vous avez conçu
une si violente passion, que ni la crainte, ni la religion, ni la puissance des dieux, ni les jugements des
hommes, n'ont pu la retenir.

Mais un homme connaisseur sans doute et bien
instruit vous avait parlé de cette statue. Comment
pouvez-vous le dire, puisque jamais aucun homme
n'a pu vous en parler? Vous l'aviez donc appris
par une femme, puisque les hommes n'ont jamais vu,
n'ont jamais connu l'intérieur de ce lieu saint? Juges,
que pensez-vous de cette femme? quelle idée vous
formez-vous de sa vertu et de sa religion, quand elle
parle à Verrès, quand elle lui indique les moyens de
voler le temple de la déesse? Mais faut-il être surpris
que des mystères auxquels des hommes et des femmes d'une éminente chasteté président aient été profanés par les débauches et les dissolutions de Verrès?

XLVI. Est-ce donc la seule chose qu'il ait con-
voitée pour en avoir seulement entendu parler, et
sans l'avoir vue par lui-même? Non, et entre plusieurs autres exemples, apprenez comment il pilla un
temple très-ancien et fort célèbre. Dans la première
action, vous avez entendu les témoins qui ont déposé sur ce fait : je vais vous répéter ce qu'ils vous
ont dit. Continuez, je vous prie, de me donner la
même attention que vous m'avez accordée jusqu'ici.

L'île de Malte est séparée de la Sicile par un bras
de mer assez large, et dont le trajet est très-péril-
leux. Il y a dans cette île une ville de même nom,
où Verrès n'a jamais mis le pied, quoique pendant
trois ans elle ait possédé une fabrique d'étoffes à
l'usage des femmes. Assez près de cette ville est
un ancien temple de Junon, bâti sur un promontoire.
Il a toujours été si respecté, que non-seulement durant les guerres puniques, que les armées navales
ont presque terminées sur ces côtes, mais encore

malgré cette multitude de pirates, il est resté inviolable et sans atteinte. Bien plus, la tradition rapporte qu'une armée navale de Masinissa ayant abordé
aux environs de ce temple, l'amiral y enleva des dents
d'ivoire d'une grandeur prodigieuse, les porta en Afrique et en fit présent au roi. Ce prince fut d'abord
charmé du présent; mais, ayant appris d'où ces dents
avaient été enlevées, il fit aussitôt partir des hommes
affidés dans une galère à cinq rangs, pour les reporter,
avec cette inscription, qu'il fit mettre dessus en caractères puniques : « Masinissa avait accepté ces
dents, parce qu'il ne savait pas où elles avaient été
prises, mais ayant su la vérité, il eut soin de les faire
remettre et restituer. » Il y avait de plus dans le
même temple beaucoup d'ivoire, un grand nombre
d'images de la Victoire faites de la même matière,
chefs-d'œuvre des anciens maîtres. En un mot, Verrès, d'un seul coup de main, les enleva et les fit
transporter chez lui par des esclaves de Vénus, qu'il
avait envoyés pour exécuter ce dessein.

XLVII. Grands dieux! de quel homme suis-je ici
l'accusateur? quel est ce monstre dont, en vertu des
lois, je poursuis le châtiment? quel est celui que vous
allez juger? Les députés de l'île de Malte disent hautement qu'il a dépouillé le temple de Junon, cette
chapelle si respectable; que ce lieu où les flottes ennemies ont souvent abordé, où les pirates ont coutume de séjourner presque tous les hivers, sans que
ni les uns ni les autres y aient jamais touché, a
été pillé par Verrès, au point qu'il n'y est absolument rien resté. Verrès n'est-il maintenant qu'un accusé? Suis-je, à proprement parler, un accusateur?
Son affaire est-elle un cas litigieux, puisque les accusations le convainquent, et que ce n'est pas sur
de simples soupçons qu'il est cité en justice? Les
dieux ont été enlevés, les temples profanés, les villes

dépouillées. Il ne s'est laissé ni le moyen de nier ces faits, ni la liberté de se justifier. Je démontre tous mes chefs d'accusation; il est convaincu par les témoins; il est pressé par son propre aveu; il est enchaîné par des crimes évidents : cependant il est là, et, sans ouvrir la bouche, il compte avec moi ses forfaits.

C'est trop longtemps s'arrêter à une seule espèce de crime. Je sens, juges, que je dois prévenir le dégoût et l'ennui par la suppression de plusieurs faits. Redoublez d'attention pour ce que je vais dire : je vous le demande au nom des dieux immortels, de ces dieux dont la religion fait depuis longtemps l'objet de ce discours : je vais vous rappeler et vous exposer une action qui a soulevé toute la province. Si je remonte à la source de la religion des Siciliens, si j'examine la tradition sur laquelle elle est fondée, vous me le pardonnerez. L'importance du sujet ne me permet pas de resserrer en si peu de mots une action si détestable.

XLVIII. C'est une ancienne opinion, fondée sur les histoires et les monuments les plus antiques de la Grèce, que toute la Sicile est consacrée à Cérès et à Proserpine. Ce sentiment, reçu chez tous les autres peuples, est si accrédité chez les Siciliens, qu'il semble être naturellement imprimé dans leurs esprits. Ils croient que ces deux déesses sont nées dans leur île, qu'on y a trouvé les premiers fruits de la terre; que Libéra, qu'ils nomment aussi Proserpine, fut enlevée dans les bois d'Enna (ce lieu est appelé le cœur de la Sicile, parce qu'il en est le centre et le milieu); que Cérès, voulant chercher sa fille, alluma des torches au volcan du mont Etna, et qu'elle parcourut l'univers portant devant elle ces flambeaux allumés.

La ville d'Enna, où s'est passé, dit-on, tout ce que je viens de raconter, est sur une hauteur, dont le sommet est une plaine arrosée de sources vives ; du reste, ce n'est qu'un rocher escarpé et comme inaccessible. Cette ville est environnée de lacs et de bois sacrés, et l'on y voit en tout temps les fleurs les plus agréables. Tout dans ce lieu paraît attester ce fameux enlèvement dont on a eu soin de nous faire le récit dans notre enfance. On voit auprès une caverne très-profonde, dont l'ouverture est du côté du nord. C'est là, dit-on, que Pluton parut subitement sur son char, et qu'ayant enlevé la déesse, il la conduisit jusqu'auprès de Syracuse, où la terre ouvrit son sein pour la recevoir ; on ajoute que dans ce moment il se forma un lac dans ce même lieu, où tous les Syracusains célèbrent encore aujourd'hui des fêtes anniversaires au milieu d'un concours extraordinaire de personnes des deux sexes.

XLIX. L'ancienneté de cette opinion et la célébrité de ces lieux, où l'on reconnaît encore les traces de ces divinités, et pour ainsi dire leur berceau, ont inspiré aux villes et aux particuliers de la Sicile une dévotion singulière pour la Cérès d'Enna. Sa puissance est attestée par des prodiges multipliés. Dans les circonstances les plus critiques, elle s'est si bien montrée la déesse tutélaire de la Sicile, qu'elle paraît non-seulement aimer cette île, mais encore l'habiter et la défendre spécialement.

Ce ne sont pas les Siciliens seuls, ce sont aussi les autres peuples et les autres nations qui honorent infiniment la Cérès d'Enna. En effet, si l'on marque le plus vif empressement pour les fêtes des Athéniens, chez lesquels on dit que Cérès aborda en cherchant sa fille, et à qui elle apporta les fruits de la terre, quel respect doivent avoir pour elle ceux chez qui il est prouvé qu'elle a pris naissance et trouvé l'art et l'usage des moissons? Aussi, du temps de nos pères, dans ces jours de trouble et d'orage, lorsqu'après le

châtiment de Tibérius Gracchus mille prodiges menaçaient l'État de grands périls, on alla consulter les
livres des sibylles sous le consulat de P. Mucius et
de L. Calpurnius, on y trouva qu'il fallait fléchir l'ancienne Cérès. On choisit aussitôt des prêtres dans
l'auguste collège des décemvirs, et quoique cette
déesse eût un temple magnifique à Rome, on les fit
partir pour Enna; car telles étaient l'ancienneté et
l'authenticité du culte qu'on y rendait à la déesse,
qu'en partant pour ce saint lieu on croyait l'aller visiter elle-même plutôt que son temple.

Je ne vous fatiguerai pas plus longtemps, je crains
déjà de m'être écarté du style oratoire et de la
forme judiciaire; je me contente de vous dire que
c'est cette même Cérès si ancienne, si respectée,
l'objet principal de l'adoration de tous les peuples
de l'univers, que Verrès a enlevée de son temple et
de ses autels. Vous qui avez vu Enna, vous avez re-
marqué dans deux temples différents deux statues de
marbre, l'une de Cérès, l'autre de Proserpine, toutes
les deux également grandes et belles, et entre lesquelles l'ancienneté seule mettait quelque différence.
Vous y en avez vu une autre de cuivre d'une grandeur médiocre, mais d'une beauté parfaite, qui représentait Cérès tenant des flambeaux à la main, et
qui portait les preuves d'une antiquité supérieure à
celle de toutes les autres statues de ce temple : Verrès enleva celle-ci, et néanmoins il parut peu content de cette prise. Vis-à-vis de la porte du temple,
dans une vaste place, sont deux grandes et magnifiques statues, l'une de Cérès, l'autre de Triptolème :
leur beauté les mit en danger d'être enlevées, mais
leur grandeur, jointe à la difficulté de les descendre
et de les emporter, les sauva de ce péril. Cérès tenait de la main droite une très-belle image de la
Victoire ; le préteur la fit enlever et porter chez lui.

L. Que se passe-t-il maintenant au dedans de lui-même, en considérant ce tissu de crimes, puisque moi-même je ne les expose qu'avec un sentiment d'horreur et en frissonnant de tous les membres ? Toutes les circonstances se présentent à la fois ; je vois d'un même coup d'œil ce temple, ce lieu et ce culte. Je me rappelle ce jour où, arrivant à Enna, je fus accueilli par les prêtres de Cérès, ceints de bandelettes et de couronnes de verveine, suivis d'une multitude de citoyens. Tandis que je parlais à cette assemblée, ce n'étaient que pleurs et gémissements, de sorte que toute la ville paraissait plongée dans la douleur la plus amère.

Ce ne fut ni des impôts, ni du pillage de leurs biens, ni des jugements iniques, ni des passions infâmes de Verrès, ni des violences et des outrages dont il les avait couverts et accablés, qu'ils se plaignirent : que la divinité de Cérès, l'ancienneté de son culte, la sainteté de son temple, fussent vengées par le supplice de cet homme aussi impie qu'audacieux, c'était tout ce qu'ils voulaient ; et ils disaient que, pour tout le reste, ils le souffraient et n'en demandaient pas la punition. Leur douleur était si vive, que Verrès leur paraissait un autre Pluton qui était venu à Enna pour enlever, non pas Proserpine, mais Cérès elle-même. En effet, Enna paraît moins une ville que tout un temple de la déesse ; ses habitants croient qu'elle réside au milieu d'eux : aussi me semblent-ils moins les citoyens d'Enna que les prêtres, les concitoyens et les pontifes de Cérès.

Et vous avez osé dérober cette statue ? Vous avez eu la témérité d'arracher des mains de Cérès l'image de la Victoire, et une déesse d'entre les bras d'une autre déesse ? Vous n'avez point respecté ce que n'ont osé ni profaner, ni même toucher, des gens plus portés en tout au crime qu'à la religion ? En

effet, sous le consulat de P. Popilius et de P. Rupi-
lius, cette place fut occupée par des esclaves fugitifs,
des barbares, des ennemis : mais ils n'étaient pas si
esclaves de leurs maîtres que vous l'êtes de vos passions ; ils ne fuyaient pas tant leurs maîtres que vous
fuyez l'équité et les lois : ils étaient moins barbares
par leur langue et leur patrie que vous par votre
caractère et par vos mœurs, moins ennemis des
hommes que vous ne l'êtes des dieux immortels.
Quelle ressource reste-t-il donc à celui qui a fait voir
plus d'indignité que les esclaves, plus de témérité
que les fugitifs, plus de crimes que les barbares,
plus de cruauté que les ennemis les plus furieux ?

LI. Vous avez entendu Théodore, Numinius et Ni-
casion, députés d'Enna, déclarer ouvertement qu'ils
avaient ordre de leurs concitoyens de s'adresser
d'abord à Verrès, et de lui demander la statue de
Cérès et de la Victoire ; que s'ils l'obtenaient, alors,
pour observer l'ancienne coutume des Ennéens,
quoiqu'il eût tant persécuté la Sicile, ils ne ren-
draient aucun témoignage public contre lui, suivant
les maximes qu'ils avaient reçues de leurs pères ;
mais qu'il leur était enjoint, en cas de refus, de se
joindre à ses autres accusateurs, d'instruire les juges de ses crimes, et d'insister particulièrement sur
ce qui avait rapport à la religion. Au nom des dieux
immortels, ne méprisez pas leurs plaintes, ne les
rejetez pas, juges, ne les négligez pas. Il s'agit des
injures faites à nos alliés ; des lois et de leur vigueur ;
de la réputation et de l'équité de vos jugements :
tous ces motifs sont très-puissants ; mais voici le
plus important. Toute la Sicile est tellement attachée
au culte de Cérès, l'attentat de notre préteur a fait
une si forte impression sur les esprits, qu'ils attribuent à l'impiété de son action toutes les calamités
publiques ou particulières qui leur arrivent.

Les députés de Centorbe, d'Agyre, de Catane, d'Herbite, d'Enna, et de plusieurs autres villes, vous ont fait le portrait de l'affreuse solitude de leurs campagnes dévastées, incultes et désertes; tout y est abandonné. L'oppression sous laquelle Verrès faisait gémir la Sicile est la cause de cet état déplorable; cependant les Siciliens sont convaincus que la déesse venge par cette désolation l'insulte faite à sa statue, et que depuis ce moment leurs campagnes ont cessé d'être cultivées, leurs moissons ont été détruites. Secourez, juges, la religion de nos alliés, conservez la vôtre; car cette religion ne vous est ni étrangère, ni opposée à votre culte. Quand même elle le serait, quand vous ne voudriez pas l'adopter, il ne serait pas moins de votre devoir de punir le sacrilége qui en a violé la sainteté; mais aujourd'hui qu'il s'agit d'un culte commun à tous les peuples, d'une déesse que nos pères ont été eux-mêmes chercher chez les étrangers, d'un culte qu'ils ont appelé grec, parce qu'en effet il a pris naissance dans la Grèce, pouvons-nous, quand nous le voudrions, montrer de l'indifférence, et ne pas juger le coupable suivant toute la rigueur des lois?

LII. Je rapporterai encore et je vous exposerai, juges, le pillage de la ville la plus belle et la plus riche de toute la Sicile, je veux dire Syracuse, et c'est par là que je terminerai et achèverai mon discours. Il n'y a presque personne qui n'ait entendu raconter, et qui n'ait lu dans nos annales, la prise de cette ville par M. Marcellus. Comparez la paix actuelle avec cette guerre; l'arrivée du préteur avec la conquête du général; l'infâme cohorte de l'un avec l'armée victorieuse de l'autre; les excès et les désordres de Verrès avec les mœurs et la sagesse de Marcellus, et vous conviendrez que celui qui a pris Syracuse en est le père, tandis que celui qui l'a reçue pacifiée n'a fait que la piller et la détruire.

Je ne rapporterai point ici de suite les faits que j'ai dispersés ou dans ce qui doit suivre ou dans ce qui précède; je ne vous dirai pas que Syracuse, à qui Marcellus, le jour même qu'il y entra en conquérant, épargna les horreurs du carnage, vit couler à l'arrivée de Verrès le sang de mille victimes innocentes; que son port, où ne purent alors pénétrer ni les flottes de Rome ni celles de Carthage, fut, durant sa préture, ouvert à tous les corsaires et aux brigands de la Cilicie; qu'en persécutant les citoyens, en déshonorant leurs femmes, il les a accablés de maux qu'ils n'ont point eu à souffrir dans un temps où ils avaient tout à craindre, et de la colère d'un ennemi vainqueur, et de la licence du soldat, et des lois de la guerre, et des 'droits de la victoire : j'oublie toutes les cruautés qu'il a commises pendant trois ans. Voici un détail relatif aux autres crimes dont je vous ai parlé.

Vous avez souvent entendu dire que Syracuse est la plus belle ville et la plus considérable que les Grecs aient bâtie. La renommée s'accorde en ce point avec la vérité. Car cette ville est forte par son assiette; et de tous côtés, soit par terre, soit par mer, elle présente un coup d'œil agréable : les ports sont renfermés presque dans son enceinte, et sous les fenêtres de ses maisons : ils ont chacun leur entrée particulière, mais ensuite ils se réunissent dans un bassin commun. Par ce moyen, la partie de Syracuse qu'on appelle l'île, séparée de la ville par un petit détroit, s'y rejoint et s'y réunit par un pont.

LIII. La grandeur extraordinaire de cette ville l'a fait diviser comme en quatre villes différentes. Une des quatre (l'île que je viens de nommer) est au milieu des deux ports et s'étend jusqu'à l'embouchure

de l'un et de l'autre : c'est là qu'est l'ancien palais
d'Hiéron, où logent aujourd'hui nos préteurs. On y
voit plusieurs temples : les deux plus beaux sont celui de Diane et celui de Minerve ; ce dernier, avant
l'arrivée de Verrès, était enrichi des plus superbes
ornements. Cette île est terminée par une source
d'eau douce, qu'on nomme la fontaine d'Aréthuse ;
son bassin, qui est prodigieusement grand, et rempli
de poissons de toute espèce, serait entièrement couvert des eaux de la mer, s'il n'était défendu par
une digue de pierre.

La seconde ville se nomme Acradine : on y voit une
place immense, entourée de très-beaux portiques ;
un superbe prytanée, un vaste édifice pour les assemblées du sénat, un temple magnifique en l'honneur de Jupiter Olympien : le reste de la ville con-
siste en une seule rue très-large qui va d'un bout à
l'autre, et qui est coupée par plusieurs rues transver-
sales, où il n'y a que des maisons particulières. La
troisième ville se nomme Tycha, parce qu'il y avait
autrefois un ancien temple de la Fortune ; on y voit
une très-belle académie et plusieurs temples : c'est
le quartier le plus vivant et le plus peuplé. Enfin, la
quatrième ville, ayant été bâtie la dernière, se nomme
la ville Neuve : à son extrémité, on trouve un très-
beau théâtre, deux temples admirables, l'un consacré
à Cérès, l'autre à Proserpine, une grande et belle
statue d'Apollon, qu'ils appellent Téménitès : Verrès
n'aurait pas craint de la faire enlever, si le transport
en eût été facile.

LIV. Je reviens maintenant à Marcellus, afin que
ma description ne paraisse pas avoir été faite sans
motif. Marcellus, ayant pris une si belle ville par sa
valeur et celle de ses troupes, ne crut pas que la gloire
du peuple romain dépendît de la ruine et de la destruction de ses beautés, qui ne présentaient aucun

danger. Il a donc épargné tous les édifices publics et particuliers, sacrés et profanes, comme s'il avait mené son armée à Syracuse pour la défendre et non la conquérir. A l'égard des ornements dont cette ville était décorée, il consulta également les droits de la victoire et les lois de l'humanité : il crut que l'une lui faisait un devoir d'enrichir Rome d'une partie des beautés de sa conquête, mais que l'autre lui défendait de dépouiller entièrement une ville qu'il aurait voulu conserver dans tout son éclat.

Dans ce partage d'ornements, le vainqueur Marcellus n'en voulut pas plus pour Rome que son humanité n'en réserva aux Syracusains. Ce qui fut transporté à Rome, nous le voyons dans le temple de l'Honneur, dans celui de la Vertu, et en d'autres lieux. Marcellus ne conserva rien pour l'embellissement de ses maisons ou de ses jardins. Il crut que sa maison serait elle-même un ornement de Rome, si elle ne recélait point les ornements d'une ville conquise. Il laissa à Syracuse de très-beaux objets d'art et en grand nombre, il ne lui enleva aucun de ses dieux. Examinez maintenant la conduite de Verrès, non pour opposer homme à homme, ne faisons pas un tel affront à Marcellus après sa mort ; mais comparez trois ans de paix avec cette guerre, les lois avec la force, la conduite du gouverneur et du juge avec celle du conquérant, l'arrivée et la suite du préteur avec les troupes et la victoire du général.

LV. Le temple de Minerve est dans l'île dont je vous ai parlé : Marcellus n'y toucha point, il ne lui ôta aucun de ses ornements ; pour Verrès, il le pilla tellement, que les vols qu'il y a faits paraissent, non l'ouvrage d'un ennemi qui observe dans la guerre le droit des gens et de la religion, mais celui des pirates les plus barbares. Le combat de cavalerie du roi Agathocle y était fort bien représenté en peinture ; les

8.

murailles intérieures du temple étaient revêtues de ces tableaux : on ne pouvait rien voir de plus beau ; Syracuse n'avait rien de plus digne de la curiosité des voyageurs. La victoire de Marcellus en avait fait autant de choses profanes ; néanmoins, par respect pour la religion, il n'y toucha point. Quoique tout ce qu'il y avait de beau dans ce temple eût, par la longue paix dont avait joui la Sicile et par la constante fidélité des Syracusains, recouvré sa première sainteté, Verrès enleva tous ces tableaux ; et ces murailles, dont les ornements avaient duré tant de siècles au milieu des guerres, furent laissées nues et toutes défigurées.

Marcellus, qui avait fait vœu de consacrer deux temples à Rome s'il se rendait maître de Syracuse, ne voulut point les décorer du butin qu'il avait fait dans la ville conquise ; et Verrès, qui n'a jamais fait de vœux ni à l'Honneur ni à la Vertu, qui n'adore que l'Amour et Vénus, a voulu dépouiller le temple de Minerve : l'un s'est fait un scrupule d'enrichir ses dieux de ce qui avait appartenu à d'autres dieux ; et l'autre a fait transporter dans une maison de débauche les ornements du temple de la chaste Minerve. Il enleva encore du même temple vingt-sept tableaux d'une rare beauté, où l'on voyait les portraits des rois et des tyrans de la Sicile. Ces portraits ne plaisaient pas seulement par la beauté de la peinture, mais parce qu'ils rappelaient et les actions et la figure de ces anciens rois. Et voyez combien ce tyran fut plus funeste aux Syracusains que ne l'avaient été aucun des précédents ! Ces derniers ornaient les temples des dieux ; Verrès renverse leurs monuments, et en fait sa conquête et son butin.

LVI. Que vous dirai-je des portes de ce temple ? Je crains que ceux qui n'ont pas vu les choses par eux-mêmes ne m'accusent d'en exagérer la beauté. Quelle apparence cependant que je m'oublie jusqu'au point de mentir avec impudence devant tant de personnages respectables, devant des juges dont la plupart ont vu Syracuse et tout ce qu'il y avait de beau? Je puis donc assurer hardiment que ces portes superbes, entièrement revêtues d'or et d'ivoire, étaient les plus belles qu'on eût jamais vues. Une foule d'auteurs grecs en ont décrit la beauté et les richesses. Je veux que leurs éloges soient outrés, et qu'ils aient ajouté à la vérité; il n'en est pas moins vrai que la modération d'un général qui laisse à des ennemis, contre qui il a les armes à la main, ce qui est l'objet de leur admiration, fait plus d'honneur à la république que la conduite d'un préteur qui le leur ravit au milieu de la paix. On y voyait des traits historiques représentés sur l'ivoire avec un art admirable; Verrès détacha tous ces morceaux. Il enleva aussi une très-belle tête de Méduse avec sa chevelure de serpents. Il montra encore que c'était non-seulement la beauté du travail, mais la valeur et le profit qu'il recherchait, car il y avait à ces portes un grand nombre de clous d'or fort pesants; il ne balança point de les faire arracher : c'était non le travail, mais le poids qui lui en plaisait. Ainsi ces portes, faites particulièrement pour orner le temple, ne paraissent plus, dans l'état où il les a laissées, avoir été faites que pour le fermer.

Parlerai-je aussi de ces longues piques revêtues d'épis verts? Oui, j'ai vu votre étonnement lorsque les témoins ont déposé sur ce fait; en effet, elles étaient telles qu'il suffisait de les avoir vues une fois : il n'y avait rien de curieux dans la façon, rien de beau dans la forme; elles étaient seulement d'une grandeur incroyable : c'était assez d'en entendre parler, et trop de les voir plus d'une fois; cependant n'ont-elles pas aussi excité votre cupidité?

LVII. La beauté de la Sapho qu'il enleva du prytanée lui fournit sans doute une excuse légitime; et peu s'en faut qu'on ne doive le justifier entièrement sur cet article. En effet, ce chef-d'œuvre de Silanion, ce morceau si achevé, appartiendrait à un autre particulier, à un peuple même, plutôt qu'à Verrès, cet homme d'un goût si exquis, cet habile connaisseur? Non, la préférence ne peut lui être contestée. Pour nous, envers qui la fortune et la nature ont été plus avares, nous ne pouvons pas posséder de si belles choses. Quelqu'un veut-il voir des ouvrages dans ce genre, qu'il se transporte au temple de la Félicité, au Capitole, au portique de Métellus; qu'il cherche le moyen d'entrer dans les maisons de plaisance que nos curieux ont aux environs de Tusculum; qu'il contemple la place publique, lorsqu'elle est ornée de ce que Verrès a prêté aux édiles. Verrès gardera-t-il toutes ces richesses? les ornements des temples et des villes rempliront-ils ses maisons à Rome et à la campagne? souffrirez-vous plus longtemps, ô juges, les plaisirs et les passions de cet artisan, qui, par sa naissance, par son éducation, par les qualités de l'âme et du corps, paraît beaucoup plus propre à porter des statues sur ses épaules qu'à les faire transporter chez lui pour en jouir?

Et l'enlèvement de cette Sapho, quels regrets a-t-il laissés? c'est ce qu'il est difficile d'exprimer. Car cette statue, outre qu'elle était faite avec beaucoup d'art, avait sur sa base une célèbre inscription grecque; et ce docteur, ce prétendu Grec, qui juge des choses de l'art avec tant de sagacité, qui en a seul l'intelligence, s'il avait su un mot de grec, n'aurait certainement pas enlevé cette Sapho: car l'inscription du piédestal, qui est resté, annonce quelle était la statue, et fait voir qu'on l'a enlevée.

Quoi! cette belle statue d'Apollon, si sainte et si respectable, ne l'avez-vous pas arrachée du temple d'Esculape? Tout le monde l'allait voir pour sa beauté, et la religion la rendait vénérable. Quoi! n'est-ce point par votre ordre que la statue d'Aristée fut publiquement ravie du temple de Bacchus? Quoi! cette vénérable, cette magnifique statue de Jupiter Impérator, que les Grecs appellent Urion, ne l'avez-vous pas enlevée de son temple? Et ce magnifique buste de marbre de Paros que nous allions voir avec plaisir au temple de Proserpine, n'avez-vous pas eu la hardiesse de l'emporter? On célébrait tous les ans à Syracuse des fêtes communes à Apollon et à Esculape; Aristée, que les Grecs font fils de Bacchus, et à qui ils attribuent la découverte de l'olivier, était honoré dans le même temple que ce dieu.

LVIII. A l'égard de ce Jupiter Impérator, comprenez-vous quels hommages il recevait dans son temple? Pour vous en faire une juste idée, souvenez-vous de ceux qu'on rendait au Jupiter qui, représenté sous la même forme, et égal en beauté à celui de Syracuse, était adoré dans la Macédoine, d'où Flamininus le fit transporter et placer dans le Capitole. On connaissait trois statues de Jupiter, chef des armées, toutes les trois ressemblantes et également belles : la première était celle de Macédoine, que nous voyons aujourd'hui dans le Capitole; la seconde se voit à l'embouchure du Pont-Euxin, et la troisième était à Syracuse avant que Verrès fût préteur de la Sicile. Flamininus, à la vérité, fit enlever de son temple celle de Macédoine; mais ce ne fut que pour la faire placer dans le Capitole, c'est-à-dire dans le domicile terrestre de Jupiter.

Quant à celle qui est à l'entrée du Pont-Euxin, quoique cette mer ait été ou la source ou le théâtre de tant de guerres, elle s'est conservée jusqu'ici, sans que jamais une main téméraire en ait osé violer la sainteté; mais pour celle de Syracuse, que Marcellus vainqueur, et les armes encore à la main, vit et respecta, qu'il laissa à la religion de ce peuple, que les citoyens et les habitants de cette grande ville honoraient d'un culte spécial, que les étrangers allaient voir et adorer, le sacrilége Verrès l'a arrachée du temple de Jupiter.

Pour vous parler encore de la modération de Marcellus, sachez, juges, que les Syracusains perdirent plus de dieux par l'arrivée de Verrès que la victoire de Marcellus ne leur avait coûté de citoyens. Ce conquérant, plein d'humanité, ne fut pas plutôt maître de la ville, qu'il s'informa d'Archimède, ce génie divin, cet homme d'un si vaste savoir; et lorsqu'il sut qu'il avait été tué, il s'affligea de cette perte. Quant à Verrès, toutes ses recherches avaient pour motif, non la conservation, mais le pillage.

LIX. Comme certains faits paraîtraient peu importants si j'en parlais en cet endroit, je les supprimerai. Je ne vous dirai donc point qu'il a enlevé dans les temples de Syracuse des tables de marbre, de très-belles coupes de cuivre, des vases de métal de Corinthe. Aussi, juges, les prêtres chargés de conduire les étrangers et de leur faire voir le trésor de chaque temple font leur démonstration d'une manière toute différente. Ils montraient autrefois les choses chacune dans leur lieu : à présent ils ne montrent que les places d'où elles ont été enlevées. Eh quoi! pensez-vous que toutes ces pertes n'aient excité dans cette ville qu'une douleur médiocre? Détrompez-vous; tous les hommes sont attachés à leur religion. On regarde comme un devoir essentiel l'obligation d'honorer et de conserver les dieux qu'adoraient ses pères : d'ailleurs, cette magnificence, ces ouvrages, ces statues, ces tableaux, enchantent les Grecs et font leurs délices. Ainsi leurs plaintes doivent vous faire comprendre qu'ils sont très-affligés de la perte de ces choses, que vous regardez peut-être comme futiles et méprisables. Croyez-moi, juges (et vous le savez déjà, j'en suis sûr), de tous les malheurs qui, dans ces derniers temps, ont affligé nos alliés et les nations étrangères, aucun ne leur a causé et ne leur cause encore tant de douleur que ce pillage des temples et des villes.

En vain Verrès dira, suivant sa coutume, qu'il a tout acheté ; il n'en est rien, juges : vous pouvez m'en croire. Il n'y a point de ville, ni dans l'Asie, ni dans la Grèce, qui ait vendu librement aucune de ses statues, aucun de ses tableaux, aucun de ses ornements ; à moins qu'il ne vous paraisse vraisemblable que, depuis qu'on a cessé de rendre une exacte justice dans Rome, les Grecs ont commencé de vendre ce qu'ils s'empressaient d'acheter avant ce relâchement ; ou à moins que vous ne pensiez que L. Crassus, Q. Scévola, C. Claudius, ces hommes si puissants et si riches, qui ont signalé leur édilité par de magnifiques spectacles, n'ont point emprunté des Grecs ces curiosités, et que les édiles, créés depuis le relâchement des tribunaux, ont été obligés d'avoir recours aux Grecs.

LX. Oui, ces achats prétendus et supposés sont pour ces villes une insulte plus cruelle qu'un vol clandestin ou un enlèvement fait avec éclat ; car ces peuples regardent comme le comble de l'infamie qu'il soit écrit sur des registres publics qu'une modique somme a pu les engager à vendre et à aliéner ce que leurs pères leur avaient laissé. L'attachement des Grecs pour les petites choses, que nous méprisons, est incompréhensible : aussi nos ancêtres souffraient volontiers l'abondance de ces ornements chez nos alliés, pour qu'ils fussent sous notre empire dans le plus grand lustre et le plus grand éclat ; ils n'en dépouillaient pas même ceux que nos armes avaient rendus nos vassaux et nos tributaires, afin que ceux qui prenaient plaisir à ces choses, que nous regardions comme indifférentes, eussent ces adoucissements et cette consolation dans leur dépendance.

Quelle somme, je le demande, les habitants de Rhégium, aujourd'hui citoyens romains, exigeraient-ils pour laisser emporter leur belle Vénus de marbre? les Tarentins, pour leur Europe assise sur un taureau, pour ce fameux Satyre de leur temple de Vesta, et pour tant d'autres excellentes statues? ceux de Thespies, pour leur Cupidon, qui seul attire chez eux les voyageurs? les Cnidiens, pour leur Vénus de marbre? ceux de Cos, pour leur Alexandre? ceux de Cyzique, pour leur Ajax ou leur Médée? les Rhodiens, pour leur Ialysus? les Athéniens, pour leur Bacchus en marbre, pour leur tableau du Paralus, ou pour leur génisse d'airain, œuvre de Myron? Il serait trop long, et même inutile de rapporter ce que l'Asie et la Grèce offrent de curieux en ce genre. Mais voici pourquoi je suis entré dans ce détail: c'est que je veux vous mettre en état de juger de la douleur extraordinaire que ressentent les habitants des villes d'où l'on enlève toutes ces richesses.

LXI. Je ne parlerai point des autres peuples de la Sicile, je ne ferai mention que des Syracusains: arrivé chez eux, je crus d'abord, comme les amis de Verrès me l'avaient assuré à Rome, que la ville de Syracuse ne lui était pas moins attachée, à cause de l'héritage d'Héraclius, que celle de Messine, qu'il avait associée à toutes ses pirateries et à tous ses brigandages. Je craignais d'ailleurs, si je témoignais le désir de voir les registres, d'être arrêté par les intrigues des femmes les plus nobles et les plus belles de la ville, qui avaient gouverné Verrès pendant les trois années de sa préture, et par leurs maris, qui s'étaient montrés si soumis et si généreux envers lui.

Je ne voyais donc à Syracuse que des citoyens ro-

mains, je ne consultais que leurs registres, et j'y
remarquais ses injustices. Après une longue conten-
tion et un travail de plusieurs heures, pour m'amuser
et me délasser, je feuilletais les fameux registres de
Carpinatius; j'y faisais observer à quelques chevaliers romains, qui étaient l'élite des habitants de cette
ville, ces fréquentes répétitions du nom de Verrutius,
dont je vous ai déjà parlé, et je leur expliquais
l'énigme. Je n'attendais des Syracusains aucun éclair-
cissement, ni de la part des magistrats, ni de celle
des particuliers; je ne songeais pas même à leur en
demander. Tandis que j'examinais ces registres,
Héraclius, que je n'attendais pas, vint me trouver :
il était alors magistrat de Syracuse. C'est un homme
distingué; il avait été prêtre de Jupiter, honneur insigne dans cette ville. Il nous pria, mon frère Lucius
et moi, de vouloir bien nous rendre au sénat; il ajouta
que l'assemblée était très-nombreuse, et que c'était
au nom de tout le corps qu'il nous priait d'y assister.
Nous hésitâmes d'abord; mais bientôt après nous
crûmes que nous ne devions pas refuser de nous rendre en ce lieu.

LXII. Nous y allâmes donc : dès que nous parû-
mes, on se leva pour nous faire honneur; nous prîmes
place, à la prière du magistrat. Diodore Timarchide,
qui, par son autorité, son âge, et, autant que j'en pus
juger, par son expérience, était à la tête du corps,
porta la parole. Tout son discours d'abord tendit à
témoigner que le sénat et le peuple de Syracuse
voyaient avec peine et avec douleur qu'ayant informé
dans les autres villes de Sicile le sénat et le peuple
de l'avantage et du bonheur que je venais leur procurer, et qu'ayant reçu de toutes ces villes des ren-
seignements, des députés, des lettres, des témoignages, je ne faisais rien de semblable à Syracuse. Je
répondis que dans la visite que me firent à Rome les

Siciliens, qui, par une députation générale, vinrent
me demander mon secours et me prier de me charger
des intérêts de toute la Sicile, je n'y avais pas vu les
députés de Syracuse, et que je n'exigeais pas que l'on
décernât rien contre Verrès dans un lieu où je voyais
sa statue si bien dorée.

A peine eus-je achevé ce peu de paroles, que la vue
et le souvenir de cette statue leur arrachèrent les
larmes des yeux ; d'où je compris que c'était un monument des crimes et non pas des bienfaits de Verrès.
Alors chaque membre du sénat en particulier commença à me faire connaître, autant que cela était possible dans une exposition verbale, toutes les fureurs
dont je vous ai déjà parlé ; qu'il avait pillé leur ville,
dépouillé leurs temples ; que de l'héritage d'Héraclius
qu'il avait accordé pour l'entretien des athlètes, il s'en
était approprié la plus grande partie ; mais qu'il ne
fallait point exiger d'attachement pour les athlètes de
la part d'un homme qui avait enlevé le dieu à qui
nous devons la découverte de l'olivier ; que sa statue
n'avait été érigée ni par autorité publique ni aux
frais de la ville ; que c'était l'ouvrage de ceux qui
étaient entrés en société avec lui pour piller cet
héritage ; que ces mêmes hommes, députés à Rome,
étaient les ministres de sa méchanceté, les associés
de ses rapines, les complices de ses crimes : qu'ainsi
je ne devais pas être surpris s'ils n'avaient point agi
d'intelligence avec les autres envoyés pour le bien
commun de la Sicile.

LXIII. Considérant que leur ressentiment égalait
et surpassait presque celui des autres Siciliens, je
leur découvris mes intentions à leur égard ; je leur
exposai mon plan, l'ordre et le but de ma commission : puis je les exhortai à ne point abandonner
l'intérêt général et la cause commune, et à rétracter
cet éloge que la force et la crainte leur avaient, di-

5.

saient-ils, arraché peu de jours auparavant. Voici donc ce que firent les Syracusains, ces bons amis, ces clients de Verrès ; ils tirèrent d'abord leurs registres, qu'ils tenaient renfermés dans l'endroit le plus caché de leur trésor ; ils m'y montrèrent inscrits tous les pillages dont j'ai parlé, et plus encore que je n'en ai pu dire. Or, ils y étaient inscrits de cette manière : « Telle et telle chose manque dans le temple de Minerve, telle autre dans celui de Jupiter ou dans celui de Bacchus. » A côté des noms de ceux à qui on avait confié la garde de ces choses saintes, on voyait cette apostille : « Un tel, rendant compte suivant la loi, et devant représenter ce qu'il a reçu, a demandé qu'on ne l'inquiétât point pour certaines pièces qui n'étaient plus dans le temple : » tous en effet furent déchargés, et l'on n'inquiéta personne. Je fis sceller ces registres du sceau public, et j'ordonnai qu'on les apportât chez moi.

A l'égard de l'éloge en question, voici comme ils m'exposèrent le fait. Ils me dirent que, peu de jours avant mon arrivée, ils reçurent des lettres de Verrès au sujet de l'attestation qu'il leur demandait ; que d'abord ils n'avaient pris aucune résolution ; qu'ensuite ses amis les pressant de donner un décret en sa faveur, leur demande avait été rejetée avec beaucoup de clameurs et de mépris ; que peu de temps avant mon arrivée, il leur avait été enjoint, par celui qui avait l'autorité, de prendre un arrêté ; qu'on avait obéi, et que l'éloge de Verrès avait été tourné de façon, qu'il pouvait plutôt lui nuire que lui servir. Je vais vous dire, d'après ces sénateurs, comment la chose se passa.

LXIV. C'est l'usage à Syracuse, quand on rapporte quelque affaire dans le sénat, que quiconque le veut donne son avis ; on ne le demande nommément à personne ; mais ceux qui, par le rang et l'âge, sont

au-dessus des autres parlent ordinairement les premiers et de leur propre mouvement; personne ne
leur conteste cet honneur. S'il arrive que tous gardent le silence, le sort décide de ceux qui opineront
sur l'affaire agitée. Conséquemment à cet usage, on
proposa au sénat de faire l'éloge de Verrès; plusieurs,
pour gagner du temps, interrompirent ceux qui opi-
naient : « Sext. Péducéus, dirent-ils, rendit de très-
grands services à cette ville et à toute la province;
il y a quelque temps , lorsque nous apprîmes qu'on
lui suscitait de méchantes affaires, nous souhaitâmes,
pour reconnaître ses grands et nombreux services,
faire un éloge public de ses vertus : Verrès nous en
empêcha. Quoique Péducéus ne soit plus dans le cas
de faire usage de notre éloge, il serait injuste de ne
pas statuer sur cet objet, conforme à nos désirs, avant
de délibérer sur ce qu'on exige de nous aujourd'hui. »
   Tout le monde convint que la chose était raisonnable : on proposa l'affaire de Péducéus : chacun opina
suivant le rang que l'âge et les honneurs lui donnaient. Apprenez donc ce qui s'est passé, par le décret même du sénat; car on a coutume d'y écrire
l'avis des premiers sénateurs. Lisez : « On a traité de
ce qui concerne S. Péducéus. » Le sénatus-consulte
parle de ceux qui dirent les premiers leur avis. On
décide. Il est question ensuite de la demande de Verrès. Dites , je vous prie , comment : « On a proposé
l'affaire de Verrès. » Qu'y a-t-il ensuite d'écrit ?
« Comme personne ne se levait et ne donnait son
avis : » Qu'est-ce que cela veut dire ? « On tira au
sort. » Pourquoi ? Comment, personne ne se portait
de lui-même à faire l'éloge de votre préture , à vous
sauver du précipice, surtout pouvant par là gagner
les bonnes grâces du préteur? personne, vos convives, vos agents, vos ministres, vos complices, n'o-
saient dire un seul mot en votre faveur.

Ils me firent voir aussi que le décret qu'ils avaient rendu à l'avantage de Verrès était moins un éloge qu'une satire fine, qui remettait devant les yeux les infamies et les maux de sa préture ; car c'est ainsi qu'on s'exprimait : « Que Verrès n'avait fait battre personne de verges ; » vous devez juger par là qu'il fit périr sous la hache des personnes aussi illustres qu'innocentes : « Qu'il avait gouverné la province avec vigilance ; » lui dont toutes les veilles ont été consacrées à l'infamie et à l'adultère. Cette attestation contenait encore un autre article, dont l'accusé n'oserait faire aucun usage, et qu'un accusateur ne cesserait de faire valoir, c'est « qu'il a empêché les pirates de pénétrer dans la Sicile ; » et l'on sait qu'ils sont entrés jusque dans les ports de Syracuse. Après avoir tiré ces éclaircissements, nous sortîmes du sénat, mon frère et moi, pour ne point gêner la liberté des suffrages, en cas qu'ils eussent quelque chose à décider.

LXV. Sur-le-champ ils rendirent un arrêté, premièrement qui donnait à mon frère « le droit d'être logé aux frais du public, » en reconnaissance de ce qu'il était animé pour eux des sentiments que j'avais toujours eus moi-même. Non-seulement ils firent cet arrêté ; mais encore ils nous le donnèrent gravé sur l'airain. En vérité, vous voilà bien tendrement chéri de ces Syracusains, que vous nous citez à tout propos, et pour qui c'est un motif de s'unir d'amitié avec votre accusateur, parce qu'il doit vous accuser, et qu'il est venu faire des recherches contre vous. Ensuite on rendit un second arrêté, et presque toutes les voix se réunirent pour ordonner que « l'éloge de Verrès serait biffé et rétracté. »

L'assemblée s'était déjà retirée, tout était enregistré, lorsqu'on fit appel au préteur ; mais qui fit cet appel ? un magistrat ? non. Un sénateur ? encore moins.

Un citoyen de Syracuse? point du tout. Qui donc? celui qui avait été questeur sous Verrès, Cécilius. Quel ridicule! O malheureux Verrès! vous voilà donc sans espérance d'être défendu par aucun magistrat sicilien? Pour que les Siciliens ne puissent faire ce décret, user de leur droit suivant leurs coutumes et leurs lois, ce n'est ni un ami de Verrès, ni son hôte, ni enfin un Sicilien quelconque, c'est le questeur qui en appelle à son préteur. A-t-on jamais vu, a-t-on jamais entendu rien de semblable? Le préteur équitable et sage ordonne au sénat de se séparer : le peuple accourt en foule à ma maison : les sénateurs s'écrient que c'est les dépouiller de leurs droits, que c'est violer leur liberté; le peuple comble d'éloge son sénat et lui témoigne sa gratitude; les citoyens romains ne me quittent point : ma plus grande affaire ce jour-là est d'empêcher qu'on ne se jette sur cet appelant. Quand nous allâmes chez le préteur pour lui demander justice, il pesa fort soigneusement et avec prudence ce qu'il devait ordonner. Car, sans me laisser le temps de dire le premier mot, il se leva et disparut. Il était presque nuit lorsque nous nous retirâmes.

LXVI. Le lendemain matin, je lui demandai qu'il fût permis aux Syracusains de me livrer le sénatus-consulte qu'ils avaient fait la veille. Il rejeta ma demande; il me fit un crime d'avoir harangué dans un sénat grec, et surtout d'avoir parlé en grec devant des Grecs. Je lui fis la réponse que je pus, que je voulus, et que je devais lui faire. Je me souviens que je lui dis, entre autres choses, qu'il était bien loin de ressembler à l'illustre vainqueur des Numides, le grand, le véritable Métellus : que celui-ci avait refusé son attestation à L. Lucullus, son beau-frère et son ami; et que lui, au contraire, usait de violence et de menace pour obliger les villes à faire l'apologie d'un homme qui lui était tout à fait étranger.

Ayant su que des lettres nouvellement reçues, et qui étaient moins des lettres de recommandation que des lettres de change, l'avaient entièrement gagné, je suivis le conseil des Syracusains, je me saisis par force de ces registres où tout était couché par ordre. Mais voici un nouveau trouble, une nouvelle contestation. Afin que vous ne crussiez pas que Verrès est absolument sans amis à Syracuse, sans hôtes, totalement dépourvu et délaissé, un certain Théomnaste, fou jusqu'à l'extravagance, se mit à retenir les registres : les Syracusains le nomment Théoracte. Il est si fou que les enfants le suivent dans les rues, et qu'on se moque de lui dès qu'il commence à parler. Sa folie, assez comique pour les autres, me parut alors très-importune. Écumant de rage et les yeux étincelants, il criait de toutes ses forces que je lui faisais violence. Nous nous traînons l'un l'autre chez le préteur.

Là, je demandai qu'il me fût libre de sceller et d'emporter les registres en question. Le préteur, au contraire, dit qu'il n'y avait point de sénatus-consulte concernant l'objet de mon appel, et qu'il ne fallait pas me les livrer. Je lus la loi par laquelle on devait remettre à ma disposition tous les registres et toutes les pièces. Le furieux Théomnaste, au contraire, répliqua que nos lois ne le regardaient point. L'habile préteur dit qu'il ne permettrait pas que j'emportasse à Rome un décret qui ne devait pas être ratifié. Enfin, si je n'eusse fait de vives menaces au préteur, si je ne lui avais lu la loi expresse et les peines qu'il encourait par son refus, ces registres ne m'auraient pas été remis. Alors ce fou, qui s'était tant emporté contre moi en faveur de Verrès, voyant qu'il n'avait rien gagné, me donna, sans doute pour faire sa paix avec moi, la liste de tous les vols que Verrès avait faits à Syracuse, et dont d'autres personnes m'avaient déjà donné la connaissance et le détail.

LXVII. Soyez maintenant loué par les Mamertins, qui, seuls d'entre tous les peuples de cette grande province, veulent vous retirer du précipice; mais qu'Héjus soit à la tête des députés; mais qu'en vous louant, ils soient toujours prêts à répondre aux questions que j'ai à leur faire. Pour ne point les surprendre tout d'un coup, voici ce que je leur demanderai. Ne doivent-ils point fournir un vaisseau au peuple romain : ils en conviendront. Ensuite, s'ils l'ont fourni durant la préture de Verrès : ils diront que non. En troisième lieu, s'ils n'ont point fait construire, au nom et aux frais de la ville, un gros navire de charge dont ils ont fait présent à Verrès : ils seront forcés de l'avouer. Quatrièmement, si Verrès, comme ses prédécesseurs, a exigé d'eux une certaine quantité de grains, pour envoyer à Rome : ils ne pourront pas répondre affirmativement. Enfin, combien de matelots et de soldats ils ont fourni pendant trois ans : ils répondront : Aucun. Ils ne pourront pas nier que leur ville fut le magasin et l'entrepôt des vols et des rapines de Verrès; qu'il en est sorti quantité de rapines sur plusieurs vaisseaux; qu'enfin ce gros navire donné par les Mamertins est parti fort chargé avec ce préteur.

Profitez donc de tous les avantages que vous pouvez retirer de cet éloge, je ne les combattrai point. A l'égard de la ville de Syracuse, nous voyons que ses sentiments répondent pour vous aux traitements qu'elle en a reçus; ils ont aboli vos fêtes, monument d'infamie et l'opprobre de leur ville : en effet, il ne convenait point du tout de faire participer aux honneurs des dieux le ravisseur de leurs statues. On

serait assurément bien fondé à blâmer les Syracusains, si, après avoir ôté de leurs fastes une fête très-
célèbre, très-solennelle, et accompagnée de jeux,
parce que ce jour-là même Syracuse fut prise par
Marcellus, ils laissaient subsister celle de Verrès,
c'est-à-dire d'un homme qui les a dépouillés de ce
qu'ils avaient conservé dans ce jour fatal. Connaissez, juges, toute l'impudence et la folle vanité de cet
homme : non-seulement il employa l'argent d'Héraclius à l'iustitution des Verréennes, ridicules et infâmes solennités, mais il donna ordre d'abolir les jeux
consacrés à la mémoire de Marcellus ; il y substitua
des sacrifices annuels pour celui qui leur avait fait
perdre les dieux pénates et leurs sacrifices, et fit ôter
les jours de fête d'une famille qui leur avait conservé
toutes leurs autres solennités.

9.

DISCOURS CONTRE VERRÈS

SUR LES SUPPLICES.

ANALYSE. — Cicéron commence par examiner la conduite de
Verrès sous le rapport militaire, et c'est avec une ironie
mordante qu'il énumère toutes les fautes que lui a fait commettre son imprévoyance. Il n'a su ni comprimer la révolte
des esclaves, ni protéger la Sicile contre les pirates qui ont
brûlé sa flotte en vue même de Syracuse. Qu'a-t-il imaginé
pour se justifier devant l'indignation que sa conduite soule-
vait non-seulement en Sicile, mais même à Rome? il a
accusé de trahison les commandants des vaisseaux et les a
condamnés à mort. Verrès ne s'est pas contenté de répandre
le sang des Siciliens, il a fait battre de verges et frapper de
la hache des citoyens romains. L'orateur s'étend surtout en
termes pathétiques sur le supplice qu'a subi l'infortuné Gavius. Enfin il termine par une apostrophe véhémente aux
dieux dont l'infâme préteur a dépouillé les temples sans respect même pour leur divinité.

I. Je ne vois personne, ô juges, qui ne soit convaincu que Verrès a pillé ouvertement tout ce que
la Sicile renfermait de sacré et de profane, soit chez
les particuliers, soit dans les lieux publics, et qu'il
n'y a point de rapines et de brigandages dont, au
mépris de toute religion et de toute pudeur, il ne se
soit rendu coupable. Mais on produit pour sa justification un moyen de défense fort brillant sans doute
et fort imposant; il exige de ma part de sérieuses
réflexions pour le réfuter. Voici sur quoi on le fonde :
Verrès, au moment d'une situation incertaine, menaçante, a, par sa fermeté et par une vigilance
unique, préservé la Sicile des dangers de la guerre
et des maux qu'elle pouvait souffrir de la part des
esclaves révoltés.

Quel parti prendre? Comment soutiendrai-je mon
accusation? de quel côté me tournerai-je? Car à tous
mes assauts on oppose comme un mur impénétrable

le nom d'excellent général. Je connais le terrain. Je
vois le champ où Hortensius va déployer son éloquence. Il rappellera les périls de la guerre, la situation fâcheuse de la république, la disette de bons généraux. Il vous conjurera, et il vous pressera même,
s'appuyant d'un droit personnel, de ne point permettre que, sur les dépositions de quelques Siciliens,
on enlève au peuple romain un général de ce mérite, et qu'on efface par des accusations d'avarice
la gloire qu'il s'est acquise dans les armes.

Je ne saurais le dissimuler, juges; je crains que
Verrès ne doive à ses grands talents dans l'art militaire l'impunité de ses crimes. Car je me représente
combien, dans le jugement d'Aquilius, parut avoir
d'autorité et de force le discours de M. Antoine :
comme son éloquence était pathétique, et qu'il savait la régler sur les circonstances; presque à la fin
de son plaidoyer, il prit Aquilius, le présenta au milieu de l'assemblée, et, déchirant la tunique qui lui
couvrait la poitrine, il fit voir aux juges et à tout le
peuple romain les cicatrices des blessures qu'il avait
reçues, toutes par-devant. Il fit surtout valoir en sa
faveur celle que le chef des rebelles lui avait faite à
la tête. A ce spectacle frappant, les juges craignirent
que cet homme, dérobé par la fortune au fer des
ennemis, malgré tous les dangers auxquels il s'était
exposé, ne parût avoir été conservé moins pour
la gloire du peuple romain que pour prouver la
cruauté des juges. Les protecteurs de Verrès cher-
chent à employer les mêmes moyens de défense, à
suivre la même voie, dans l'espérance du même succès. Que ce soit un voleur, un sacrilége, le plus scélérat, le plus débauché de tous les hommes; mais,
dira-t-on, c'est un général heureux et vaillant, et
qui mérite d'être conservé pour les temps critiques
dans lesquels la république peut se trouver.

II. Je ne vous traiterai pas, Verrès, avec rigueur. Je ne dirai pas (quoique peut-être je dusse m'attacher à ce point) que, la cause étant établie d'après une loi positive, il ne s'agit point ici d'exposer vos expéditions militaires, mais de vous justifier sur toutes les concussions dont on vous accuse. Ce ne sera pas là, vous dis-je, ma manière de procéder contre vous. Mais je vous demanderai, comme vous paraissez le désirer, par quels travaux, par quels exploits vous vous êtes signalé dans la guerre.

Direz-vous que, dans la guerre des déserteurs, la Sicile dut son salut à votre courage? La louange est belle, la défense honorable; mais par quel combat avez-vous sauvé cette province? Nous savons que depuis la guerre terminée par Aquilius la Sicile n'a pas vu de nouvelle guerre d'esclaves. Mais il en a éclaté une en Italie; je l'avoue, et même grande, redoutable. Revendiquez-vous donc quelque part dans l'honneur de cette guerre, et prétendez-vous être associé pour la gloire du succès aux Crassus, aux Pompée? Il ne manquerait plus, pour mettre le comble à votre impudence, que de tenir un pareil langage. Vous avez sans doute empêché que de l'Italie les troupes des déserteurs ne pussent passer dans la Sicile? Où l'avez-vous fait? quand? de quel côté? Quand ils voulaient y aborder avec leurs vaisseaux et leurs galères? Nous n'en avons jamais entendu parler. Nous avons su seulement que par la valeur et par la prudence de M. Crassus, cet homme intrépide, les déserteurs ne purent, à l'aide de radeaux, traverser le détroit et parvenir jusqu'à Messine. Eût-il fallu tant s'opposer à leurs efforts, si l'on avait cru qu'il y eût dans la Sicile des troupes en état de leur en fermer l'entrée?

III. Mais, dit-on, la guerre qui se faisait alors en Italie, quoiqu'elle fût si près de la Sicile, ne pénétra

pourtant point dans cette province. Qu'y a-t-il de
surprenant? Lorsqu'il y eut guerre en Sicile, à la
même distance, il n'en pénétra non plus rien en Italie. En faveur de laquelle des deux raisons suivantes
allègue-t-on la proximité des lieux? Est-ce que l'entrée fut facile aux ennemis, ou qu'on eut à craindre
que l'exemple d'une telle révolte ne fût contagieux?
Tout accès en fut non-seulement difficile, mais fermé
pour des hommes qui n'avaient point de vaisseaux ;
il eût été même plus facile à ceux qui, selon vous,
étaient si voisins de la Sicile, d'aller par terre jusqu'à l'Océan, que d'aborder jusqu'au promontoire de
Pélore.

Quant à la contagion d'une semblable guerre, pourquoi nous l'objectez-vous, plutôt que ceux qui com-
mandaient dans les autres provinces? Est-ce parce
qu'il y avait eu déjà dans la Sicile une guerre suscitée
par des déserteurs? C'est pour cela précisément que
cette province n'a et n'avait alors rien à craindre
d'elle-même ; car depuis le départ d'Aquilius, les
édits, les règlements des préteurs, défendirent à tout
esclave de porter des armes. Ce que je vais dire est
ancien, et, à cause de la sévérité de l'exemple, peut-
être n'est-il ignoré de personne. Lorsque L. Domitius
était préteur en Sicile, on lui apporta un sanglier
d'une grosseur extraordinaire ; il l'admira, demanda
qui l'avait tué, et, apprenant que c'était le berger
d'un certain particulier, il ordonna qu'on le fît venir.
Celui-ci accourt avec ardeur, persuadé qu'il va recevoir une récompense. Domitius lui demande comment
il a tué cette bête énorme. Il lui répond que c'est
avec un épieu. Au même instant le préteur le fait
mettre en croix. Ce jugement paraîtra sans doute
trop sévère : je ne dis rien ni pour le condamner ni
pour le justifier ; mais je comprends que Domitius ait
mieux aimé paraître impitoyable en sévissant, que

faible et lâche en fermant les yeux sur une infraction
aux lois.

IV. Aussi, grâce aux sages mesures de l'autorité,
dans le temps que cette guerre des fugitifs mettait en
feu toute l'Italie, Cn. Norbanus, qui n'était ni très-vi-
gilant ni très-brave, jouit d'une parfaite tranquillité.
Rien de plus aisé pour la Sicile que de se maintenir
dans le calme le plus profond; car il n'y a rien de
si uni que nos négociants avec les Siciliens, par le
commerce, les affaires, l'intérêt et l'amitié; et les
Siciliens ont des affaires d'une nature à leur rendre
la paix avantageuse : d'ailleurs, la domination des
Romains leur est si chère, qu'ils craignent par-
dessus tout de la voir s'affaiblir ou changer. De plus,
comme les dangers d'une guerre d'esclaves ont été
prévenus, et par les ordonnances des préteurs, et
par la police des maîtres, nous n'avons à craindre
aucun trouble domestique de la part de cette province.

Mais durant la préture de Verrès, les esclaves
n'ont-ils fait aucun mouvement dans la Sicile? N'y
a-t-il pas eu une conjuration? Le sénat et le peuple
romain n'ont entendu parler d'aucun trouble; Verrès
lui-même n'a rien écrit au sénat à ce sujet. Je soup-
çonne que les esclaves commencèrent à faire des
mouvements dans quelques endroits de la province,
et ce soupçon est moins fondé sur les événements
que sur la conduite et les ordonnances de Verrès.
Jugez ici combien je suis favorable à sa cause; je
vous exposerai ce qu'il souhaite, et dont vous n'avez
point encore entendu parler. Dans le territoire de
Triocale, que les esclaves fugitifs avaient surpris
auparavant, les esclaves d'un Sicilien nommé Léonidas furent soupçonnés d'une conspiration. L'affaire
fut déférée à Verrès. Les accusés, comme il était
juste, sont arrêtés par son ordre et conduits à Lilybée;

il assigne le maître, il instruit le procès et prononce leur jugement.

V. Qu'arrive-t-il ensuite? qu'en pensez-vous? Vous vous attendez peut-être à quelque larcin ou à quelque rapine? Ne demandez pas que Verrès tienne toujours la même conduite. Dans les alarmes d'une guerre, peut-on trouver le temps de voler? S'il en a eu l'occasion dans cette circonstance, il l'a négligée. Il pouvait tirer quelque argent de Léonidas, quand il le somma de comparaître. On pouvait faire quelque marché, et Verrès s'y entend, pour arrêter la poursuite de cette affaire : on le pouvait encore pour faire acquitter les prévenus; mais les esclaves une fois condamnés, y avait-il encore lieu d'extorquer quelque chose? Il fallait les conduire au supplice; car il avait pour témoins de sa conduite les juges qui avaient prononcé avec lui, les registres publics, toute la ville de Lilybée, et une nombreuse assemblée de citoyens romains. Rien ne peut sauver les fugitifs; on les amène en public, et on les attache au poteau.

Vous me paraissez encore attendre, juges, que j'expose la suite de cet événement; car vous savez que le gain et la rapine furent toujours le mobile de ses actions. Que pouvait-il faire en cette occasion? quel avantage y aurait-il trouvé? Représentez-vous l'action la plus inique; celle que je vais rapporter l'emportera sur tout ce que vous pourriez imaginer. Ces criminels condamnés pour leur conjuration, livrés au supplice, liés au poteau, sont tout à coup détachés et rendus à leur maître Léonidas, sous les yeux d'une multitude de spectateurs. Homme insensé, que pouvez-vous me répondre? sinon ce que je ne vous demande pas, ce que, dans une conduite aussi odieuse, il ne faut pas demander, quand même, tout indubitable qu'est le fait de votre corruption, il pourrait s'élever quelque doute, je veux dire, ce que vous avez reçu, combien et comment. Mais je vous en exempte, et je vous décharge de ce soin ; car je ne crains pas que l'on puisse persuader à personne que, quand nul, excepté vous, n'aurait consenti pour tout l'or du monde à commettre une telle action, vous ayez voulu vous en charger gratuitement. Je ne parle point à présent du système que vous vous êtes fait dans vos vols et dans vos rapines ; il s'agit d'examiner quel éloge vous est dû comme général.

VI. Qu'avancez-vous, heureux gardien et défenseur de la province? Ces esclaves que vous saviez dans le dessein de prendre les armes et de faire la guerre en Sicile, que vous aviez jugés avec votre conseil ; ces esclaves livrés pour le supplice selon la loi de nos pères, attachés au poteau, vous osez les arracher des bras de la mort et les délivrer! Était-ce pour réserver à des citoyens romains, qui n'étaient pas condamnés, cette croix que vous aviez plantée pour des esclaves coupables? Les États perdus, réduits à une situation désespérée, en sont à la dernière crise, à la crise mortelle, quand on voit donner une amnistie aux criminels condamnés, ouvrir les prisons, rappeler les exilés, annuler les jugements rendus. Personne ne doute qu'une république forcée de se relâcher jusqu'à ce point ne soit près de sa ruine ; et partout où ces révolutions arrivent, on ne croit plus qu'il reste aucune espérance.

Si dans quelque lieu on a tenu cette conduite, c'était pour affranchir du supplice ou de l'exil des hommes ou populaires ou distingués dans la nation ; mais ce n'étaient pas leurs juges qui les délivraient ; on ne le faisait pas même sur-le-champ, et cette indulgence ne tombait pas sur des hommes condamnés pour des attentats qui menaçaient la vie et la fortune de tous les citoyens. Ici, c'est un événement si nouveau, qu'il semble plus croyable d'après le caractère de notre accusé que dans le fait que des esclaves aient été tout à coup dérobés au supplice, et par leur juge lui-même, et quand ils étaient condamnés pour un crime qui menaçait la vie de toutes les personnes libres.

O l'illustre général ! ce n'est plus avec le vaillant Aquilius, mais avec les Paul Émile, les Scipion et les Marius qu'il faut le comparer. Quelle prévoyance durant les alarmes et les dangers de la province ! Lorsqu'il voyait dans la Sicile les esprits des esclaves agités à cause de la guerre des déserteurs en Italie, quelle terreur n'a-t-il pas imprimée pour les contenir dans la soumission ! Il ordonne de les arrêter : qui ne tremblerait à cet ordre? Il veut que les maîtres plaident leur cause ; quoi de plus effrayant pour les esclaves? Il prononce enfin *qu'ils lui paraissent chargés du crime dont on les accuse.* Il semble que par le supplice et par la mort d'un petit nombre il veuille éteindre le feu de la rébellion, qui commençait à paraître. Que s'ensuit-il? le fouet, le feu, la torture et la croix, dernier instrument destiné pour le supplice des condamnés et pour intimider les autres : ils furent cependant délivrés de tous ces maux. Qui doute que Verrès n'ait imprimé la crainte la plus vive dans l'esprit de tous les esclaves, quand ils virent un préteur assez indulgent pour consentir que des hommes condamnés comme conspirateurs rachetassent leur vie, et que le bourreau même leur servît d'entremetteur? N'avez-vous pas fait la même chose pour Aristodame d'Apollonie et pour Léonte de Mégare?

VII. Quoi ! ce mouvement des esclaves, ces alarmes d'une guerre prochaine, ont-ils excité votre vigilance pour la conservation de la province, ou plutôt n'ont-ils pas été un nouveau moyen d'y faire le gain le plus criminel? L'intendant des riches possessions d'Euménide d'Halicye, aussi distingué par sa probité que par ses biens, ayant été accusé à votre sollicitation, vous reçûtes de son maître soixante mille sesterces. Lui-même, après avoir prêté serment, a dernièrement déposé de la vérité du fait. Vous avez encore tiré cent mille sesterces de C. Matrinius, chevalier romain, pour lors absent, puisqu'il était à Rome ; vous aviez dit que ses pasteurs et ses fermiers vous étaient suspects. C'est ce qu'a déposé L. Flavius, qui, comme fondé de pouvoirs de Matrinius, vous a payé cette somme ; c'est ce qu'a dit lui-même Matrinius ; et leur déposition sera confirmée par l'illustre Lentulus, censeur, qui, par considération pour Matrinius, vous a écrit et fait écrire dès le commencement de cette affaire.

Puis-je supprimer ce qui regarde Apollonius, fils de Dioclès de Palerme, et surnommé Géminus ? Y a-t-il rien de plus connu dans la Sicile ? Quelle action plus indigne d'un préteur ? Peut-on rien rapporter de plus évident ? Verrès n'est pas plutôt arrivé à Palerme, qu'assis sur son tribunal, environné d'un grand concours de peuple, il ordonne à Apollonius de comparaître. Chacun discourut d'abord, et s'étonna qu'un homme aussi opulent eût échappé si longtemps à l'avidité de Verrès. Il a inventé, il a allégué je ne sais quoi (dirent ceux qui étaient présents) : ce n'est point sans sujet qu'un homme si riche est tout à coup mandé par Verrès. Tout le monde attendait avec impatience ce qu'alléguerait le préteur. Apollonius, saisi de frayeur, accourt avec son jeune fils ; car son père Dioclès, fort âgé, ne quittait point le lit depuis longtemps.

Verrès lui nomme un esclave, qu'il dit être le conducteur de ses troupeaux, et qu'il accuse d'avoir conjuré et soulevé d'autres esclaves. Apollonius n'avait point d'esclave de ce nom ; il lui commande néanmoins de le produire sur-le-champ. En vain Apollonius affirme-t-il qu'il n'a point d'esclave qui porte le nom qu'on lui cite ; Verrès ordonne qu'on l'arrache du tribunal et qu'on le mène en prison. Apollonius s'écrie, au moment qu'on l'enlève, qu'il n'a rien fait de mal, qu'il n'est point coupable, qu'il a de l'argent en billets, mais que pour ce moment il n'a pas d'argent comptant. Tandis qu'il faisait cette déclaration devant une foule de personnes , qui pouvaient bien comprendre que s'il recevait ce cruel affront, c'était pour n'avoir pas donné d'argent, sans avoir égard à ce qu'il disait à ce sujet, on le charge de chaînes.

VIII. Admirez la fermeté du préteur, et d'un préteur accusé, que l'on ne défend pas comme un préteur du commun, mais que l'on vante comme un excellent général. Lorsque l'on craignait la guerre des esclaves, il faisait supplicier les maîtres sans forme de procès, et il délivrait du supplice les esclaves qui avaient été condamnés. Apollonius, homme fort opulent, qui aurait perdu des biens très-considérables si les fugitifs avaient fait la guerre en Sicile, sous prétexte de cette guerre est jeté en prison, sans qu'on l'ait entendu ; et les esclaves que Verrès, avec son conseil, a jugés avoir conspiré pour cette guerre, il les délivre de toute punition , de son propre mouvement et sans prendre l'avis de son conseil.

Mais si Apollonius a fait quelque chose qui le rende vraiment répréhensible, en userons-nous cependant avec l'accusé de manière à présenter comme juste motif d'une accusation et de la haine publique quelque jugement trop rigoureux? Je ne serai point si sévère. Je n'emploierai point cette méthode ordinaire aux accusateurs, qui affectent de regarder une action de clémence comme un relâchement criminel et une punition sévère comme une cruauté. Je n'en userai pas ainsi ; je confirmerai vos jugements, je maintiendrai votre autorité tant que vous le désirerez ; mais dès que vous-même frapperez de nullité vos décisions, cessez de vous irriter contre moi : car je serai en droit de soutenir que celui qui s'est condamné par son propre jugement doit l'être à plus forte raison par les suffrages des juges que lie un serment solennel.

Je ne prendrai point le parti d'Apollonius, quoique mon hôte et mon ami ; je ne veux point paraître m'élever contre vos décisions. Je ne dirai rien de sa vertu, de sa sagesse, de sa vigilance ; je supprimerai même ce que j'ai touché auparavant, que, son bien consistant en esclaves, en troupeaux, en maisons de campagne, en argent prêté, un tumulte ou une guerre en Sicile lui serait plus préjudiciable qu'à tout autre Sicilien. Je dissimulerai même qu'en reconnaissant autant que vous voudrez la culpabilité d'Apollonius, il ne fallait pas punir avec tant de rigueur un homme fort distingué, citoyen d'une ville respectable, ni le condamner sans l'entendre.

Je ne dirai pas même, pour exciter l'indignation publique, que, pendant la captivité d'un homme si recommandable confiné au milieu des ténèbres, des dégoûts et des horreurs d'un cachot, vos défenses vraiment tyranniques fermèrent tout accès auprès de ce malheureux à son père chargé d'années, à son fils à peine sorti de l'enfance. J'oublierai même qu'à chaque voyage que vous fîtes à Palerme cette année et les six mois suivants (car Apollonius est demeuré tout ce temps-là prisonnier), les sénateurs de la ville, accompagnés des magistrats et des pontifes publics, ont été vous trouver en suppliants pour vous prier et vous conjurer de délivrer cet innocent infortuné. Je passe ces choses sous silence ; et si je voulais les relever, ne pourrais-je point prouver que votre cruauté envers les autres vous interdit depuis longtemps tout espoir dans la compassion de vos juges.

IX. Je vous sacrifie donc, et je vous épargne tous ces détails, car je prévois tout ce qu'Hortensius dira pour votre défense. Il avouera que la vieillesse du père, la jeunesse du fils, les larmes de l'un et de l'autre, ont fait moins d'impression sur l'esprit de Verrès que l'intérêt de la province ; qu'il est impossible dans le gouvernement des États de ne pas employer la crainte et la sévérité. Il demandera pourquoi on porte des faisceaux devant les préteurs, pourquoi on leur donne des haches ; pourquoi ces prisons bâties, ces supplices prescrits selon les règlements de nos ancêtres contre les coupables. Quand il aura fait ces questions avec beaucoup de force et de gravité, je lui demanderai, à mon tour, pourquoi Verrès, sans aucune preuve nouvelle, sans nulle justification, sans sujet, a soudainement ordonné qu'on mît Apollonius hors de prison ? Une pareille accusation inspire, selon moi, des soupçons si violents, que je permets aux juges, sans aucune preuve avancée de ma part, de décider eux-mêmes si ce genre de brigandage ne paraît pas le plus injuste, le plus indigne et le plus propre à fournir des expédients innombrables pour faire des profits immenses.

Jugez en effet de ceux qu'il a faits sur Apollonius ; apprenez-en d'abord et en peu de mots le nombre et la qualité. Vous ferez ensuite le calcul et l'estimation des sommes ; vous trouverez qu'il n'avait réuni tant de vexations sur ce seul homme opulent, que pour faire en lui un exemple propre à inspirer aux autres la crainte des mêmes dommages et du même danger. En premier lieu, l'accusation subite d'un crime odieux et capital : voyez à combien on peut l'estimer, et quel est le nombre de ceux qui l'ont rachetée. Ensuite l'accusation sans accusateur ; la sentence sans assesseurs, la condamnation sans défense : jugez du prix de tous ces abus, et que si Apollonius seul est demeuré pris dans ce réseau d'iniquités, c'est que les autres, et certes en grand nombre, les ont évitées à prix d'argent. Enfin représentez-vous les ténèbres d'une prison, le supplice d'être chargé de chaînes, d'être renfermé, d'être soustrait à la vue d'un père et d'un fils, privé de la lumière et de l'air dont jouissent les autres hommes.

Or ces maux si affreux, qu'il ne serait pas trop cher de racheter au prix de la vie même, je ne sais à quelle somme les estimer. Apollonius les racheta bien tard, et presque accablé par ses chagrins, par ses souffrances; cependant il apprit à ses concitoyens à prévenir l'avarice et les attentats de Verrès. Mais peut-être croyez-vous que c'est sans aucun motif d'intérêt qu'un homme fort opulent a été choisi pour une si noire accusation, et que sans le même motif il a été tout d'un coup délivré de sa prison : ou peut-être encore pensez-vous que ce genre de déprédation a été employé et essayé sur le seul Apollonius, sans que Verrès prétendît, par cet exemple, jeter la crainte dans le cœur de tous les riches Siciliens.

X. Comme je parle à présent, juges, de la gloire militaire de Verrès, je souhaite qu'il me rappelle ce que je pourrais par hasard oublier. Je crois avoir déjà rapporté fidèlement tous ses exploits dans la guerre des esclaves fugitifs, et je n'ai rien omis avec connaissance. Ses desseins, son exactitude, sa vigilance, ses soins protecteurs pour la province, vous sont suffisamment connus. Comme il y a plusieurs sortes de généraux, ce qui est essentiel au sujet se réduit à vous faire connaître de quel genre est celui-ci, de crainte que, les grands capitaines étant aujourd'hui si rares, vous n'ignoriez le mérite d'un général si distingué. Mais ne prenez pour terme de comparaison ni la prudence de Q. Fabius, ni la vivacité guerrière du premier Scipion, ni la prudence du second, ni le discernement et la sévérité de Paul Émile, ni l'impétuosité et la valeur de Marius. Verrès a un mérite qui lui est propre ; il est de votre intérêt de le distinguer et de le ménager avec soin.

Apprenez d'abord, juges, comment il a su, par la sagesse de ses plans, se rendre commode et agréable la fatigue des marches, qui font un objet si important dans les expéditions militaires, et sont surtout indispensables en Sicile. Voici l'expédient heureux dont il se servait dans la mauvaise saison pour se défendre de la rigueur du froid, de l'intempérie de l'air et des débordements des fleuves. Il avait choisi pour sa résidence la ville de Syracuse, où la température du climat et la situation du lieu, quelque orageux et nébuleux que soit l'air, ne laisse point passer un jour sans que ses habitants voient le soleil. Ce bon général y passait l'hiver, de façon qu'il n'était pas facile de le voir, je ne dis pas hors de son appartement, mais hors de son lit. Ainsi il employait la courte durée des jours en repas, et la longueur des nuits en d'autres débauches. Le printemps commençait pour lui non quand le zéphyr, ou la constellation qui l'annonce, l'avertissait du retour de cette saison, mais quand la rose s'épanouissait : alors, dans les travaux et les voyages qu'il entreprenait, il montrait tant d'ardeur et de patience pour en supporter les fatigues que personne ne l'a jamais vu à cheval.

XI. Huit hommes le portaient, comme les rois de Bithynie, dans une litière, dont le coussin était couvert d'une étoffe transparente et rempli de roses de Malte. Il avait une couronne de fleurs sur la tête et une autre au cou ; il respirait souvent l'odeur d'un réseau de toile fine, à petites mailles, et plein de roses. Arrivait-il à quelque ville, on le portait dans sa litière jusqu'à sa chambre, où se rendaient les magistrats siciliens et les chevaliers romains, comme vous l'avez appris par plusieurs dépositions faites sous serment. Les contestations se rapportaient en secret, et peu de temps après les ordonnances se prononçaient en public. Après avoir donné quelques moments à régler les affaires en particulier, non selon la justice, mais selon l'argent qu'on lui offrait, le reste du temps lui paraissait devoir être consacré à Vénus et à Bacchus.

Je ne dois pas supprimer ici la belle et singulière attention de notre excellent général. Vous saurez donc que, dans toutes les villes de la Sicile où les préteurs ont coutume de séjourner et de tenir conseil, Verrès avait une femme de quelque famille distinguée destinée à ses plaisirs. Il admettait ouvertement plusieurs d'entre ces femmes à sa table. Celles qui étaient retenues par un reste de pudeur ne venaient chez lui qu'à certaines heures, pour éviter le moment des assemblées et n'être point remarquées. Ces repas ne se faisaient point avec ce silence observé ordinairement par les préteurs et les généraux, ni avec cette décence qui règne d'ordinaire à la table d'un magistrat. C'étaient des cris violents et confus ; quelquefois même des paroles on en venait aux mains et aux coups. Ce préteur austère et prudent, incapable d'obéir aux lois du peuple romain, était très-exact observateur de celles que l'on imposait aux convives. Telle était donc la fin ordinaire de ses festins : l'un était emporté sur les bras hors de la salle, comme hors d'un combat ; l'autre était laissé pour mort ; la plupart étaient renversés sans connaissance, privés de sentiment : et quiconque aurait vu ce spectacle aurait cru assister, non au repas d'un préteur, mais à une journée de Cannes en fait de débauche.

XII. Sur la fin de l'été, quand les préteurs de Sicile ont coutume de faire le tour de la province, per-

suadés que le temps le plus convenable pour la visiter est celui où la moisson est recueillie ; alors que
les familles sont rassemblées, que l'on voit le nombre
des esclaves, que l'on remarque mieux l'ouvrage fait,
qu'on est instruit de l'abondance de la récolte, et que
la saison est plus favorable pour ces sortes d'opérations ; lors, dis-je, que les autres préteurs font
leurs courses, ce général de nouvelle espèce campait
dans les plus beaux bois de Syracuse, pour y fixer
son séjour.

A l'entrée même et près de l'ouverture du port, à
l'endroit où le rivage se courbe et commence à former le golfe, en quittant la côte et la haute mer pour
se diriger vers la ville, il dressait des tentes d'une
toile fine et déliée. De la maison prétorienne ; jadis
palais du roi Hiéron, il se transportait dans ce camp,
en sorte que, pendant ces jours d'été, personne ne
pouvait le voir que dans ce bois, et les avenues n'en
étaient ouvertes qu'à ceux qui pouvaient être les
associés ou les ministres de ses passions. Là, se ras-
semblaient les femmes qui avaient commerce avec
lui, et Syracuse en renfermait une multitude incroyable ; là venaient des hommes dignes de son amitié,
dignes de partager ses orgies et ses festins. Au milieu de ces hommes et de ces femmes paraissait son
fils, déjà grand. Une société de cette nature l'aurait
contraint à imiter les mœurs de son père, quand
même la nature lui aurait accordé les inclinations les
plus sages. La courtisane Tertia y fut conduite frau-
duleusement et en secret par un joueur de flûte rho-
dien ; elle excita, dit-on, de grands troubles dans le
camp de Verrès. L'épouse de Cléomène le Syracusain,
qui était noble, et celle d'Eschrion, d'une naissance
au-dessus du commun, souffrirent impatiemment que
la fille du comédien Isidore fût admise dans leur compagnie ; mais notre Annibal, qui croyait que le mé-

rite, et non la noblesse, devait donner la supériorité
dans son camp, s'attacha tellement à cette Tertia,
qu'il l'emmena de la province avec lui.

XIII. Dans ces jours, où, couvert d'un manteau de
pourpre et d'une tunique traînante, il était à table
avec des femmes, les habitants ne s'en plaignaient
pas. On ne trouvait pas mauvais que le magistrat
s'absentât du barreau, qu'on ne plaidât point, qu'on
ne rendît point de jugement, ni que toute cette
partie du rivage retentît des voix des femmes et
du bruit des instruments de musique, pendant qu'au
barreau la justice était dans un profond silence. On
le supportait sans peine ; car ce n'était pas la justice
qui semblait éloignée des tribunaux, c'était la violence, la cruauté, l'indigne et affreux pillage de tous
les biens.

Voilà donc, Hortensius, le général d'armée que
vous défendez ? Quant à son avarice, ses vols, ses rapines, sa cruauté, son arrogance, son impiété, son
audace, vous tâchez de les couvrir par la grandeur
des exploits et par l'éloge du général ? Je crains, en
effet, de vous voir, à la fin de votre plaidoyer, imiter
ce trait si efficace de l'éloquence d'Antoine, faire lever Verrès, lui découvrir la poitrine, étaler aux yeux
du peuple romain les cicatrices qu'ont laissées sur son
corps les passions et la débauche.

Puissiez-vous avoir la hardiesse de nous exposer
les exploits militaires de votre héros ! On connaîtra
alors toutes ses anciennes campagnes ; et l'on saura
quelle a été sa conduite, non-seulement lorsqu'il commandait, mais lorsqu'il n'était que simple soldat. Vous
nous rappellerez ces premiers temps où l'on avait
coutume, non de le conduire au barreau, comme il le
publie, mais de l'en éloigner. Vous n'oublierez point
ce camp d'un joueur de Plaisance, où, malgré son as-
siduité, Verrès fut privé de sa paye. Vous produirez

sans doute plusieurs de ses pertes dans ses campagnes, pertes qu'il a si bien réparées avec le secours
du temps.

Endurci à supporter tant d'infamies, sans en être
las, quand tous l'étaient, comment s'est-il conduit
quand il fut homme? combien de forteresses défen-
dues par la modestie et la pudeur n'a-t-il pas prises
par ses violences et son audace? qu'ai-je à faire de
le dire ou de joindre à ses crimes le déshonneur de
qui que ce soit? Je n'en ferai rien, ô juges.

XIV. Dieux immortels! quelle différence ne trou-
ve-t-on pas dans les idées et dans la conduite des
hommes? Puissiez-vous approuver, vous et le peuple
romain, les sentiments que j'espère conserver toujours! Oui, j'ai reçu les magistratures, dont jusqu'à
présent le peuple romain m'a chargé, avec l'intime
persuasion que c'était un lien sacré qui m'attachait
étroitement à tous les devoirs. Quand je suis devenu
questeur, j'ai cru que cette charge m'était non-seulement donnée, mais confiée et remise en mes mains
comme un dépôt inviolable. Questeur en Sicile, je
m'imaginais que tout le monde avait les yeux fixés
sur moi, et que j'exerçais les fonctions de la questure
sur le grand théâtre de l'univers. Je me refusais non-
seulement tout ce qui flatte le déréglement des passions, mais même les jouissances les plus naturelles
et que commande en quelque sorte le besoin.

Maintenant que je suis édile désigné, je repasse
dans mon esprit les devoirs dont je suis chargé; les
jeux sacrés que je dois faire célébrer avec pompe à
l'honneur de Cérès, de Bacchus et de Proserpine. Je
pense que, par la solennité d'autres jeux, je dois attirer sur le peuple romain la protection de la déesse
Flore; que les jeux les plus anciens, et les premiers
appelés jeux romains, doivent être consacrés avec
autant de dignité que de religion à Jupiter, à Junon,

à Minerve : que la conservation des temples et de la ville tout entière est commise à mes soins : que, pour récompense de ces travaux et de cette surveillance inquiète, on m'accorde le droit honorable d'opiner dans le sénat parmi les premiers ; de porter la robe bordée de pourpre, d'être assis sur la chaise curule, et de transmettre mon souvenir à la postérité.

Puissé-je, dans l'exercice de toutes ces fonctions, ô magistrats, obtenir de tous les dieux une protection égale à mon zèle, qui, malgré le charme qu'ont pour moi les honneurs décernés par le peuple, m'y fait trouver encore moins de plaisir que de peines et de sollicitudes ; tant je désire prouver que cette édilité même n'est pas due à la nécessité de nommer un des candidats, mais à un choix éclairé, commandé par la raison, et qu'elle a été mise par le jugement du peuple à sa véritable place.

XV. Lorsque vous fûtes proclamé préteur, n'importe par quels moyens (je ne parlerai pas de ceux qui furent employés alors), quand, dis-je, vous fûtes proclamé, la voix du crieur public ne vous a donc point réveillé, et quand il répéta tant de fois que les centuries des vieillards et des jeunes gens vous avaient élevé à cette dignité, vous n'avez pas réfléchi qu'une partie du gouvernement de l'État vous était confiée : que pendant cette année seule vous deviez vous abstenir d'aller chez une courtisane ? Le sort vous ayant désigné pour rendre la justice, vous n'avez jamais pensé quel fardeau l'on vous imposait. Vous n'avez point réfléchi, si toutefois vos passions vous permettaient de faire un retour sur vous-même, que cette fonction, qu'il est difficile de remplir, même avec beaucoup de sagesse et de vertu, était échue au plus insensé et au plus méchant des hommes. Non-seulement pendant votre préture vous n'avez pas chassé de votre maison votre Chélidon, mais vous avez même transporté toute la préture dans sa maison.

Vous partîtes ensuite pour la Sicile, où jamais il ne vous est venu dans l'esprit que vous n'aviez pas reçu les haches, les faisceaux, une autorité si grande, et l'éclat de tous ces honneurs, pour employer la force et la puissance à renverser toutes les barrières de la justice, de la pudeur et du devoir; pour regarder tous les biens des autres comme la proie de votre avarice; pour que les effets, la maison, la vie de personne ne fussent en sûreté; pour que la chasteté ne pût être à l'abri de vos désirs et de votre audace. La conduite que vous y avez tenue vous ôtant toute ressource pour votre défense, vous avez recours à la guerre des esclaves fugitifs, bien convaincu maintenant que cette guerre, loin de vous être favorable, fait surgir contre vous une foule d'accusations. Citeriez-vous les restes de la guerre des déserteurs en Italie, et cette guerre peu importante de Temsa? La fortune vous offrait à la vérité dans ces circonstances la plus belle occasion, si vous aviez eu le moindre courage et quelques talents; mais votre caractère ne s'est point alors démenti.

XVI. Lorsque les Valentiens vinrent vous trouver, et que M. Marius, homme éloquent et distingué, portait la parole pour eux, vous priant de vous charger de l'entreprise, et, attendu votre autorité et votre titre de préteur, de vous déclarer leur chef et leur commandant, pour exterminer cette bande ennemie, non-seulement vous avez refusé, mais dans le même temps vous aviez sur le rivage, à la vue de tout le monde, votre chère Tertia, que vous emmeniez avec vous. Vous n'avez fait aucune réponse aux Valentiens, députés d'une ville municipale si considérable et si célèbre et pour une affaire de cette importance; mais vous êtes demeuré tranquillement enveloppé dans

10.

votre tunique brune et dans votre manteau. Quelle
conduite pensez-vous, ô juges, que Verrès ait tenue
à son départ, ou même pendant son gouvernement,
lui qui, sorti de sa province, non pour venir triompher à Rome, mais pour y répondre à une accusation,
ne renonça pas même à cette infamie, qui n'avait plus
d'attrait pour lui?

Le murmure qui s'éleva dans la nombreuse assemblée du sénat au temple de Bellone n'eut-il pas quelque chose de divin? Vous vous souvenez que vers le
soir, un peu après qu'on eut annoncé l'échec arrivé à
Temsa, comme on ne trouvait personne revêtu d'un
commandement, et qu'on pût envoyer en ces quartiers, quelqu'un fit observer que Verrès n'en était
pas éloigné : vous vous souvenez qu'il s'éleva un bruit
confus, et que les principaux du sénat s'y opposèrent
publiquement. Convaincu cependant par tant d'accusations et de témoignages, Verrès fonde encore quelque espérance sur les suffrages de ceux qui, même
avant qu'on eût informé contre lui, l'ont publiquement et unanimement condamné.

XVII. Je le veux bien : la guerre des déserteurs,
ou la crainte qu'on en pouvait avoir, n'a fourni à
Verrès aucune occasion de paraître, parce qu'il n'y
eut ni guerre ni danger d'une guerre en Sicile, et qu'il
n'a point pris de mesures pour l'empêcher, mais il
tint en mer contre les pirates une flotte bien équipée;
et dans cette occasion, sa vigilance fut toute particulière : ainsi, sous ce préteur, la province fut vigoureusement défendue. Eh bien! je parlerai de cette
guerre de pirates, de cette flotte sicilienne; mais de
manière à prouver que Verrès, considéré même par
rapport à ce seul objet, est coupable de toutes les plus
grandes fautes contre le service de la république,
par son avarice, son imprudence, ses débauches et
sa cruauté. Donnez à ce récit, que je ferai en peu de

mots, la même attention que vous m'avez accordée jusqu'à ce moment.

Je dis premièrement que la marine fut administrée non pour défendre la province, mais pour amasser de l'argent, sous prétexte d'équiper une flotte. La coutume des précédents préteurs était d'ordonner aux villes de fournir des vaisseaux, avec un certain nombre de matelots et de soldats, et vous, Verrès, vous n'avez rien exigé de Messine, la plus grande et la plus opulente ville de la province. On verra par la suite ce que ses habitants vous donnèrent d'argent en secret pour cette exemption ; j'en ai la preuve dans leurs dépositions et dans leurs lettres.

J'avance que, par l'entremise du magistrat et du sénat de Messine, ils vous donnèrent, en pur don, le Cybée, vaisseau de charge aussi grand qu'une galère à trois rangs, fort beau, bien équipé, et construit ouvertement aux frais du public, et à la vue de toute la Sicile. Le vaisseau, chargé de tout le butin fait sur les Siciliens, et faisant lui-même partie des dépouilles, lorsque Verrès quitta la Sicile, prit terre à Vélie : il était rempli d'une foule d'objets, et surtout de ce qu'il n'avait pas voulu envoyer à Rome avec le reste de ses rapines, parce que c'était ce qu'il avait de plus cher et ce qui lui faisait le plus de plaisir. Il n'y a pas longtemps que plusieurs ont vu comme moi ce navire à Vélie. C'est un des plus magnifiques et des mieux équipés. Il semblait, à tous ceux qui le regardaient, annoncer l'exil et prévoir la fuite de son maître.

XVIII. Que me répondrez-vous, Verrès, pour vous justifier sur ce point ? peut-être ce qu'il faut dire nécessairement dans un jugement de concussion, quoiqu'il soit impossible de le prouver, que ce vaisseau a été construit à vos dépens ? Avancez-le donc hardiment, puisqu'il est important pour vous de le sou-

tenir. Ne craignez pas même, Hortensius, que je
demande comment il était permis à un sénateur de
faire construire un vaisseau. Les lois qui le défendent
sont, selon votre expression ordinaire, trop anciennes
pour avoir quelque vigueur. Tel était autrefois l'esprit
du gouvernement, telle la sévérité des juges, que l'on
comptait parmi les accusations graves l'action qu'on
reproche ici à Verrès. Car quel besoin aviez-vous
d'un vaisseau, puisque, si vous deviez aller quelque
part pour les affaires publiques, on vous fournissait,
aux frais de l'État, des vaisseaux pour vous escorter
et vous conduire? Vous ne pouviez, en votre nom
particulier, aller en aucun lieu hors de votre province, ni faire venir des marchandises d'au delà des
mers, et de lieux où il ne vous est permis ni d'en avoir
ni de trafiquer.

De plus, pourquoi rien acquérir contre les lois? Cette
accusation aurait eu de la force lorsque la république avait toute sa sévérité et sa dignité. Aujourd'hui,
loin de vous accuser de cette action, je ne vous fais pas
même le reproche ordinaire qu'elle mérite. Enfin vous
avez cru pouvoir permettre, sans manquer à votre devoir, sans vous rendre coupable et odieux, qu'une ville
des plus célèbres vous fît construire publiquement un
vaisseau de charge, dans une province où vous étiez
en qualité de gouverneur? Pouviez-vous donc vous
dissimuler ce que disaient ceux qui le voyaient, ce
qu'en pensaient ceux qui l'entendaient dire? S'ima-
ginaient-ils que vous conduiriez en Italie un vaisseau
vide; qu'à votre retour à Rome, vous feriez des
voyages sur mer? Personne ne pouvait seulement
soupçonner que vous eussiez en Italie des terres voisines de la mer, et que vous achetiez un vaisseau
pour le transport de vos récoltes. Vous avez donc
voulu que l'on dît publiquement que vous faisiez
construire un vaisseau pour porter ce que vous aviez

pillé dans la Sicile et transporter en plusieurs voyages ce que vous y aviez laissé.

Cependant, si vous faites voir que ce vaisseau est construit à vos dépens, je vous tiens quitte de tout le reste; mais vous ne faites point réflexion, imprudent que vous êtes, que, dans l'accusation précédente, vos panégyristes mamertins vous ont eux-mêmes ôté cette ressource. Héjus, l'un des premiers de la ville, et le chef de cette députation envoyée pour faire votre éloge, n'a-t-il point dit que la construction de ce vaisseau fut à la charge du public, et qu'un sénateur avait eu la direction de l'ouvrage? Quant aux bois nécessaires pour le construire, vous avez, par autorité publique, commandé aux habitants de Rhégium de les fournir, comme ils le disent, et vous ne sauriez le nier, attendu que les Mamertins n'ont pas chez eux de bois de construction.

XIX. Si les matériaux du navire et les ouvriers furent à votre disposition, non par argent, mais par autorité, où peut être portée la dépense que vous dites avoir faite? Mais, direz-vous, les registres des Mamertins ne portent aucune dépense y relative. Je vois premièrement qu'ils ont fort bien pu ne rien tirer du trésor, et que comme le Capitole même fut construit du temps de nos ancêtres par des ouvriers forcés à ce travail, et à qui on assignait par autorité ce qu'ils devaient faire, le navire a pu être construit de la même manière. Je remarque ensuite par leurs lettres (et je le prouverai en les produisant) qu'on a compté à Verrès une grande somme d'argent portée sur les registres pour des marchés faux et imaginaires. Faut-il être surpris que les Mamertins n'aient point écrit sur leurs registres ce qui pouvait compromettre un homme qui leur avait rendu de si grands services, et qui leur était plus affectionné qu'au peuple romain? Mais, Verrès, si c'est une preuve que vous n'avez

rien reçu des Mamertins, parce qu'ils n'ont rien porté
sur leurs registres, c'en est donc une aussi que ce
vaisseau vous a été gratuitement donné, puisque vous
ne pouvez montrer par écrit ce que vous avez dépensé
pour achats ou pour main-d'œuvre.

Peut-être n'avez-vous pas obligé les Mamertins à
fournir un vaisseau, parce que ce sont des peuples
alliés. Plût aux dieux! nous avons donc en vous un
homme nourri parmi les hérauts d'armes, plus attentif, plus religieux que les autres à maintenir la
foi publique avec les alliés. Que tous vos prédécesseurs dans la préture soient abandonnés au ressentiment des Mamertins, puisqu'ils en ont exigé des
vaisseaux contre les conventions de l'alliance. Pourquoi donc, Verrès, vous qui êtes si intègre et si fidèle
dans l'observation des traités, avez-vous commandé
aux peuples de Taurominium, qui sont également nos
alliés, de vous fournir un vaisseau? prouverez-vous
que, dans une cause semblable, le droit et la condition des deux peuples furent différents sans aucun
intérêt de votre part?

Mais si je fais voir que l'alliance avec ces deux
peuples est telle, que, pour ceux de Taurominium, on
a pris la précaution de mettre expressément cette
exception dans le traité d'alliance : « Qu'ils ne sont
pas obligés de fournir un vaisseau; » que dans l'alliance contractée avec les Mamertins, il est spécifié
dans les capitulations : « Qu'ils sont obligés d'en
fournir ; » et que Verrès, malgré ces traités, a forcé
les peuples de Taurominium de fournir un navire et en
a déchargé Messine, pourra-t-on douter que, sous la
préture de Verrès, les Mamertins n'aient trouvé plus
de secours dans la construction de ce navire que
les Taurominiens dans leur traité? Qu'on lise les
traités.

*Traités d'alliance des Mamertins et des Taurominiens
avec le peuple romain.....*

XX. Ainsi, par vos bons offices, comme vous le
publiez, ou plutôt, comme le fait le déclare assez,
vous avez, par un sordide et coupable intérêt, avili
la majesté de la république, affaibli les secours du
peuple romain, diminué ses ressources, acquises par
la valeur et par la prudence de nos pères ; vous avez
anéanti les droits de l'empire, les priviléges des alliés
et les monuments de l'alliance. Ceux qui, selon les
traités, auraient dû envoyer à leurs frais et à leurs
risques jusqu'à l'Océan, si nous l'avions exigé, un
navire bien armé, bien équipé ; ces mêmes peuples,
pour ne pas aller en mer dans le détroit, devant
leurs maisons et leurs domaines, ont racheté de vous
pour de l'argent le droit que nous avions sur eux par
le traité et la condition que le sénat leur avait im-
posée.

Quels sacrifices, à votre avis, les Mamertins n'eus-
sent-ils pas faits et de leur peine, et de leur travail,
et de leur argent, pour s'épargner l'obligation de
fournir ce vaisseau, s'ils avaient pu engager nos ancêtres à leur accorder cette faveur? Cet article in-
séré dans le traité d'alliance fait avec leur ville laissait comme une marque de servitude. Cependant, ce
qu'ils ne purent obtenir alors de nos ancêtres, malgré leurs services récents, avant que l'affaire fût
consommée, et dans un temps où le peuple romain
n'éprouvait nul embarras ; aujourd'hui, sans de nouveaux services, tant d'années après cette transaction,
malgré l'usage de notre république, qui a constam-
ment fait valoir ce droit, dans un temps où nous
avions le plus besoin de vaisseaux, ils l'obtiennent de
Verrès pour de l'argent. Mais ils n'ont pas seulement
obtenu de ne pas fournir de vaisseau ; quels mate-

lots, quels soldats les Mamertins ont-ils fournis durant
les trois ans de votre préture, pour être mis ou sur
la flotte ou dans les garnisons?

XXI. Enfin, lorsque, suivant un décret du sénat,
aux termes de la loi Térentia Cassia, il fallait faire
des achats de blé également dans toute la Sicile,
vous avez exempté les Mamertins de l'obligation d'en
fournir leur part, quoique cette obligation fût légère
et générale. Vous direz que les Mamertins ne nous en
doivent point. Comment, ils ne doivent point de blé?
Sont-ils pour cela exempts de nous en vendre? il ne
s'agissait point d'un blé qu'on eût droit d'exiger,
mais d'acheter. Ainsi, par vos règlements et votre
manière d'interpréter la loi Cassia, les Mamertins
n'ont dû contribuer aux approvisionnements de Rome
ni par la vente ni par le transport du blé.

Mais enfin quelle ville y était obligée? Quant aux
laboureurs des terres publiques, il est réglé par les
censeurs ce qu'ils doivent fournir. Pourquoi, outre
cette redevance, en avez-vous encore exigé d'eux une
autre? Quoi! les laboureurs, tenus de payer la dîme,
devaient-ils quelque chose au delà de chaque dixième,
suivant la loi d'Hiéron? Pourquoi les avez-vous aussi
taxés à donner une certaine quantité de blé acheté?
ceux qui sont exempts n'y sont assurément pas
obligés. Or, non-seulement vous leur avez ordonné
d'en fournir, mais vous en avez exigé plus qu'ils ne
pouvaient en fournir, ajoutant à leur charge les
soixante mille boisseaux dont vous aviez déchargé
les Mamertins. Je n'examine pas actuellement si vous
avez imposé avec équité les autres villes. Mais quant
aux Mamertins, qui étaient dans le même cas que les
autres, que vos prédécesseurs avaient taxés comme
les autres, et à qui, conformément à la loi et au décret du sénat, ils avaient payé leur blé, je dis que
vous ne deviez pas les exempter. Verrès, pour auto-

riser et confirmer à tout jamais cette remise, examine
la cause des Mamertins avec son conseil, et prononce
que c'est par l'avis de ses assesseurs qu'il n'impose
point de fourniture de blé au peuple de Messine.

Écoutez le décret du préteur d'après la rédaction
sous laquelle il l'a fait enregistrer. Jugez de la soli-
dité de sa disposition, et de l'autorité avec laquelle
il prononce sur le droit. Lisez l'enregistrement.

Décret tel qu'il a été enregistré.....

Il prononce qu'il « fait volontiers cette remise, »
et en conséquence il l'enregistre. En effet, si vous
n'aviez pas employé ce terme « volontiers, » nous
croirions que vous avez tiré quelque gain malgré
vous. « Et suivant l'avis de mon conseil : » vous avez
entendu, juges, les noms de ceux qui composaient
alors l'admirable conseil de Verrès. Vous semblait-il
entendre les noms des conseillers d'un préteur, ou
plutôt ne vous représentiez-vous pas les associés et
les compagnons du plus scélérat des corsaires?

Voilà les agents, les négociateurs qui interprètent
l'esprit des traités, et qui en assurent l'exécution par
leur autorité! On n'a jamais acheté de blé en Sicile
qu'on n'ait ordonné aux Mamertins de fournir leur
part, avant ce conseil si sage, si prudent, formé par
Verrès pour extorquer de l'argent de ces peuples
et ne point démentir son caractere. Aussi le décret
de ce préteur a eu autant de force qu'en devait avoir
celui d'un homme qui en avait fait la vente à ceux
dont il devait acheter les blés. A peine Métellus eut-il
succédé à Verrès, que, suivant les règlements et les
mémoires de C. Sacerdos et S. Péducéus, il exigea
des Mamertins qu'ils fournissent leur part.

XXII. Ils comprirent alors qu'ils ne pourraient pas

jouir longtemps d'une exemption qu'ils avaient achetée d'un mauvais vendeur. Mais vous qui vouliez qu'on
vous prît pour un interprète des traités d'alliance,
dites-nous pourquoi vous exigiez du blé des Taurominiens et des Nétiniens, qui sont également nos
alliés? Ces derniers ne négligèrent pas leurs priviléges. Dès que vous eûtes déclaré que « de votre
propre mouvement » vous faisiez une remise aux
Mamertins, ils vinrent vous trouver et vous représenter qu'ils avaient avec nous une semblable alliance.
Vous ne pouviez vous dispenser de rendre sur une
même cause un même jugement. Vous déclarez que les
Nétiniens ne sont pas dans le cas de fournir des blés,
et cependant vous en exigez d'eux. Lisez-moi les registres de ce préteur, qui contiennent ses ordonnances pour les blés commandés et achetés.

Mémoires du préteur, qui contiennent ses ordonnances
pour le blé commandé et pour le blé acheté.....

En voyant une différence si honteuse et si marquée,
que pouvons-nous soupçonner, juges, de plus vraisemblable que ce qui se présente à l'esprit? Ou
Verrès n'a point eu des Nétiniens l'argent qu'il leur
demandait, ou il ne s'est conduit ainsi que pour
faire comprendre aux Mamertins qu'ils avaient bien
placé leur argent et leurs dons sur lui, puisque les
autres, dans une affaire toute semblable, n'obtenaient
pas la même décision.

Il osera encore me faire ici mention de l'éloge
qu'ont fait de lui des Mamertins ! Mais qui de vous ne
comprend pas combien cet éloge renferme de charges
contre Verrès? Premièrement, quand on ne peut
produire en jugement dix apologistes, il est plus honorable de n'en point produire un seul, que de ne

6.

pas remplir ce nombre fixé par un usage qui a presque force de loi. Il y a dans la Sicile tant de villes que vous avez gouvernées pendant trois ans ; la plupart se plaignent de vous, un petit nombre des moins considérables, retenues par la crainte, gardent le silence ; une seule vous loue : ce fait ne prouve-t-il pas que vous sentez toute l'utilité d'un véritable éloge, mais que vous vous en êtes nécessairement privé par la manière dont vous avez gouverné la province ?

Eh ! quel est enfin, comme je l'ai déjà dit, cet éloge dont les principaux interprètes ont dit qu'on vous avait fait construire un navire aux frais du public, et déclaré en même temps qu'en particulier vous les aviez dépouillés et rançonnés ? Quand de toute la Sicile ils sont les seuls à vous louer, que font-ils autre chose, sinon de nous rendre témoignage que vous leur avez fait des largesses aux dépens de notre république ? Quelle colonie en toute l'Italie, quelle ville municipale jouit d'exemptions assez considérables pour avoir jamais obtenu, pendant ces dernières années, autant d'affranchissements en tout genre que les Mamertins en ont reçu pendant les trois années de votre gouvernement ? Ils sont les seuls qui n'aient point donné ce qu'ils devaient comme alliés ; seuls affranchis de tout, sous sa préture, ils n'ont rien fourni au peuple romain, et ils ont tout accordé à Verrès.

XXIII. Mais pour revenir à ce qui concerne les vaisseaux : vous en avez reçu un des Mamertins en violation de la loi ; vous les avez dispensés de fournir celui qu'ils devaient, en violation des traités. Ainsi vous avez agi en malhonnête homme deux fois à l'occasion d'une seule ville, et en remettant ce qu'il ne fallait point remettre et en recevant ce qu'il ne vous était pas permis de recevoir. Vous deviez exiger un vaisseau pour aller contre les pirates et non pas pour

emporter votre pillage ; pour empêcher que la province ne fût pillée, et non pas pour en emporter
vous-même les dépouilles. Les Mamertins vous ont
fourni non-seulement une ville pour y déposer ce que
vous voliez de toute part, mais un vaisseau pour le
transporter. Leur ville a servi d'entrepôt pour les
fruits de vos brigandages : les habitants, qui en
étaient témoins et dépositaires, vous ont construit
un navire pour les enlever. Ainsi, lors même que,
par votre avarice et votre négligence, vous avez
perdu la flotte, vous n'avez pas osé commander aux Mamertins de fournir un vaisseau, dans
un temps où l'on en manquait, où la province était
frappée d'un si grand désastre ; dans une circonstance
où, si l'on eût été obligé de les prier, on en aurait
obtenu d'eux ; mais ce magnifique navire donné au
préteur, et non fourni au peuple romain, ne vous
laissait ni le pouvoir de le leur commander ni l'envie de les en prier. Tel fut le prix dont ils rachetèrent les droits attachés à notre empire, les secours
qu'un long usage et les traités nous assuraient.

Vous venez de voir, juges, comment il a laissé
perdre le secours puissant d'une ville, comment il l'a
vendu. Apprenez maintenant un nouveau genre de
pillage, dont Verrès a l'honneur de l'invention.

XXIV. Tous les fonds nécessaires pour les dé-
penses de la flotte, comme le blé, la paye des soldats
et les autres choses, se donnaient au commandant
du vaisseau ; c'était la coutume de chaque ville. Ce
commandant n'osait rien distraire, dans la crainte
d'être accusé par les matelots, et parce qu'il en devait rendre compte à ses concitoyens. Il était obligé
de veiller par lui-même à cette administration et d'en
répondre. C'est ce qui s'était toujours pratiqué dans
la Sicile et dans toutes les autres provinces, même
pour les frais et la paye des alliés et des habitants du

Latium, lorsqu'ils nous fournissaient des secours.
Verrès, le premier depuis l'établissement de notre
empire, ordonna que tout cet argent lui fût compté
par toutes les villes, pour le distribuer à chacun des
commandants qu'il aurait nommés lui-même.

Qui n'aperçoit le motif qui vous engagea le premier
à changer un usage observé par tous vos prédécesseurs, et à négliger ce qu'il y avait d'avantageux à
laisser faire cette distribution d'argent, sans vous
charger de tant d'embarras et de peines, qui pouvaient vous attirer des reproches et des soupçons?
Il imagina encore d'autres profits, et sur ces seules
opérations de la marine voyez combien il en eut. Il
recevait de l'argent des villes pour les dispenser de
fournir des matelots; il congédiait les matelots pour
une somme fixée; il gagnait la paye de ceux qu'il
avait congédiés, et ne payait pas aux autres ce qui
leur était dû. Apprenez toutes ces fraudes par les
dépositions des villes. Lisez les dépositions des
villes.

Dépositions des villes.....

XXV. Peut-on, juges, souffrir un tel homme, une
telle impudence, une telle audace? Quoi! régler ce
que chaque ville doit donner pour la paye d'un certain nombre de soldats, fixer à six cents sesterces le
congé de chaque matelot? Celui qui donnait cette
somme emportait en quelque sorte ses vivres de
toute la campagne, et Verrès y gagnait tout ce qu'il
avait reçu en argent et en blé pour la paye et la
ration du matelot. C'est ainsi qu'il faisait double gain
sur chaque congé qu'il donnait. Cet administrateur
stupide, malgré les insultes des pirates, malgré l'extrême danger auquel la province était exposée, tenait
si publiquement cette conduite, que les pirates mêmes

en étaient instruits, et que toute la province en était
témoin. Lorsque son infâme avarice ne laissait en
Sicile que l'apparence d'une flotte, et dans la réalité
des vaisseaux vides, bons pour transporter les rapines du préteur, mais non pour intimider les pirates,
alors Césétius et Tadius, étant en mer avec dix de
ces vaisseaux à demi équipés, rencontrèrent un vaisseau corsaire chargé de butin. Ils ne le prirent point,
mais l'emmenèrent ; sa charge l'empêchait de se défendre, et il en était presque submergé. Le navire
était chargé d'une très-belle jeunesse, chargé d'argent mis en œuvre et en espèces, avec une provision
de riches étoffes. Ce vaisseau fut moins pris que ren-
contré par notre flotte vers Mégaris, à peu de distance
de Syracuse. Dès que Verrès en eut appris la nouvelle, quoiqu'il fût plongé dans l'ivresse sur le bord
de la mer, il se leva, et envoya sur-le-champ plusieurs gardes à son questeur et à son lieutenant, avec
ordre de lui représenter le tout au plus tôt sans en
rien détourner.

Le navire aborde à Syracuse ; on est impatient de
le voir arriver, on croit que les captifs vont être
condamnés au supplice. Verrès, comme si c'eût été
quelque butin dont on l'eût mis en possession, et non
une capture de pirates, traite en ennemis les vieillards et les gens difformes ; mais ceux qui ont ou de
la jeunesse ou des talents, il les retient tous, en donne
quelques-uns à ses secrétaires, d'autres à son fils et à
ceux de sa suite ; il envoie à Rome six musiciens pour
en faire présent à l'un de ses amis. Toute la nuit se
passe à décharger ce vaisseau. On ne voit pas le chef
des pirates, dont il fallait faire un exemple, et tout
le monde est aujourd'hui convaincu (vous devez aussi
conjecturer ce qui peut en être) que Verrès reçut
secrètement des pirates une somme d'argent pour la
conservation de leur chef.

XXVI. Cette conjecture n'est pas sans fondement.
On ne saurait être bon juge quand des soupçons bien
fondés ne font point impression. Vous connaissez
l'homme, vous n'ignorez pas la conduite que tiennent
les autres. Quiconque prend un chef de pirates ou
d'ennemis le produit volontiers aux yeux du public.
Dans une aussi grande ville que Syracuse, je n'ai
trouvé personne, juges, qui m'eût dit avoir vu ce chef
des pirates, quoique tout le monde, comme il est
d'usage, courût, le cherchât des yeux et désirât le
voir. Qu'est-il arrivé? pourquoi cet homme fut-il si
bien caché, que personne, même par hasard, ne put
l'apercevoir? Les matelots de Syracuse, qui souvent
en avaient entendu parler, et l'avaient craint dans
ses courses, qui n'attendaient que le moment de se
rassasier du spectacle de son supplice, n'ont pas eu
même la permission de le voir.

P. Servilius a lui seul arrêté plus de chefs de pirates que tous ses prédécesseurs. Quand donc a-t-il
privé quelqu'un du plaisir et de la liberté de voir
tous ceux qu'il avait pris? En quelque lieu qu'il
voyageât, n'offrait-il point à tout le monde ce déli-
cieux spectacle d'ennemis enchaînés et captifs? On
accourait sur son passage, non-seulement des villes
qui étaient sur sa route, mais encore des lieux les
plus éloignés, pour les considérer. Pourquoi ce
triomphe était-il pour le peuple romain le plus agréable de tous? c'est qu'il n'y a rien de si flatteur que
la victoire; et la victoire n'est jamais mieux attestée
que quand on voit conduire au supplice, chargés de
chaînes, ceux qui nous ont si souvent alarmés.

Qui vous a empêché d'agir de même? Pourquoi
avez-vous soustrait ce chef à la vue du public, comme
si l'on n'eût pu le voir sans crime? Pourquoi n'a-t-il
point été puni? Quel motif vous l'a fait conserver?
Avez-vous ouï dire dans la Sicile que l'on ait pris

avant vous un chef de pirates sans qu'il ait eu la tête
tranchée? Faites-nous connaître quelqu'un qui ait
fait comme vous : montrez-nous l'exemple d'un seul.
Vous lui conserviez sans doute la vie pour le faire
marcher devant votre char le jour de votre triomphe.
Il ne restait plus en effet, après la perte d'une magnifique escadre romaine, et après la désolation de toute
la province, qu'à vous décerner les honneurs d'un
triomphe naval.

XXVII. Allons plus loin : il a mieux aimé faire
garder d'une manière nouvelle ce chef de pirates,
que de l'envoyer au supplice pour instruire les autres. Dans quelle prison est-il détenu? chez quel
peuple? comment est-il gardé? Vous avez tous entendu parler des prisons souterraines de Syracuse :
plusieurs de vous les connaissent. Ce vaste et magnifique ouvrage, construit par les rois et par les tyrans,
est un rocher d'une profondeur extraordinaire et entièrement creusé par la main des hommes. On ne peut
construire ni s'imaginer une prison mieux fortifiée de
toutes parts, mieux fermée et plus sûre. On y conduit de tous les lieux de la Sicile ceux qui doivent
être renfermés par l'autorité publique.

Comme Verrès y retenait plusieurs citoyens romains, et qu'il avait ordonné d'y conduire les autres
pirates, il comprit que s'il faisait mettre dans le même
lieu celui qu'il voulait faire passer pour chef des pirates, une foule de gens y chercheraient le véritable :
il n'osa donc le confier à cette prison, toute sûre qu'elle
était. Il redoute enfin Syracuse entière; il éloigne le
personnage : où le relègue-t-il? à Lilybée apparem-
ment. Je vous comprends : cependant il n'est pas
homme à craindre tous ceux qui habitent le bord de
la mer. Non, juges, ce n'est point là le lieu de son
exil. C'est donc à Palerme? J'entends. Cependant
comme il avait été pris sur le territoire de Syracuse,

si l'on ne devait pas l'y condamner à la mort, il devait au moins y être gardé. Ce n'est point non plus à
Palerme.

Où est-ce donc? Devinez. Chez les hommes les plus
éloignés de craindre les pirates, et les moins alarmés
de leurs courses, les plus étrangers à la navigation
et à toutes les opérations maritimes : chez les Centorbiens, placés au milieu des terres, éminemment
laboureurs, qui n'avaient jamais craint le nom de
corsaire, et qui, sous votre préture, n'avaient re-
douté qu'Apronius, le chef de vos pirates de terre.
Et comme si Verrès eût voulu faire connaître à tout
le monde qu'il s'était conduit ainsi pour que l'homme
supposé se prêtât aisément et volontiers à passer
pour ce qu'il n'était pas, il ordonna aux Centorbiens
de fournir abondamment à sa nourriture et à ses autres besoins.

XXVIII. Cependant les Syracusains, habiles et pru-
dents, capables de s'apercevoir de ce qui était sen-
sible, et même de saisir le vrai dans ce qu'on voulait
dérober à leur connaissance, comptaient chaque jour
les pirates à qui l'on tranchait la tête, et jugeaient
du nombre qu'il devait y en avoir par la grandeur
du navire pris et le nombre de ses rangs de rames.
Comme Verrès avait soustrait au châtiment et éloigné
ceux qui avaient des talents ou de la figure, il craignait le soulèvement du peuple si, suivant la coutume, il eût fait attacher tous les autres à la fois à
la potence, parce qu'il en avait fait plus disparaître
qu'il n'en avait réservé pour le supplice. Ainsi, malgré la résolution qu'il avait prise de les faire paraître
à des temps divers, tout le peuple en savait le nombre; et non-seulement il souhaitait voir les absents,
mais il les redemandait même avec instance.

Comme le nombre de ceux qui manquaient était
fort grand, ce scélérat, à la place de ceux qu'il avait

11.

fait conduire chez lui, substitua des citoyens romains
qu'il avait mis en prison auparavant. Il disait que les
uns étaient des soldats de Sertorius qui, fuyant d'Espagne, étaient abordés en Sicile ; que les autres, pris
par les pirates en faisant leur négoce, ou tenant la
mer pour quelque autre raison, s'étaient volontaire-
ment associés avec eux. Ainsi, parmi ces citoyens
romains, les uns, dans la crainte qu'ils ne fussent
connus, étaient traînés, la tête enveloppée, de la
prison au supplice, et mis à mort ; les autres, quoique
reconnus de plusieurs, et défendus par leurs concitoyens, avaient la tête tranchée. Je parlerai de
leur mort barbare et de la rigueur de leurs tourments, lorsque je commencerai à traiter cette partie
de mon discours. Dans la plainte que je dois intenter
contre la cruauté de Verrès et pour l'injuste mort de
tant de citoyens romains, je m'expliquerai si énergiquement, que, dussent les forces et la vie elle-même
me manquer, une telle fin me paraîtrait encore douce
et glorieuse. Voilà donc comme la chose se passa ;
voilà cette éclatante victoire. Le brigantin du pirate
est pris, le capitaine délivré, les musiciens sont envoyés à Rome, les jeunes gens d'une physionomie
agréable et les artistes sont conduits chez lui ; des
citoyens romains, substitués pour en remplir le nombre, sont livrés aux tourments et mis à mort comme
des ennemis. Toutes les étoffes sont enlevées, l'or et
l'argent détournés et pillés.

XXIX. Mais comme Verrès s'est embarrassé lui-
même dans la précédente action ! Après avoir gardé
le silence pendant plusieurs jours, il s'éleva tout à
coup contre la déposition de M. Annius, homme des
plus illustres, qui déclara que des citoyens romains
avaient eu la tête tranchée, mais que le chef des pirates n'avait point souffert ce supplice. Verrès,
troublé par les reproches de sa conscience et par le

désespoir où le précipitait le souvenir de tant d'actions criminelles, répondit que, ne doutant pas qu'on l'accuserait d'avoir reçu de l'argent et de n'avoir pas livré au supplice le véritable chef des pirates, il ne lui avait pas fait trancher la tête : il ajouta même qu'il avait deux de ces chefs dans sa maison.

Que la clémence, disons mieux, que la patience du peuple romain est admirable et rare ! Annius, chevalier romain, dépose qu'un citoyen a eu la tête tranchée, vous vous taisez ; que le chef ne l'a point eue, et vous l'avouez ; on entend, à ce récit, des gémissements et des cris : cependant le peuple romain s'abstient de vous punir sur-le-champ ; il se retient et réserve le soin de sa vengeance à la sévérité des juges. Comment saviez-vous que l'on userait contre vous de ce moyen d'accusation ? Pourquoi le saviez-vous ? Pourquoi même le soupçonniez-vous ? Vous n'aviez personne pour ennemi, et quand vous en auriez eu, vous n'aviez pas vécu de manière à craindre un jugement. N'est-ce point, comme il arrive ordinairement aux coupables, que les remords de votre conscience vous inspiraient ces soupçons et ces alarmes ? Quoi donc ! lorsque vous gouverniez la province, l'idée de l'accusation et du tribunal vous effrayait ? et lorsque vous êtes accusé par tant de témoins à la fois, vous douteriez encore si vous serez condamné ?

Mais si vous appréhendiez que quelqu'un ne vous accusât d'avoir mis un homme, pour avoir la tête tranchée, à la place du chef des pirates, lequel des deux avez-vous cru devoir être le plus favorable à votre défense, ou de produire si longtemps après, sur ma requête et malgré vous, devant ceux qui ne le connaissent point, un homme que vous donnez pour ce capitaine, ou de lui faire dans le temps trancher la tête à Syracuse, en présence de ceux qui le connaissaient, à la vue de presque toute la Sicile ?

Voyez la différence de ces deux manières de vous
conduire, et celle que vous deviez choisir. On n'aurait
pu vous blâmer de le punir sur-le-champ; aujourd'hui
rien ne saurait vous excuser. Aussi tous les gouverneurs ont toujours pris le premier parti, et je cherche
en vain quelqu'un avant vous qui ait pris le second.
Vous avez gardé le pirate en vie; combien de temps?
tant que vous eûtes le commandement. Quel était
votre objet? pour quelle raison? sur quel exemple?
pourquoi si longtemps? pourquoi, dis-je, après avoir
fait sans délai couper la tête aux citoyens romains
pris par les pirates, avez-vous laissé à ces mêmes
pirates une si longue jouissance de la vie?

Mais d'accord : vous avez été libre d'en agir ainsi
pendant tout le temps de votre préture. L'étiez-vous
encore n'étant plus que particulier? quand vous êtes
accusé? Quoi! presque condamné, vous avez retenu
dans votre maison particulière des chefs d'ennemis?
Des pirates, depuis un mois, deux mois, enfin, depuis
presque une année qu'ils ont été pris, sont demeurés
chez vous tant que je l'ai souffert, je veux dire, tant
que l'a permis Glabrion, qui, sur ma requête, a ordonné qu'ils fussent produits et renfermés dans la
prison publique.

XXX. Quel était votre droit en ce point? Quel
usage, quel exemple vous y autorisait? L'ennemi le
plus déclaré, le plus pernicieux du peuple romain,
ou plutôt l'ennemi commun de tous les peuples et de
toutes les nations, a-t-il pu être retenu par un particulier dans l'enceinte de sa maison?

Si la veille que je vous ai contraint d'avouer qu'a-
près avoir fait supplicier des citoyens romains, vous
aviez laissé vivre et gardiez dans votre maison le chef
des pirates; si, dis-je, la veille il s'était échappé, s'il
avait ramassé contre le peuple romain quelques
troupes de gens armés, diriez-vous : Il a demeuré

chez moi, je le réservais pour le faire comparaître à mon jugement, afin de pouvoir réfuter plus aisément les accusations de mes ennemis? Recevrait-on une excuse de cette nature? Vous chercheriez donc à vous délivrer du danger aux risques du public? Vous différeriez le supplice des ennemis vaincus jusqu'au temps où vos propres intérêts plutôt que ceux du peuple pourraient l'exiger? L'ennemi commun serait sous la garde d'un particulier? Ceux même qui, devant triompher dans Rome, conservent par cette raison la vie aux généraux ennemis, afin que le peuple, en les voyant, puisse jouir du spectacle et des fruits de la victoire, dès que le char commence à tourner de la place vers le Capitole, ordonnent de conduire les captifs en prison; et le même jour que finit l'autorité des vainqueurs, on donne la mort aux vaincus.

Peut-on révoquer en doute que vous n'eussiez mieux aimé faire trancher la tête au capitaine que de le laisser vivre dans votre maison, en vous exposant au péril qui vous menaçait; surtout puisque vous vous étiez bien attendu, comme vous le dites, que vous seriez accusé? Car s'il était mort, à qui pourriez-vous le persuader, vous qui avouez avoir appréhendé l'accusation présente? Il était constant que personne ne l'avait vu à Syracuse; qu'on avait souhaité le voir; tous étaient persuadés qu'il avait obtenu de vous, à prix d'argent, son rachat. On y disait ouvertement que vous aviez mis en sa place un homme supposé que vous vouliez faire passer pour lui; vous avez vous-même avoué que vous craigniez d'avance cette accusation. Si vous disiez qu'il est mort, qui vous écouterait? Maintenant que vous le dites vivant, et que vous produisez un inconnu, on ne se moque pas moins de vous.

S'il avait pris la fuite, s'il avait rompu ses chaînes,

comme Nico, ce fameux pirate, que P. Servilius
reprit une seconde fois avec autant de bonheur que
la première, que diriez-vous ? Mais voici le fait : si le
véritable chef des pirates avait eu la tête tranchée,
vous n'auriez pas reçu cette somme ; si celui que
vous lui substituez fût mort ou vous eût échappé par
la fuite, il ne vous eût pas été difficile d'en substituer
un second. Je me suis plus étendu que je ne voulais
sur ce chef de pirates ; j'ai cependant négligé les
preuves les plus évidentes de cette accusation ; je
veux la garder tout entière : il est un lieu, une loi,
un tribunal devant lequel je me réserve de la poursuivre.

XXXI. Enrichi par une si belle prise, abondamment pourvu d'esclaves, d'argenterie, de vêtements,
Verrès n'en fut pas plus attentif pour équiper la
flotte, pour rassembler et nourrir les soldats, quoique
ces soins pussent, tout en assurant la tranquillité de
la Sicile, lui procurer à lui-même du butin. Vers la
fin de l'été, temps où les préteurs font ordinairement
leurs courses et leurs visites dans les provinces, ou
même se mettent en mer, au milieu des craintes
qu'inspirent les pirates et du danger qu'il y a à na-
viguer, Verrès, livré à ses débauches, ne se contenta
point de sa maison, autrefois le palais d'Hiéron, aujourd'hui la résidence ordinaire des préteurs : il fit
dresser, selon sa coutume durant les chaleurs, comme
je l'ai déjà dit, des tentes de toile fine dans l'île de
Syracuse, sur le rivage voisin de la fontaine d'Aréthuse, à l'embouchure et à l'entrée du port, lieu très-
agréable et bien éloigné des témoins.

Ce fut là que le préteur du peuple romain, le conservateur et protecteur de la Sicile, passa soixante
jours de l'été dans de criminels festins : il n'y avait
point d'autre homme que lui et son fils, vêtu de la
prétexte. Je pourrais dire même qu'il n'y avait pas

un seul homme, puisqu'ils n'étaient qu'eux deux :
l'affranchi Timarchide y était aussi admis quelquefois. Pendant ce temps-là, Verrès donne à Cléomène
le commandement des vaisseaux dont son lieutenant
avait été chargé. La flotte du peuple romain, sur
l'ordre de Verrès, reçoit pour amiral un Syracusain.
Ainsi le Syracusain Cléomène reçut le commandement
de la flotte de nos alliés et de nos amis.

XXXII. Quel sera d'abord, magistrats, l'objet de
mon accusation ou de mes plaintes? sera-ce de voir
donner à un Sicilien la puissance, l'honneur, l'autorité de commandant, de questeur et de préteur? Si
vous étiez retenu par ces repas, où étaient alors vos
questeurs, vos lieutenants? Où portait-on le blé dont
vous aviez fixé le prix à trois deniers? Qu'étaient
devenus ces mulets, ces tentes, et tant de distinctions
honorables accordées par le sénat et par le peuple
romain aux magistrats et aux lieutenants? Où étaient
vos intendants, vos tribuns? Si nul citoyen romain
ne s'est trouvé digne de remplir ces fonctions, n'y
avait-il personne à qui on pût les confier dans les
villes qui ont toujours été nos alliées et nos amies?
N'aviez-vous pas les Ségestains, les Centorbiens,
qui, par leurs bons offices, leur attachement, leur
ancienneté, leur affinité même, partagent la gloire
du peuple romain?

O dieux immortels! quoi! en faisant commander
les soldats, les vaisseaux, les capitaines de ces villes
par le Syracusain Cléomène, Verrès n'a-t-il pas perdu
tout égard pour le rang et la dignité des villes, pour
l'impartialité et pour les services rendus? Quelle
guerre avons-nous faite en Sicile, que nous n'ayons
eu les Centorbiens pour alliés et les Syracusains pour
ennemis? Je rappelle ce souvenir, non pour faire un
reproche à Syracuse, mais pour rapporter ce qui
s'est passé autrefois. Ce grand homme, ce fameux

général, M. Marcellus, dont la valeur conquit Syracuse, et dont la clémence l'a conservée, ne voulut pas qu'aucun Syracusain demeurât dans cette partie de la ville appelée l'île; la même défense subsiste encore aujourd'hui, parce que c'est un lieu pour la défense duquel il suffit de très-peu de gens : il ne voulut donc pas en abandonner la garde à des hommes dont la fidélité n'était pas inviolable; c'est aussi par ce côté que les vaisseaux entrent de la mer dans la ville. Ainsi, comme les Syracusains avaient souvent repoussé nos armées, il ne crut pas devoir leur confier les barrières de ce lieu.

Voyez quelle différence entre vos sentiments déréglés et la prudence de nos ancêtres; entre votre débauche, votre fureur, et leur sagesse, leur prévoyance? Ils ôtèrent aux Syracusains le libre accès de leur port, et vous leur avez accordé le commandement de la marine. Ils ne voulurent pas que ces peuples habitassent un lieu où les vaisseaux pouvaient entrer, et vous avez nommé un Syracusain pour commander notre flotte et nos vaisseaux : ils leur ont ôté une partie de leur ville; vous, au contraire, vous leur avez donné une portion de notre empire, et vous avez voulu que les mêmes alliés qui nous ont aidés à soumettre la ville de Syracuse obéissent aux Syracusains.

XXXIII. Enfin Cléomène sort du port sur une galère de Centorbe à quatre rangs. Les navires de Ségeste, de Tyndaris, d'Herbite, d'Héraclée, d'Apollonie, d'Haluntium, voguaient à la suite : belle flotte en apparence, mais faible et mal équipée, parce qu'on avait renvoyé beaucoup de combattants et de rameurs. Notre préteur si diligent a vu la flotte pendant toute la durée de sa charge, autant de temps qu'elle côtoya les bords de ce rivage où il donnait ses criminels repas. Invisible depuis plusieurs jours, il se montra pour lors un moment aux matelots. Ce préteur du peuple romain était sur le rivage en petites sandales, avec un manteau de pourpre et une longue tunique. Beaucoup de Romains et de Siciliens l'avaient déjà vu plusieurs fois dans cet équipage.

Quand la flotte eut un peu gagné la haute mer, et que le cinquième jour elle eut enfin pris terre à Pachynum, les matelots, pressés de la faim, cueillirent des racines de palmiers sauvages, aussi communs en ce lieu que dans une grande partie de la Sicile, et ces malheureux en firent leur nourriture. Mais Cléomène, qui se croyait un second Verrès pour l'autorité aussi bien que pour ses mœurs dissolues et son caractère dépravé, passait, comme lui, chaque jour dans l'excès du vin, sous une tente dressée sur le rivage.

XXXIV. Tout à coup, et dans un moment où il était ivre, et tous les autres exténués par la faim, on lui annonce que les vaisseaux corsaires sont au port d'Odyssée (c'est le nom qu'on donne à ce lieu), et notre flotte était au port de Pachynum. Cléomène, voyant près de là un fort (mais il n'en avait que le nom), espérait, avec les troupes qu'il en tirerait, pouvoir remplir le nombre des rameurs et des matelots qui lui manquaient : on reconnut qu'une avidité inouïe avait inspiré les mêmes calculs à Verrès pour les garnisons que pour les flottes. Il n'y avait qu'un petit nombre de soldats; les autres avaient reçu leur congé.

Notre commandant, qui montait le vaisseau de Centorbe, ordonne de hisser le mât, de mettre à la voile, de lever les ancres, et en même temps il fait donner le signal afin que toute la flotte le suive. Ce vaisseau centorbien était un voilier d'une vitesse incroyable; car sous un tel préteur on ignorait ce que chaque navire pouvait faire à force de rames, quoique dans celui-ci, pour soutenir l'honneur et l'autorité de Cléomène, il y manquât fort peu de soldats et de rameurs. Ce navire, prenant la fuite, avait déjà presque disparu lorsque les autres vaisseaux ne commençaient qu'à lever l'ancre.

Il y avait du courage dans les soldats, quoiqu'ils fussent en petit nombre : quel que dût être le succès, ils criaient qu'il fallait combattre, et voulaient perdre de préférence sous le fer de l'ennemi le peu de vie et de force que la faim leur avait laissé. Ils auraient pu trouver le moyen de se défendre si Cléomène n'avait pas précipité sa fuite; car le navire qu'il montait se trouvait seul bien couvert, et il était si grand, qu'il aurait pu servir de rempart à tous les autres. S'il eût manœuvré dans les rangs des vaisseaux corsaires, on l'aurait pris pour une ville au milieu de leurs brigantins. Mais ces vaisseaux sans défense, que le commandant de la flotte avait laissés derrière lui, commencèrent, malgré eux, à tenir la même route.

Ils voguaient, comme Cléomène, vers Élore, moins pour fuir les insultes des corsaires que pour suivre leur général. Celui qui voguait le dernier était toujours le plus exposé, parce qu'il était le premier attaqué par les pirates. Le vaisseau d'Haluntium fut pris le premier : il était commandé par un citoyen d'Haluntium nommé Philarque, homme de distinction que les Locriens rachetèrent dans la suite aux frais du public. Vous avez appris de lui, dans l'action précédente, le récit de cette affaire, qu'il confirma par son serment. Les corsaires prirent ensuite le vaisseau d'Apollonie, et Anthropinus, qui le montait, fut mis à mort.

XXXV. Cependant Cléomène était déjà parvenu jusqu'au rivage d'Élore; il était sorti précipitamment de son vaisseau, et l'avait abandonné au gré

des flots. Les autres capitaines, voyant leur général
à terre, et ne pouvant ni résister ni se défendre ou
se sauver sur la mer, poussent leurs vaisseaux vers
le promontoire et suivent Cléomène. Alors Héracléon,
chef des pirates, vainqueur en si peu de temps, et
contre son attente, non par son courage, mais par
l'infâme avarice de Verrès, ordonne de réduire en
cendres, dès le commencement de la nuit, cette belle
flotte du peuple romain, repoussée jusque sur le
rivage.

O temps fatal à la province de Sicile! Quel triste
et funeste événement pour une multitude d'hommes
innocents! O dépravation, ô turpitude inouïe de
Verrès! Une seule et même nuit voit le préteur brûlant des feux les plus impudiques, et la flotte du
peuple romain dévorée par les flammes. Au milieu de
cette nuit qui fut calme, on apporte à Syracuse la
nouvelle d'un si grand désastre. On court à la maison
du préteur, où, au sortir de table, des musiciens venaient de le reconduire au milieu des chants et des
instruments. Cléomène, malgré les ténèbres, n'osa
se montrer en public : il se renferma dans son logis,
et il n'y trouva plus une épouse qui pût le consoler
dans sa disgrâce.

Il régnait dans la maison de notre général une
discipline si exacte, que pour un événement de cette
importance, pour une nouvelle si fâcheuse, personne
n'était admis; personne n'osait ni le réveiller s'il
dormait, ni l'interrompre s'il veillait. Dès que tout le
monde en fut instruit, une multitude innombrable de
peuple courait de tous côtés par la ville. Ce n'était
point, selon la coutume, un feu allumé dans le lieu
d'où l'on observait sur mer ou sur quelque éminence;
c'était l'incendie des vaisseaux mêmes qui publiait et
la perte que l'on venait de faire et le péril dont on
était menacé.

XXXVI. Comme on cherchait le préteur, et qu'il était constant que personne ne l'avait encore informé de rien, on accourt de toutes parts vers sa maison avec des clameurs et en tumulte. Verrès, éveillé, apprend l'événement par Timarchide ; il prend sa casaque militaire. Il était presque jour lorsqu'il parut en public encore tout abruti par le sommeil et la débauche. A sa vue, la multitude fait entendre des cris si pleins de fureur, que l'image du péril qui l'avait menacé à Lampsaque se retraça devant ses yeux ; et même ce danger nouveau paraissait encore plus grand, parce qu'avec la même haine le concours des habitants était ici plus nombreux. Le peuple lui reproche alors sa conduite sur le bord de la mer, ses infâmes festins ; on le questionne sur l'emploi de son temps pendant tant de jours qu'on avait été sans le voir, sur ce qu'il était devenu, et sur ce qu'il avait fait. On demande où est Cléomène, qu'il a fait commandant de la flotte, et peu s'en fallut que Syracuse ne renouvelât l'exemple d'Utique contre Adrien, que ces provinces ne fussent les tombeaux de deux iniques préteurs ; mais les circonstances, l'effroi inspiré par l'arrivée des pirates, arrêtèrent le peuple en fureur ; il eut aussi égard à l'honneur et à la réputation de la ville, parce que Syracuse renferme une réunion de citoyens romains assez imposante pour mériter non-seulement dans la province, mais dans Rome même, une grande considération.

Ces hommes s'animent à leur propre défense pendant que Verrès est encore presque endormi et reste dans la stupeur. Ils prennent les armes, remplissent la place publique, et se répandent dans l'île qui occupe une grande partie de la ville. Les corsaires, qui n'avaient passé que cette seule nuit près d'Élore, laissent là nos vaisseaux en proie aux flammes et s'avancent vers Syracuse. Comme ils avaient souvent entendu dire qu'il n'y avait rien de plus beau que les murailles et le port de cette ville, ils comprirent que, s'ils ne les voyaient sous le gouvernement d'un tel préteur, jamais ils n'en pourraient retrouver l'occasion.

XXXVII. Ils arrivent d'abord au quartier d'été du préteur, à cette partie du rivage où Verrès, durant les chaleurs de cette saison, avait fixé sous des tentes le séjour de la débauche. S'apercevant que ce terrain n'était plus occupé, et que le préteur en était décampé, ils s'avancèrent hardiment jusque dans le port. Quand je dis dans le port (car je veux m'expliquer plus clairement pour ceux qui ne connaissent pas les lieux), je veux dire jusqu'à la ville, et même jusque dans son intérieur. En effet, la ville n'est point enfermée par le port, mais le port lui-même est renfermé dans la ville qui l'environne ; de sorte que la mer ne bat point le pied des murailles, mais que le port pénètre jusqu'au centre de la place.

Ce fut jusque-là que, durant votre préture, le capitaine Héracléon pénétra librement avec quatre petits brigantins. Dieux immortels ! dans le temps que l'autorité de notre république, son nom, ses faisceaux, règnent dans Syracuse, un brick de corsaire aborde jusqu'à la place publique et jusqu'aux extrémités de la ville, dont les vaillantes flottes des Carthaginois, à l'époque la plus glorieuse pour leur marine et après des efforts réitérés dans un grand nombre de guerres, n'avaient jamais pu approcher : où la puissance navale du peuple romain, toujours victorieuse jusqu'à votre préture, après tant de guerres puniques et siciliennes, n'a jamais pu pénétrer ! Telle est la situation de ce lieu, que les Syracusains voient les ennemis en armes, et vainqueurs, dans l'enceinte de leurs murs, dans le centre de leur ville et sur la place publique, avant d'apercevoir un seul des vaisseaux ennemis.

Sous votre préture, les brigantins des pirates ont fait leurs courses jusque dans ces lieux dont jusqu'alors la seule flotte des Athéniens, composée de trois cents voiles, avait forcé le passage par le nombre et par la violence de son attaque ; mais dans ce port, fortifié par la nature de sa situation , elle avait été vaincue et défaite. Ce fut là que , pour la première fois, la puissance de cette ville fut humiliée, affaiblie et détruite; c'est dans ce port que les Athéniens ont vu périr leur autorité, leur réputation et leur gloire : telle est l'opinion commune.

XXXVIII. Comment ce pirate a-t-il osé pénétrer dans un lieu où, en y entrant, il laissait à côté et derrière lui la plus grande partie de la ville ? Il fit le tour de cette île, qui forme dans Syracuse une ville distinguée par son nom et par son enceinte ; et, comme je l'ai déjà dit , nos ancêtres en ont interdit la demeure à tout ce qu'il y a de Syracusains, persuadés que quiconque en serait le maître le deviendrait aussi du port.

Mais comment ces pirates l'ont-ils parcourue? Ils jetaient sur le rivage les racines de palmiers sauvages qu'ils avaient trouvées dans nos vaisseaux, pour faire connaître à tout le monde la méchanceté de Verrès et les calamités de la Sicile. Est-ce ainsi que l'on nourrissait la milice des Siciliens , les enfants de laboureurs , dont les pères recueillaient à la sueur de leur front des moissons assez abondantes pour nourrir le peuple romain et toute l'Italie? Nés dans l'île de Cérès, où l'on dit que le premier blé fut semé, devaient-ils être réduits à de pareils aliments, eux dont les ancêtres, depuis la découverte du blé, ont appris aux autres peuples à s'en passer? Ainsi, sous votre gouvernement, les soldats siciliens se nourrissaient avec des racines de palmiers, et les pirates avec les blés de la Sicile.

Oh! le triste et cruel spectacle que de voir insulter
à la gloire de Rome et au nom du peuple romain ; de
voir, au milieu d'un peuple nombreux, dans le port
même de Syracuse, sur un brigantin corsaire, un pirate qui triomphe de la flotte de notre empire, tandis que les rames des nautoniers ennemis font rejail-
lir l'eau jusque dans les yeux d'un lâche et scélérat
préteur !

Après que les pirates furent sortis du port, non par
crainte, mais parce qu'ils étaient las d'y rester, le
peuple commença à raisonner sur la cause d'une calamité si déplorable. Tous disaient et déclaraient publiquement qu'il ne fallait pas être surpris si, plusieurs
soldats et matelots ayant été congédiés, ceux qui restaient se trouvant accablés par l'indigence et par la
faim, tandis que le préteur passait tant de jours en
débauche, ils avaient essuyé une si honteuse disgrâce.
Le blâme et l'infamie qui en retombaient sur Verrès
étaient confirmés par ceux à qui chaque ville avait
donné le commandement de son vaisseau, et qui,
échappés au danger, s'étaient réfugiés à Syracuse
après la perte de la flotte; ils nommaient ceux qui
avaient été congédiés de leurs navires. Le fait était
évident, et l'avarice de Verrès était attestée par des
preuves et par des témoins irréprochables.

XXXIX. Verrès est informé que, sur la place publique et dans la foule assemblée, on n'est occupé
tout le jour qu'à demander aux capitaines comment
la flotte avait été détruite, et qu'ils répondent à tout
le monde que les congés donnés aux rameurs, que la
faim de ceux qui restaient, la peur et la fuite de Cléomène, étaient la cause du désastre. Sachant qu'on
tenait ces discours, voici le parti qu'il prit. Il avait
bien prévu d'avance qu'il serait accusé; c'est ce qu'il
a déclaré dans l'action précédente. Il savait que la
présence des capitaines qui déposeraient contre lui

lui ôterait tout moyen de défense. Il prit donc une résolution où il y avait de la folie, mais pourtant de la douceur.

Il mande Cléomène et les capitaines des vaisseaux. Il se plaint à eux des discours qu'ils ont tenus à son sujet, les prie de ne les pas continuer, mais de déclarer qu'ils avaient un nombre suffisant de matelots et qu'on n'avait donné aucun congé : ils lui promettent de faire cette déclaration. Verrès ne perd point de temps ; il fait entrer ses amis, demande à chaque capitaine en particulier combien ils avaient eu de matelots ; ils répondent l'un après l'autre comme il le leur avait recommandé. Verrès écrit leur déposition sur son registre, et, en homme prudent, il le scelle du cachet de ses amis ; afin que, dans le cas d'une accusation, il pût employer à sa justification ces certificats enregistrés.

On peut croire que ceux de son conseil se moquèrent de lui, et qu'ils l'avertirent que ces registres, loin de lui être de quelque avantage, ajouteraient de nouveaux soupçons à l'accusation. Verrès s'était servi en plusieurs occasions de ce fol expédient ; et même, à la vue de tout le monde, il faisait effacer ou inscrire ce qu'il voulait sur les registres publics. Il comprend aujourd'hui l'inutilité de tous ces artifices, se voyant convaincu par des mémoires sûrs, par des témoins et des dépositions authentiques.

XL. Dès qu'il vit que son registre ne lui serait d'aucun secours, il conçut un dessein digne, non d'un injuste préteur (ce serait encore supportable), mais d'un tyran cruel et insensé. Il jugea nécessaire, pour affaiblir l'accusation qu'il sentait bien ne pouvoir détruire entièrement, de faire périr tous ces officiers témoins de son crime. Mais il se demandait souvent à lui-même : Quel parti prendre à l'égard de Cléomène ? Pourrai-je condamner ceux qui lui ont obéi

par mes ordres, et renvoyer absous celui à qui j'ai
confié le commandement et l'autorité? Comment punir ceux qui l'ont suivi, et lui pardonner lorsqu'il a
commandé qu'on le suivît dans sa fuite? Le moyen
de sévir contre ceux dont les vaisseaux étaient sans
défense et découverts, et d'être indulgent pour celui
qui seul avait un vaisseau couvert et le moins mal
équipé? Que Cléomène périsse avec eux : mais où
sera la fidélité? Que deviendront ces serments mu-
tuels, ces marques réciproques d'un attachement
inviolable? Que deviendra la vie en commun sur cet
agréable rivage? Il ne lui était pas possible de ne pas
sauver Cléomène.

Il le fait appeler, lui déclare qu'il a résolu de punir tous les officiers de l'armée navale, que son propre
intérêt le demande. « Je n'épargnerai que vous, dit-
il, et je prendrai sur moi toute cette faute et le reproche de contradiction qu'on pourra m'imputer,
plutôt que d'être sévère envers vous ou de laisser
jouir de la vie des témoins qui peuvent me perdre. »
Cléomène lui témoigne sa reconnaissance, approuve
ce dessein comme étant le seul parti qu'il puisse
prendre. Il lui fait observer cependant que Phalargus,
resté avec lui sur le vaisseau de Centorbe, ne pouvait
être enveloppé dans cette disgrâce. Quoi! ce jeune
homme de distinction et de la ville de Centorbe sera
conservé pour servir de témoin? « Vous ne pouvez
pour le présent, répond Cléomène, le condamner avec
les autres; mais par la suite nous pourvoirons à ce
qu'il ne puisse nous porter préjudice. »

XLI. Ces mesures prises, Verrès sort tout à coup
de son palais, ne respirant que le crime, la fureur,
la barbarie; il paraît sur la place publique, mande
les capitaines : ceux-ci, sans crainte et sans soupçons,
se rendent aussitôt à ses ordres. Il fait charger de
chaînes ces innocents : ils implorent l'équité du pré-

teur et demandent le motif de leur condamnation.
Alors Verrès dit que c'est pour avoir livré la flotte
aux pirates. Le peuple se récrie avec étonnement en
voyant un homme assez impudent, assez audacieux
pour attribuer à d'autres la cause d'un malheur dont
son avarice était le seul principe, et pour accuser les
autres de trahison, tandis qu'il était regardé lui-même
comme l'associé des pirates. D'ailleurs il paraissait
extraordinaire qu'on ne les trouvât coupables que
quinze jours après la perte de la flotte.

Pendant ces agitations, on demandait ce qu'était
devenu Cléomène, non pas que lui-même, quel que fût
d'ailleurs le personnage, parût digne de punition pour
cette perte; quel remède y pouvait-il apporter (car
je ne puis charger personne sans raison)? que pouvait-il faire d'héroïque après que l'avarice de Verrès
avait ruiné les vaisseaux? On le voit bientôt assis à
côté du préteur, lui parlant familièrement à l'oreille,
selon sa coutume. Alors la multitude fut révoltée de
voir les plus honnêtes gens et les plus estimés de leur
ville jetés dans les prisons et dans les fers, tandis
que Cléomène, parce qu'il participait aux crimes et
à l'infamie du préteur, était son ami intime. Cependant on leur assigne pour accusateur un certain Né-
vius Turpion, homme condamné pour ses injustices
sous la préture de C. Sacerdos, mais très-propre à
servir Verrès dans ses iniques projets; c'était son
émissaire et son agent dans la perception des dixiè-
mes, dans ses entreprises importantes, dans toutes
ses persécutions.

XLII. Les pères, les proches parents de ces jeunes
gens infortunés, troublés par la nouvelle imprévue de
leur disgrâce, se rendent à Syracuse : ils voient
leurs enfants dans les chaînes, portant au cou la punition due à l'avarice du préteur. Ils se présentent,
les défendent, s'écrient et implorent auprès de vous

la justice, vertu qui vous fut toujours inconnue.
Dexion le père, l'un des citoyens les plus distingués
de Tyndaris, était du nombre des suppliants. Il était
votre hôte, et vous lui aviez donné ce nom lorsque
vous logiez chez lui. Quand vous vîtes un homme si
respectable accablé de maux, ses larmes, sa vieillesse, les droits et le nom de l'hospitalité ne purent-
ils vous rappeler du crime et vous inspirer quelques
sentiments d'humanité?

Mais l'hospitalité conserve-t-elle ses droits dans le
cœur d'un monstre? Son hôte, Sthénius de Thermes,
dont il avait pillé et ruiné la maison durant le séjour
qu'il y avait fait, ne fut-il pas mis au nombre des
accusés, quoique absent? ne fut-il pas condamné à
la mort sans que sa cause eût été plaidée? Atten-
drons-nous d'un pareil homme du respect pour les
droits et les devoirs de l'hospitalité? Est-ce avec un
barbare ou avec une bête féroce que nous avons à
traiter? Les larmes d'un père sur le péril d'un fils
innocent ne vous touchaient-elles point? Vous aviez
laissé votre père à Rome; vous aviez votre fils avec
vous; la présence de celui-ci ne vous rappelait-elle
pas l'amour filial? et le souvenir de votre père absent
ne vous ramenait-il pas à la tendresse paternelle?

Aristée, votre hôte, et fils de Dexion, portait des
chaînes : et pour quelle raison? Il avait livré la flotte.
Dans quel intérêt? Il avait abandonné l'armée.
Cléomène n'en avait-il pas fait autant? Il avait agi en
lâche. Vous aviez cependant honoré sa valeur d'une
couronne d'or. Il avait congédié des matelots; et
vous, vous aviez l'argent qu'ils avaient donné pour
obtenir leur congé. Il y avait encore un autre père,
citoyen d'Herbite, nommé Eubulide, homme recommandable et des plus distingués dans sa province;
parce qu'il attaqua Cléomène dans la défense de son
fils, il fut exposé presque nu sur la place publique,

pour y être battu de verges. Quelqu'un avait-il alors
la liberté de se défendre? Il n'était pas seulement
permis de prononcer le nom de Cléomène. Mais le
motif de ma propre défense m'y contraint. Vous
mourrez si vous le nommez : car Verrès ne fit jamais
de faibles menaces. Mais il n'y avait point de rameurs. Quoi! vous êtes assez hardi pour accuser le
préteur? Cassez-lui la tête. S'il n'est point permis de
nommer le préteur ni son associé, quand toute la
cause ne dépend que de ces deux hommes, qu'en ar-
rivera-t-il?

XLIII. Héraclius de Ségeste, d'une famille illustre
dans son pays, plaida aussi sa cause. Soyez attentifs,
juges, autant que l'humanité le demande; vous ap-
prendrez les pertes de vos alliés et les injustices
commises contre eux. Vous saurez qu'Héraclius,
impliqué dans cette affaire, ne put se mettre en mer
à cause d'un mal d'yeux très-grave, et que, par ordre
du commandant, il resta à Syracuse avec son congé.
Cet homme assurément ne livra point la flotte, ne
prit point la fuite par la crainte, ne déserta point
l'armée; car on s'en serait aperçu quand elle partit
de Syracuse. Il fut cependant mis en cause, comme
s'il eût été surpris dans quelque crime évident, lui
pour qui il n'y avait pas même prétexte d'accusation.

On voyait parmi ces capitaines un citoyen d'Héraclée, nommé Furius (dans cette province plusieurs
portent comme celui-ci des noms latins); cet homme,
connu et estimé dans sa patrie tant qu'il vécut, le
fut dans toute la Sicile après sa mort. Inspiré par
son courage, non-seulement il osa parler librement à
Verrès, car, voyant bien que sa mort était décidée,
il savait qu'il ne risquait rien à le faire; mais même,
pensant à son supplice, et lorsque sa mère en pleurs
passait auprès de lui les jours et les nuits dans la

prison, il écrivit son apologie. Chacun, dans la Sicile, l'a entre les mains, la lit et s'instruit par ce discours de vos crimes et de vos cruautés. Il y déclare
le nombre de matelots que la ville lui a fournis, le
nombre des congédiés, le prix qu'ils payèrent pour
leur congé : il marque la même chose de tous les
autres vaisseaux. Quand il faisait ce détail en votre
présence, on lui frappait les yeux à coups de verge;
mais, si près de sa mort, il souffrait avec patience, et
disait à haute voix ce qu'il a laissé par écrit, « qu'il
était indigne que les larmes de sa mère eussent
moins de pouvoir sur votre cœur pour lui conserver
la vie, que n'en avaient celles d'une femme prostituée pour sauver Cléomène. »

Il dit encore dans son apologie (et, si le peuple
romain vous connaît bien, ce n'est pas sans fondement qu'il l'a dit près de mourir), « que Verrès, en
faisant périr les témoins, ne pouvait effacer ses crimes ; que, devant des juges éclairés, le témoignage
qu'il rendrait du fond de son tombeau aurait encore
plus de poids que s'il paraissait vivant à leur tribunal ; car, vivant, il ne pourrait déposer que contre
l'avarice, mais, victime d'un arrêt inique, il dépose-
rait par sa mort contre l'irréligion, l'audace et la
cruauté du préteur. » Il écrivit ensuite ces belles
paroles : « Lorsqu'il s'agira de ton sort, ô Verrès !
tu ne verras pas seulement une foule de témoins déposer contre toi ; mais les vengeurs des innocents,
et les Furies qui poursuivent les scélérats, assisteront
à ton jugement de la part des dieux Mânes. Ce qui
adoucit mon malheur, c'est que j'ai déjà vu les haches, le visage et la main de ton bourreau Sestius,
lorsque, dans une assemblée de citoyens romains, tu
fis trancher la tête à leurs concitoyens. » En un mot,
juges, la liberté que vous avez donnée à vos alliés,
Furius l'employa tout entière au milieu du supplice

12.

affreux qu'on ne fait subir qu'aux plus vils esclaves.

XLIV. Il les condamna tous, de l'avis de son conseil ; mais pour une affaire de cette importance, dans
une cause qui intéressait tant d'hommes et tant de
citoyens, il n'appela ni Vettius, son questeur, ni
P. Cervius, son lieutenant. Ce dernier, parce qu'il
était lieutenant en Sicile durant sa préture, fut le
premier juge qu'il rejeta. Ce fut de l'avis de ses brigands, c'est-à-dire de ses associés, que tous ces officiers furent condamnés.

Alors tous les Siciliens, nos plus fidèles et nos
plus anciens alliés, comblés de bienfaits par nos
pères, vivement touchés de ces horreurs, sont alarmés pour leurs personnes et pour leurs biens. Comment un gouvernement aussi doux que le nôtre
s'est-il ainsi changé en cruauté et en tyrannie ? Un
si grand nombre d'hommes condamnés en même
temps et sans aucun fondement d'accusation ! Un
injuste préteur cherche dans la plus cruelle mort
des innocents la défense de ses brigandages ! On ne
peut plus, ce semble, ô juges, rien ajouter à cette
injustice, à cette folie, à cette cruauté ; en effet, s'il
disputait en méchanceté avec d'autres scélérats, il
les surpasserait assurément tous et de beaucoup.

Mais c'est avec lui-même qu'il dispute. Il fait si
bien qu'il surpasse toujours ses derniers crimes par
ses crimes nouveaux. J'ai dit que Phalargus de Centorbe avait été excepté par Cléomène, qui montait
le vaisseau des Centorbiens ; cependant comme ce
jeune homme craignait, en voyant que son affaire
était semblable à celle des autres qui périssaient
quoique innocents, Timarchide le vient trouver : il
lui dit qu'il n'a point à craindre la mort, mais il
l'avertit de penser à se garantir des coups de verges.
En un mot, vous avez entendu ce jeune homme dé-

poser que, dans la crainte de cette fustigation, il
avait compté de l'argent à Timarchide.

Ce sont là de légères accusations contre un coupable comme Verrès. Le capitaine d'une ville célèbre
se soustrait au fouet à prix d'argent ; rien n'est plus
humain : un autre délivre une somme pour n'être
pas condamné ; c'est un usage. Le peuple romain ne
veut point que l'on porte des accusations triviales et
communes contre Verrès ; il attend des crimes d'un
genre nouveau et inconnu jusqu'à lui. Il pense que
dans cette affaire il ne s'agit point du préteur de la
Sicile, mais du plus cruel de tous les tyrans.

XLV. Les condamnés sont enfermés dans la prison ; on prononce leur arrêt de mort : mais déjà
leurs parents endurent le supplice ; car on leur ôte
la liberté de voir leurs enfants, de leur fournir des
vêtements et de la nourriture. Ces parents, qui sont
ici devant vous, juges, étaient couchés sur le seuil
de la prison ; les mères infortunées passaient les
nuits à la porte, privées de la consolation d'embras-
ser pour la dernière fois leurs enfants. Elles ne demandaient d'autre grâce que celle de recevoir leurs
derniers soupirs. Le geôlier, bourreau du préteur, la
terreur et l'effroi des alliés et de nos concitoyens,
Sestius le licteur, s'opposait à leurs vœux : il mettait
à prix leurs gémissements et leur douleur. « Pour
entrer, disait-il, vous payerez telle somme ; telle
autre, pour porter des aliments. » Personne ne re-
fusait de payer. « Que donnerez-vous, continuait-il,
pour que je fasse mourir votre fils d'un seul coup de
hache ? pour lui abréger ses peines ? pour qu'il ne
soit point frappé de plusieurs coups ? pour qu'il
n'expire pas dans la douleur et dans les tourments ? »
On payait encore le licteur pour tout cela.

Quelle douleur plus propre à inspirer le désespoir ! quelle situation plus triste et plus affreuse !

Des parents se voient contraints de donner de l'argent, non pour sauver la vie à leurs enfants, mais pour accélérer leur mort! Ces jeunes gens traitaient aussi eux-mêmes avec Sestius pour qu'il les fît mourir sous le premier coup; et la dernière grâce qu'ils demandaient à leurs parents, c'était que, pour adoucir leur supplice, ils donnassent de l'argent au licteur. Que de douleurs amères inventées contre des parents et des proches! peut-on les multiplier davantage? qu'au moins la mort les termine; il n'en sera pas ainsi. La cruauté peut-elle donc aller plus loin? Oui, sans doute. Quand les enfants auront eu la tête tranchée, leurs corps seront exposés aux bêtes : s'il est affligeant pour un père de voir en cet état le corps de son fils, qu'il achète la permission de lui donner la sépulture.

Vous avez entendu la déposition d'Onasus de Ségeste, homme de distinction, qui vous a dit que, pour ensevelir le capitaine Héraclius, il avait compté de l'argent à Timarchide. Ne me répondez point, Verrès, que c'est un discours de pères qui, dans leurs ressentiments, viennent se plaindre de la perte de leurs fils : c'est un homme illustre et du premier ordre qui parle, et ce n'est point de son fils qu'il parle. D'ailleurs, quel homme fut alors à Syracuse et n'a pas entendu dire, et ne sait pas, que Timarchide, avant l'exécution, traitait avec ces malheureux pour leur sépulture? Ne lui en parlait-on pas ouvertement? Les proches n'assistaient-ils pas à ces conventions? Ne marchandait-on pas publiquement pour les funérailles de ces hommes vivants? Ces conventions une fois réglées, on les tirait de la prison pour les attacher au poteau.

XLVI. Quel autre que vous fut alors assez dur, assez inflexible, assez inhumain, pour n'être point attendri par leur âge, leur noblesse et leur malheur?

Qui ne répandit point de larmes? Qui ne regarda point leur infortune comme la sienne propre? Qui crut que le sort de ces malheureux lui était étranger, et qu'il ne s'agissait point d'un péril dont tout le monde était menacé? On leur tranche la tête ; et au milieu des gémissements des spectateurs, cruel, vous montrez un front joyeux, et vous triomphez! Vous vous félicitez de ce que les témoins de votre avarice n'existent plus. Vous vous trompiez, Verrès, vous vous trompiez fort, quand vous pensiez que les taches de vos larcins et de vos forfaits seraient effacées par le sang de nos innocents alliés. Insensé, dans quel égarement vous précipitait votre fureur quand vous vous imaginiez pouvoir guérir par la cruauté les plaies que votre avarice avait faites? Car s'ils sont morts, ces témoins de vos crimes, leurs parents demandent pour eux vengeance de votre barbarie. D'ailleurs quelques-uns de ces capitaines vivent encore et sont ici. La fortune, à ce qu'il me semble, les a soustraits au supplice des autres innocents, pour qu'ils pussent déposer ici contre vous.

Voici Philargus d'Haluntium ; comme il ne prit point la fuite avec Cléomène, accablé par le nombre des pirates, il fut pris, et son malheur le sauva. Car s'il leur eût échappé, il serait tombé entre les mains de ce corsaire de nos alliés. Les matelots congédiés, la disette des vivres, la fuite de Cléomène, tout est attesté par sa déposition. Voici Phalargus de Centorbe, l'un des premiers citoyens de cette ville si considérable ; il dit la même chose : il ne diffère en aucun point.

Au nom des dieux immortels! quels sont vos sentiments, juges, au récit de ces forfaits? Suis-je dans l'égarement, ou marqué-je trop de sensibilité à la vue de la calamité déplorable où sont réduits nos alliés? ou ces cruels tourments qu'il a fait souffrir à des innocents, font-ils sur vos cœurs la même impression que sur le mien? Pour moi, quand je vous parle de la mort d'Eubulide et de Furius, je crois être moi-même témoin de l'indignité de leur supplice.

XLVII. Les citoyens de ces provinces, les laboureurs de ces champs, qui, grâce à leurs travaux, à leurs soins, fournissent chaque année une si grande abondance de blé au peuple romain, élevés et nourris par leurs parents dans l'espérance qu'ils jouiraient de leur liberté sous notre empire équitable, doivent-ils être les objets de l'affreuse barbarie de Verrès et périr sous la hache fatale? Quand je pense à ces Tyndarites, à ces Ségestains, les priviléges de leurs villes et les services qu'elles nous ont rendus se présentent à mon esprit. Ces villes que le grand Africain a cru devoir orner des dépouilles de nos ennemis, Verrès, non content de leur enlever ces trophées, les a encore privées, par un crime détestable, de leurs citoyens les plus illustres. Voici ce que ceux de Tyndaris se font un plaisir de publier : « Nous n'étions pas au nombre des dix-sept provinces de la Sicile : dans toutes les guerres puniques et siciliennes, nous avons toujours recherché la protection et l'amitié du peuple romain ; nous lui avons toujours fourni tous les secours durant la guerre, toutes les commodités durant la paix. » Certes, ces droits leur ont été très-avantageux sous le gouvernement de Verrès.

Scipion conduisit autrefois vos troupes maritimes contre les Carthaginois, mais aujourd'hui Cléomène conduit vos vaisseaux presque sans équipages contre les pirates. Le grand Africain partageait avec vous les dépouilles ennemies et les fruits de sa gloire ; aujourd'hui que je vous ai dépouillés, et que les pirates ont emmené vos vaisseaux, je vous ferai conduire au supplice parmi les ennemis et à leur place.

De plus, les Ségestains, pour nous être unis par une communauté d'origine dont les écrits et la tradition n'ont pas seuls perpétué le souvenir, mais qu'attestent, que prouvent leurs nombreux services, quels avantages ont-ils retirés de cette union sous la préture de Verrès? Tout ce qu'elle leur a produit, c'est qu'on a arraché du sein de son père un jeune homme des plus estimables, et d'entre les bras de sa mère un fils innocent, pour les livrer à Sestius, bourreau de Verrès. La ville à laquelle nos ancêtres avaient accordé les terres les plus vastes et les meilleures, qu'ils ont voulu laisser affranchie; cette ville, malgré de si beaux titres d'affinité, de fidélité, d'antiquité, n'a pas seulement trouvé assez de force dans ses droits pour obtenir la vie de l'un de ses plus irréprochables, de ses plus honorables citoyens.

XLVIII. A qui les alliés auront-ils recours? quelle assistance imploreront-ils? quelle espérance les soutiendra dans le désir de vivre, si vous les abandonnez! S'adresseront-ils au sénat pour y faire punir Verrès? Ce n'est point la coutume, cela ne regarde point les sénateurs. Iront-ils au peuple romain? La raison de son refus est facile à deviner : il vous dira qu'il a fait une loi en faveur des alliés, et qu'il vous a établis les conservateurs, les défenseurs de cette loi. Ce lieu devient donc leur unique refuge, leur port, leur forteresse, leur autel tutélaire : ils ne s'y réfugient point, comme autrefois, pour y redemander leurs biens : ils ne réclament point l'or, l'argent, les étoffes, les esclaves, les ornements enlevés dans les villes et dans les temples. Ces bonnes gens craignent que ces vols ne soient permis et autorisés aujourd'hui par le peuple romain; car depuis plusieurs années nous souffrons en silence que l'argent de tous les peuples passe entre les mains de quelques avares gouverneurs. Nous paraissons d'autant plus le souffrir et le permettre tranquillement, qu'aucun de ces concussionnaires ne dissimule ses brigandages et ne s'inquiète de cacher son avarice.

Dans cette ville, qui est si belle et si bien ornée, quelle statue, quelle peinture voit-on qui n'ait été prise sur des ennemis vaincus? Mais les maisons de campagne de ces avides gouverneurs sont décorées et remplies des plus magnifiques dépouilles de nos alliés les plus fidèles. Où pensez-vous que sont les richesses des nations étrangères, qui toutes en sont aujourd'hui dépourvues, quand vous trouvez celles d'Athènes, de Pergame, de Cyzique, de Milet, de Chio, de Samos, de toute l'Asie, de l'Achaïe, de la Grèce, de la Sicile, renfermées dans quelques maisons de campagne? Mais, comme je viens de le dire, juges, vos alliés négligent et abandonnent aujourd'hui tous ces biens : ils ont eu soin d'empêcher, par leurs services et par leur fidélité, que le peuple romain ne les en dépouillât par autorité publique. Alors, quand ils ne pouvaient s'opposer à l'avarice de quelques personnes, ils pouvaient du moins, en quelque manière, y suffire ; mais aujourd'hui on leur a ôté, je ne dis pas le pouvoir d'y résister, mais les moyens de la satisfaire. Ainsi leurs richesses leur sont devenues indifférentes : leurs biens enlevés par vos concussions, titre sous lequel on instruit ce procès, ne sont plus ce qu'ils réclament; ils les abandonnent entièrement. Voici dans quel appareil ils ont recours à vous. Voyez, juges, l'état de misère et d'indigence où sont réduits vos alliés.

XLIX. Ce Sthénius de Thermes, avec cet extérieur en désordre, après avoir vu le pillage de toute sa maison, ne parle point de vos rapines. Il se redemande lui-même à vous, et rien de plus ; car les affreux caprices de votre cruauté l'ont arraché tout entier à sa patrie, où ses vertus et ses bienfaits lui

faisaient tenir un rang distingué. Dexion, que vous
voyez, n'attend pas que vous rendiez tout ce que vous
avez pris au public et à lui dans Tyndaris ; c'est un
fils unique, vertueux, innocent, que ce malheureux
vous demande. Il ne veut point emporter d'argent
de l'amende à laquelle vous pourriez être condamné ;
mais il souhaite que votre condamnation soulage les
cendres et les restes de son cher fils. Eubulide, ce
vieillard accablé d'années, ne s'est point exposé aux
incommodités d'un si long voyage pour recouvrer
quelque chose de ses biens. C'est pour que, de ces
yeux dont il a vu la tête sanglante de son fils, il voie
votre condamnation.

Si Métellus ne s'y était pas opposé, les mères, les
épouses, les sœurs de ces hommes condamnés seraient ici présentes. L'une d'elles, lorsque j'arrivai
de nuit à Héraclée, vint au-devant de moi, accompagnée de toutes les femmes les plus distinguées de la
ville, avec un grand nombre de torches ; elle m'appelait son libérateur et vous son bourreau ; cette in-
fortunée, réclamant son fils à haute voix, tomba sup-
pliante à mes pieds comme s'il eût été en mon pouvoir
de le rappeler du tombeau. Les mères les plus âgées
et les enfants de ces malheureux se présentaient
également à moi dans les autres villes ; et l'âge des
uns et des autres exigeait en même temps mes soins,
mon zèle et votre protection.

Voilà, juges, la plainte que la Sicile m'a portée
particulièrement entre toutes les autres. Leurs larmes, plus que ma propre gloire, m'ont engagé à m'en
occuper, afin qu'une injuste condamnation, que la
prison, les chaînes, les fouets, les haches, les tortures
des alliés, le sang des innocents, enfin les restes gla-
cés des victimes, et la douleur des parents et des
proches, ne pussent être désormais une matière de
spéculation pour nos magistrats. Si, secondé de

7. Cicéron. *Discours,* trad.   13

votre juste sévérité, j'affranchis les Siciliens d'une
pareille crainte, je croirai, juges, avoir satisfait à
mon devoir et aux désirs de ceux qui m'ont chargé
auprès de vous de leurs intérêts.

L. C'est pourquoi, si par hasard vous trouviez
quelqu'un qui voulût répondre à l'accusation touchant
cette expédition navale, qu'il y réponde directement,
sans s'arrêter à des lieux communs qui n'ont point
de rapport à la cause ; sans dire que je traite comme
une faute ce qui est l'effet de la fortune ; que je fais
d'un malheur une accusation, et un crime de la perte
de la flotte romaine, tandis que plusieurs braves généraux ont souvent échoué au milieu des chances
communes et hasardeuses des combats, et sur terre
et sur mer. Je ne vous reproche point, Verrès, les
cas fortuits. Il est inutile de citer les revers des autres et de rassembler les désastres essuyés par une
foule de capitaines. Je soutiens que les vaisseaux
n'avaient point leurs équipages ; qu'un grand nombre
de matelots et de rameurs étaient congédiés ; que
ceux qui restaient ont vécu de racines de palmiers
sauvages ; qu'un Sicilien a commandé la flotte romaine ; qu'un Syracusain était à la tête de ceux qui
furent toujours nos alliés et nos amis. Je dis que,
dans ce même temps, et tous les jours précédents,
vous étiez sur les bords de la mer et à table avec
des compagnons de débauche, et je produis sur tous
ces faits des autorités et des témoins.

Vous semble-t-il que j'insulte à votre disgrâce, et
que je vous ôte tout recours aux caprices de la fortune ? que je vous reproche et vous objecte les
hasards de la guerre, quoique pour l'ordinaire on ne
veuille pas entendre parler de la fortune quand on
s'y est abandonné et qu'on en a éprouvé les dangers
et l'inconstance ? Non, elle n'a point eu de part à
votre malheur : c'est dans les combats, et non dans

7.

les repas, qu'on se trouve exposé aux événements de la guerre ; mais nous pouvons dire que, dans ce fatal événement, ce n'est point Mars qui fut de moitié, mais Bacchus. S'il ne faut pas vous rendre responsable de la fortune, pourquoi ne vous a-t-elle point tenu lieu d'excuse pour pardonner à ces innocents ?

Vous pouvez encore retrancher de votre défense que vous avez infligé ces châtiments, que vous avez frappé de la hache à l'exemple de nos pères, et que c'est pour ce sujet que je vous accuse et vous rends odieux. Mon accusation ne tombe point sur le supplice : je ne prétends pas qu'il ne faille faire trancher la tête à personne ; je ne dis pas qu'il faille bannir la crainte de la discipline militaire, la sévérité du gouvernement, la punition des crimes. J'avoue que l'on a souvent puni avec sévérité, avec rigueur, non-seulement nos alliés, mais nos concitoyens et nos soldats. Ainsi vous pouvez encore omettre ces raisons.

LI. Je fais voir que la faute ne vient point des capitaines, mais de vous. Je vous blâme d'avoir congédié pour de l'argent les rameurs et les soldats : les capitaines qui restent le déposent. C'est ce que disent officiellement les députés de la ville confédérée de Nétum, ceux d'Herbite, d'Amestratum, d'Enna, d'A-gyre, de Tyndaris, de Locres ; enfin votre propre témoin, votre général, votre hôte, Cléomène, déclare qu'il était descendu à terre pour tirer des soldats de Pachynum, forteresse sur le promontoire, et les embarquer sur ces vaisseaux. L'aurait-il fait si l'équipage des navires eût été complet ? Car dans les vaisseaux bien armés, bien équipés, on ne saurait y faire entrer, je ne dis pas un grand nombre de soldats, mais même un seul de plus.

J'ajoute que le reste des marins était épuisé par la faim et dans l'indigence de toutes choses. J'avance qu'ils sont tous exempts de fautes ; ou, si quelqu'un est coupable, c'est particulièrement celui qui montait le meilleur vaisseau, qui avait le plus de matelots, et qui commandait en chef : ou, s'ils sont tous coupables, il ne fallait pas rendre Cléomène spectateur de leurs tourments et de leur mort. Je soutiens enfin que c'est un crime des plus barbares d'avoir mis à prix d'argent, dans ces exécutions, les larmes, les coups, les funérailles et la sépulture.

Si donc vous voulez me répondre, prouvez-moi que la flotte était en bon état ; qu'il n'y manquait aucun défenseur ; que le nombre des rameurs était complet ; qu'on leur avait fourni les provisions nécessaires ; que les capitaines, que tant de villes célèbres, que toute la Sicile ont déposé contre la vérité ; que vous avez été trahi par Cléomène, qui dit avoir pris terre à Pachynum pour en tirer des soldats ; qu'ils ont manqué de courage et non de ressources ; que Cléomène combattait vigoureusement, tandis qu'il a été abandonné de tous les autres ; que personne n'a acheté le droit de la sépulture. Si vous avancez toutes ces choses, vous serez convaincu par les témoins ; si vous en alléguez d'autres pour votre défense, vous ne réfuterez point ce que j'ai dit.

LII. Oserez-vous dire encore : « L'un de ces juges est de mes amis, l'autre est l'ami de mon père ? » Mais plus un juge a de liaison avec vous, plus il a honte de vous voir subir l'accusation présente. C'est l'ami de votre père ! dieux immortels ! si votre père lui-même était juge, que pourriez-vous faire quand il vous aurait dit : « Vous, mon fils, préteur dans une province du peuple romain, lorsque vous aviez une guerre maritime à conduire, vous avez exempté pendant trois ans les Mamertins de fournir le vaisseau qu'ils devaient aux termes de leur traité d'alliance ; c'est pour vous que chez ce même peuple on a construit, aux frais du public, un grand vaisseau

de charge; vous avez contraint les villes de vous
fournir de l'argent sous le prétexte d'équiper la
flotte; vous avez congédié les rameurs pour de l'argent; le questeur et le lieutenant ayant pris un vaisseau corsaire, vous en avez soustrait le capitaine
aux yeux de tout le monde; vous avez fait trancher
la tête à des hommes, citoyens romains et connus
pour tels. Vous avez eu l'audace d'emmener chez
vous des pirates et de faire paraître ici leur chef que
vous gardiez dans votre maison. Chargé du gouvernement d'une si belle province, chez les plus fidèles
alliés, devant de très-honorables citoyens romains,
dans les alarmes et les périls de toute la province,
vous avez passé plusieurs jours entiers en festins
sur le rivage. Personne pendant ces jours n'a pu
vous parler chez vous, ni vous voir sur la place publique. Vous admettiez à ces festins les mères de famille de vos compagnons et de vos amis. Vous faisiez
asseoir au milieu d'elles votre fils, mon petit-fils,
pour que, dans un âge si fragile et si chancelant, la
vie déréglée d'un père lui servît d'exemple. Préteur
en Sicile, vous y avez paru en tunique et en manteau
de pourpre. Pour satisfaire à vos passions et à vos dé-
réglements, vous avez ôté le commandement de l'armée navale au lieutenant du peuple romain et l'avez
donné à un citoyen de Syracuse; vos soldats dans la
Sicile ont manqué de provisions et de vivres; vos
débauches et votre avarice ont causé la perte de la
flotte romaine, brûlée par les pirates. Depuis la fondation de Syracuse, le port de cette ville fut toujours
inaccessible à l'ennemi; et, sous votre préture, les
corsaires y vinrent pour la première fois. Vous n'avez
pas voulu que tous les excès d'une conduite si infâme demeurassent sous le voile de votre dissimula-
tion, sous le silence et dans l'oubli des hommes;
mais les capitaines des vaisseaux, sans le moindre

sujet, ont été arrachés par vos ordres d'entre les bras
de leurs parents, qui étaient vos hôtes, pour être livrés
aux tourments et à la mort. Ni les larmes et la douleur de leurs pères, ni le souvenir qu'ils vous ont
rappelé de mon nom, rien n'a pu faire impression
sur vous. A répandre le sang innocent vous avez à
la fois trouvé plaisir et profit. » Si votre père, Verrès, vous faisait de pareils reproches, pourriez-vous
lui demander pardon? pourriez-vous le prier de vous
faire grâce?

LIII. J'ai suffisamment défendu les Siciliens; j'ai
satisfait aux engagements du devoir et de l'amitié;
j'ai soutenu leur cause, comme je m'y étais engagé.
Il m'en reste une autre à défendre dont je ne me suis
point chargé à la sollicitation des autres, mais par le
sentiment naturel. On n'est pas venu me prier de la
défendre; le motif qui m'y porte est fortement imprimé dans mon cœur. Il ne s'agit point ici de l'intérêt de nos alliés, il est question des citoyens romains, c'est-à-dire de la sûreté et de la conservation
de tous tant que nous sommes. N'attendez point de
moi, juges, de longs raisonnements, comme si l'affaire était douteuse. Tout ce que je dirai touchant
le supplice des citoyens romains, est si clair et si
frappant, que je pourrais appeler en témoignage
toute la Sicile. Un certain transport, qui accompagne
le crime et l'audace, avait porté le naturel barbare
et le caractère odieux de Verrès jusqu'à la folie,
et il n'hésitait jamais de faire éprouver en public à
des citoyens romains les supplices destinés aux esclaves convaincus des plus méchantes actions. Qu'est-
il besoin de rapporter combien il en a fait battre de
verges? Un mot me suffit, ce préteur ne faisait point
sur cela de différence : aussi la main du licteur, sans
que Verrès fît un signe, tombait par habitude sur les
corps des citoyens romains.

LIV. Pouvez-vous nier, Verrès, que sur la place publique de Lilybée, devant un concours nombreux du peuple, C. Servilius, citoyen romain, ancien négociant dans la ville de Palerme, ait été jeté par terre devant votre tribunal, à vos pieds, à force de coups de verges? Osez nier ce premier trait de votre cruauté, si cela est possible; Lilybée en est témoin, la Sicile l'a entendu dire. Oui; je soutiens que ce citoyen romain fut, en votre présence, accablé de coups par vos licteurs.

Dieux immortels! quel en fut donc le sujet? Quoique je fasse injure à la cause commune et à nos droits par une telle question, comme s'il pouvait y avoir aucun sujet qui donnât lieu d'en user de là sorte avec justice contre un citoyen romain, je demande quelle fut la cause de ce traitement contre Servilius. Pardonnez-le-moi, juges, à son égard seulement : je n'insisterai pas pour savoir les raisons à l'égard des autres. Servilius s'était expliqué trop librement sur les débauches et les injustices de Verrès; celui-ci n'en fut pas plutôt informé, qu'il lui envoya un satellite pour lui faire promettre de se rendre à Lilybée. Il le promet, et s'y rend. Alors Verrès, sans poursuite, sans requête de personne, prétendit obliger Servilius à faire caution contre son licteur d'une somme de deux mille sesterces, perdus pour lui, s'il ne se justifiait d'avoir dit « que Verrès s'enrichissait par ses vols. » Il lui déclare qu'il lui choisira des commissaires parmi ses officiers. Servilius les refuse, et le prie, puisque personne ne l'accusait, de ne pas lui intenter devant des juges si peu impartiaux un procès où il y allait de sa vie.

Comme il insistait beaucoup sur l'injustice de ce procédé, six hommes des plus vigoureux et des plus exercés à battre de verges l'environnent, l'accablent de coups. Le premier licteur, Sestius, dont j'ai déjà

parlé plusieurs fois, ayant pris sa verge par le petit
bout, commence à frapper de toutes ses forces les
yeux de ce malheureux. Il tombe, le visage couvert
de son sang. Les bourreaux qui le voient étendu ne
cessent de le frapper sur les flancs, pour lui faire
dire qu'il consignerait. Traité avec tant de fureur,
enlevé comme mort, il expire un moment après. Le
voluptueux Verrès, plein d'enjouement et de grâces,
fit placer dans le temple de Vénus un Cupidon
d'argent pris sur les biens de Servilius. C'est ainsi
qu'il faisait servir les richesses des hommes à acquitter les vœux nocturnes de ses passions.

LV. Mais pourquoi m'étendrais-je plutôt en particulier qu'en général sur le supplice des autres citoyens romains? La prison que Denys, ce cruel
tyran, fit construire à Syracuse, et que l'on nomme
les Carrières, fut, sous le gouvernement de Verrès, le
domicile ordinaire des citoyens romains. Quiconque
lui choquait la vue ou lui déplaisait y était aussitôt
renfermé. Je vois, juges, que cette conduite indigne
tout le monde; et je l'ai compris dès l'action précédente, lorsque les témoins faisaient leurs dépositions.
Vous êtes persuadés que les droits de notre empire
doivent être inviolables, non-seulement dans Rome,
où sont les tribuns du peuple, les autres magistrats,
un forum témoin de tant de jugements, l'autorité du
sénat, l'opinion et l'affluence du peuple romain;
mais en quelque endroit, chez quelque peuple que
soit violé le droit des citoyens romains, vous jugez
que cela intéresse la liberté et la gloire de l'État.

Quoi! c'est dans les prisons destinées aux étrangers, aux malfaiteurs, aux scélérats, aux corsaires et
aux ennemis que vous avez osé renfermer un si grand
nombre de citoyens romains? Vous n'avez point
songé à ce tribunal, à cette assemblée, à ce concours
si nombreux qui vous considère en ce moment avec

indignation? Jamais la dignité du peuple romain,
quoique absent, jamais l'image de cette multitude ne
s'est présentée à vos yeux et à votre esprit? Avez-
vous cru que jamais vous ne reparaîtriez à leurs yeux?
que jamais vous ne reviendriez sur cette place, et
que vous ne retomberiez plus sous la puissance des
juges et l'autorité des lois?

LVI. Quelle était donc cette passion effrénée d'exer-
cer des cruautés? quel motif l'engageait à commettre
tant de crimes? Nul autre, juges, qu'un nouveau et
singulier moyen de piller. Semblable à ces hommes
qui, selon les poëtes, avaient investi des golfes, ou
qui s'étaient postés sur des promontoires ou des rochers escarpés, pour tuer ceux que leurs vaisseaux
y faisaient aborder, Verrès, de tous les endroits de
la Sicile, infestait les mers. Tout vaisseau qui venait
d'Asie, de Syrie, d'Alexandrie, ou de Tyr, était aussitôt arrêté par des dénonciateurs et des gardes pré-
posés. Tous les passagers étaient conduits aux Carrières; les marchandises, avec toute la cargaison,
étaient portées dans le palais du préteur. Un autre
tyran que les Denys et les Phalaris (car cette île en
eut autrefois beaucoup) désolait donc longtemps
après eux la Sicile, comme un nouveau monstre né
des anciens monstres qui, dit-on, régnaient autrefois
dans ces mêmes lieux. Non, je ne crois pas que
Scylla et Charybde aient été sur ces mers plus funestes aux nautoniers. Il était même d'autant plus à
craindre, qu'il s'était fait une meute beaucoup plus
grande et plus redoutable. C'était un autre Cyclope,
mais plus terrible que le premier. Celui-ci tenait
toute l'île, et l'autre n'occupait, dit-on, que le mont
Etna et la partie de la Sicile qui en est voisine.

Mais quelle raison apportait-il alors d'une conduite
si barbare? celle dont on fera bientôt mention dans
sa défense. Toutes les personnes qui abordaient en

13.

Sicile avec une riche cargaison étaient arrêtées par
Verrès comme soldats de Sertorius qui s'enfuyaient de
Dianium. Pour échapper au danger dont ils étaient
menacés, les uns montraient de la pourpre de Tyr;
les autres, des parfums et des étoffes de lin; plusieurs, des pierreries et des perles; quelques-uns,
des vins grecs et des esclaves asiatiques; afin que,
par la nature de leurs marchandises, on jugeât de
quel pays ils venaient; mais ils n'avaient pas prévu
que les raisons dont ils croyaient se servir pour se
sauver étaient celles même qui les exposaient le
plus : car Verrès, prétendant que ces richesses venaient de leur association avec les pirates, ordonnait
qu'on les conduisît aux Carrières et faisait garder
avec soin les vaisseaux et leur cargaison.

LVII. Ce système pris, lorsque les Carrières étaient
pleines de ces marchands, on faisait ce que vous
avez entendu dire à L. Suétius, chevalier romain
d'un rare mérite, et ce que d'autres confirmeront.
On tranchait la tête inhumainement à ces citoyens
romains dans la prison, en sorte que cette parole et
cette réclamation : « Je suis citoyen romain, » qui
en a secouru et sauvé plusieurs chez les nations les
plus éloignées et les plus barbares, hâtait le moment
du supplice de ces infortunés et en augmentait la
rigueur. Le fait est-il vrai? Quel prétexte imaginez-
vous pour colorer votre cruauté? Direz-vous que
j'ai recours au mensonge, que j'invente des circonstances, que j'exagère l'accusation? Oserez-vous
dire quelque chose de semblable par l'organe de vos
défenseurs? Montrez-moi, je vous prie, ces lettres
des Syracusains qu'il conserve soigneusement et
qu'il croit écrites selon ses désirs. Produisez le registre de la prison, sur lequel est porté avec exactitude le jour de l'entrée de chaque prisonnier, celui
de sa mort ou de son exécution.

Registre des Syracusains.....

Vous entendez que des citoyens romains ont été conduits par troupes dans les Carrières; vous voyez en quels lieux indignes ce grand nombre de vos concitoyens fut renfermé. Cherchez les traces qui puissent vous faire découvrir leur sortie de ces cachots : il n'y en a point. Y sont-ils tous morts naturellement? Quand il pourrait se justifier de la sorte, on n'ajouterait pas foi à cette justification. Mais vous trouverez écrit dans ces registres un terme que ce barbare, ce débauché n'a jamais pu remarquer ni comprendre : ἐδικώθησαν, dit-il; c'est-à-dire, comme l'entendent les Siciliens par ce mot, ils ont été suppliciés et mis à mort.

LVIII. Si quelque roi, si quelque ville des nations étrangères, si quelque peuple avait fait de semblables outrages à un citoyen romain, l'État ne s'en vengerait-il pas? ne leur déclarerait-on pas la guerre? pourrions-nous laisser impuni l'outrage fait à notre nom? Combien croyez-vous que nos ancêtres ont entrepris de guerres importantes sur le rapport que des citoyens romains avaient reçu quelque injure, que l'on avait retenu leurs vaisseaux, ou pillé leurs marchandises? Je ne me plains point ici de l'arrestation des marchands; quant au pillage de leurs biens, je vous le passe encore; mais qu'après avoir pris à des citoyens romains leurs vaisseaux, leurs esclaves, leurs marchandises, on les ait mis en prison et qu'on les ait fait mourir, c'est ce que je trouve révoltant.

Si je faisais ce récit chez les Scythes, et non en présence des citoyens, des plus recommandables sénateurs de Rome, sur la place publique, le détail de tous les tourments que des citoyens romains ont soufferts toucherait le cœur des barbares. Notre empire est si respecté, la vénération du nom romain si grande chez tous les peuples, qu'une pareille cruauté ne paraît être permise à personne contre nos citoyens. Puis-je m'imaginer qu'il vous reste quelque ressource, quelque asile, quand je vous vois enchaîné par la sévérité des juges, arrêté par ce concours nombreux du peuple romain?

Certes, si vous sortez par quelque moyen de ces filets, ce qui me paraît impossible, si vous vous en débarrassez, vous tomberez dans des piéges plus dangereux, et d'un lieu encore plus haut; je vous y percerai et vous accablerai, sans que vous puissiez échapper. Quand je lui passerais les moyens qu'il emploie pour se disculper, ils ne lui seraient pas moins funestes que l'accusation prouvée que j'intente contre lui. Comment se défend-il? Il dit qu'il a pris des soldats fugitifs qui venaient d'Espagne, et qu'il les a condamnés à mort. Qui vous l'a permis? de quel droit l'avez-vous fait? quel autre en a donné l'exemple? comment vous était-il permis de le faire?

Nous voyons grand nombre de ces hommes dans la place publique et le palais, et nous les voyons de sang-froid; car les discordes civiles, que la folie, qu'un mauvais destin ou le malheur des temps nous y ait précipités, ont une issue moins déplorable quand il est permis de conserver tous les citoyens échappés aux fureurs politiques. Mais Verrès, qui a trahi son consul, qui a transporté sa questure dans le camp opposé, qui a volé le trésor public, s'est arrogé dans l'empire une telle autorité, que ceux à qui le sénat, le peuple romain et les magistrats permettaient de paraître dans la place, de donner leurs suffrages, d'habiter à Rome et dans le sein de la république, étaient, par ses ordres, condamnés à une mort

affreuse et barbare, quand le hasard les avait portés
dans quelque partie de la Sicile.

Après la mort de Perpenna, plusieurs soldats des
troupes de Sertorius se réfugièrent vers Pompée, cet
illustre et vaillant général. Ne les a-t-il pas conservés
tous avec le plus grand zèle? A quel citoyen suppliant
sa main victorieuse n'a-t-elle pas offert un gage de
sa bonne foi et donné un juste espoir de salut? Avez-
vous fait de même? Lorsqu'il devient comme un asile
pour ceux qui ont porté les armes contre lui, vous
qui n'avez jamais laissé à la république aucun monument de vos exploits, vous leur prépariez la mort et
les tortures? Voyez à présent combien vous est avantageuse la défense que vous avez imaginée.

LIX. Oui, j'aime mieux qu'on apporte devant ces
juges et devant le peuple romain les preuves de votre
défense que celles de mon accusation. J'aime mieux
que vous paraissiez l'ennemi et le persécuteur de ces
fugitifs que des négociants et des capitaines de vaisseaux. Mon accusation vous charge d'une avarice
excessive : votre défense vous convainc de je ne sais
quelle fureur, d'une inhumanité, d'une cruauté sans
exemple, et presque d'une nouvelle proscription.

Mais il ne m'est pas permis de profiter d'un avantage si considérable. Tous les citoyens de Putéoles
sont ici présents; un grand nombre de négociants
paraissent devant le tribunal. Ces hommes riches et
honorables déposeront que leurs associés et leurs affranchis ont été pillés, ruinés, jetés dans les fers, ou
mis à mort dans la prison, ou frappés de la hache.
Voyez, Verrès, avec quelle équité je me conduis à
votre égard. Quand je produirai pour témoin Granius,
qui dira que vous avez fait trancher la tête à ses affranchis, qui vous redemandera son navire et ses
marchandises, réfutez-le si vous le pouvez. Je vous
abandonnerai mon témoin, et je vous serai favorable :

oui, je prendrai votre parti ; montrez-nous que tous
ces malheureux avaient servi dans les rangs de Sertorius, et que, fuyant de Dianium, ils ont été poussés en Sicile. Je ne désire rien tant que cette preuve ;
car on ne peut montrer ni citer de méchante action
plus digne du dernier supplice.

Je ferai paraître encore, si vous le voulez, le chevalier romain L. Flavius, puisque, dans l'action précédente, vous n'avez interrogé aucun témoin ; vous
l'avez fait par une prudence singulière, selon vos défenseurs ; mais plutôt, comme tout le monde le comprend assez, vous avez été retenu par les remords de
votre conscience et par l'autorité des témoins que je
proposais. Interrogez Flavius, si vous le voulez, et
demandez-lui quel est ce L. Hérennius qu'il dit avoir
fait la banque à Leptis ? Quoiqu'il y eût parmi le
peuple de Syracuse plus de cent citoyens romains
qui le connaissaient, et qui, les larmes aux yeux, le
défendirent avec instance devant vous, vous lui fîtes
cependant trancher la tête en présence de tous les
Syracusains. Réfutez aussi ce témoin que j'ai produit : prouvez et démontrez que cet Hérennius était
de l'armée de Sertorius, j'y consens.

LX. Que dirai-je de la multitude de ceux qui étaient
conduits au supplice la tête enveloppée, et se voyaient
mis au nombre des pirates et des captifs, pour être
frappés de la hache ? Quelle est cette nouvelle précaution ? pourquoi l'avez-vous imaginée ? Les cris
que la douleur arrachait à Flavius et aux autres sur
le triste sort d'Hérennius vous ébranlaient-ils ? La
grande autorité de M. Annius, cet homme si vertueux
et si respectable, vous rendait-elle un peu plus attentif et plus timide ? C'est lui qui vient de déposer que
vous avez fait trancher la tête, non à quelque étranger ou à quelque ennemi, mais à ce citoyen romain
connu de toute l'assemblée, connu de Syracuse entière.

Ces bruits, ces clameurs, ces plaintes, ne lui inspirèrent point plus de douceur, mais plus de précaution dans l'exécution des supplices. Il commença pour lors à faire conduire les citoyens romains la tête couverte; néanmoins il les faisait mourir en public, parce que dans les assemblées, comme j'ai déjà dit, on s'informait trop exactement du nombre des pirates. Était-ce là le sort que devait avoir le peuple romain sous votre préture? était-ce le fruit qu'il devait espérer de son négoce? le danger qu'il avait à craindre de perdre la tête et la vie? Ne suffit-il pas à nos négociants d'avoir à souffrir de la fortune tant de dangers inévitables; faut-il qu'ils aient encore à craindre pour leurs biens et leur vie, de la part de nos magistrats, et dans nos provinces? La Sicile, province aux portes de Rome, fidèle, remplie d'excellents alliés, de très-honnêtes citoyens, n'a-t-elle en tout temps reçu de si bon cœur dans ses villes tous les citoyens romains, que pour être témoin de leur supplice? Ces citoyens, qui revenaient du fond de la Syrie et de l'Égypte, qui avaient été traités avec honneur chez les barbares, parce qu'ils étaient citoyens de Rome, qui avaient échappé aux embûches des pirates et aux dangers de la tempête, devaient-ils avoir la tête tranchée en Sicile, lorsqu'ils croyaient être arrivés dans leurs foyers?

LXI. Que rapporterai-je de Gavius, citoyen municipal de Cosa? Où trouver une voix assez forte, des expressions assez énergiques, un sentiment de douleur assez vif, pour vous exposer ce qui le concerne? Quoique mon âme soit pénétrée de l'affliction la plus profonde, je ne dois pas moins faire de nouveaux efforts pour m'exprimer dans tout le reste d'une manière qui réponde à mon sujet et à ma douleur; car le grief dont il s'agit en ce moment est d'une telle nature, que lorsqu'on est venu m'en informer pour

la première fois, j'ai cru que je n'en pourrais pa
faire usage. Quoique persuadé de la vérité du fait
je ne croyais pas qu'il pût paraître vraisemblable
Contraint par les larmes de tous les citoyens romain
qui font le commerce dans la Sicile, pressé par le
témoignages des Valentins, gens d'honneur, de tou
les habitants de Rhégium, de plusieurs chevalier
romains, qui, par hasard, étaient alors à Messine, j
fis déposer dans la première action un si grand nom
bre de témoins que personne ne pouvait douter d
ce fait.

Que ferai-je maintenant? Après avoir employé tan
d'heures à parler sur un même genre de méfaits, e
sur l'affreuse cruauté de Verrès; après m'être servi
dans le récit des faits précédents, des termes les plu
forts pour vous les représenter, occupé que j'étai
de soutenir votre attention par la variété des accusations, comment traiterai-je un point si important
Je ne vois qu'une seule manière de vous en instruire
c'est d'exposer simplement le fait : il a par lui-même
tant de poids, qu'il n'a besoin ni de ma faible éloquence, ni de celle de qui que ce soit, pour vous
toucher.

Ce Gavius de Cosa, dont je parle, était du nombre
de ceux que Verrès avait fait arrêter : s'étant sauvé
furtivement des Carrières, je ne sais par quel moyen,
il s'était réfugié à Messine. Lui qui était près d'entrer
dans l'Italie, et voyait les murailles de Rhégium ; qui,
échappé aux ténèbres des cachots et aux horreurs
du supplice, se sentait revivre comme ranimé par la
lumière de la liberté et par une espèce de parfum
des lois, commença à se plaindre dans Messine qu'é-
tant citoyen romain, on l'eût mis en prison. Il ne
dissimula point qu'il allait droit à Rome, et qu'il s'y
trouverait à l'arrivée de Verrès.

LXII. Il ne savait pas, l'infortuné, qu'il n'y avait

nulle différence à tenir ces discours à Messine ou dans la propre maison du préteur. Verrès, comme je vous en ai déjà instruits, avait choisi cette ville pour être la complice de ses impiétés, la dépositaire de ses larcins, l'associée de tous ses crimes. On conduit donc aussitôt Gavius devant le magistrat de Messine, où, par hasard, Verrès arriva le même jour. On lui rapporte qu'ils avaient un citoyen romain qui se plaignait d'avoir été dans les Carrières à Syracuse ; que dans le moment où il s'embarquait en faisant beaucoup de menaces contre lui, on l'avait retiré du navire et gardé sûrement, afin qu'il en décidât ce qu'il jugerait à propos.

Verrès les remercie de cette attention et loue beaucoup leur bienveillance et leur zèle. Plein de fureur, et ne respirant que le crime, il vient sur la place publique. Il avait les yeux étincelants, la cruauté était peinte sur son visage, et tout le monde était dans l'attente de ce qu'enfin il allait faire, lorsqu'il dit à ses licteurs de prendre cet homme, de le dépouiller au milieu de la place, de le lier et d'apprêter les verges. En vain ce malheureux criait-il à haute voix qu'il était citoyen romain, de la ville de Cosa ; qu'il avait servi sous les ordres de L. Prétius, illustre chevalier romain, établi actuellement à Palerme et de qui Verrès pouvait apprendre toute la vérité. Verrès prétend alors avoir découvert que les chefs des déserteurs l'avaient envoyé en Sicile en qualité d'espion, intrigue dont personne n'avait d'indice, ni le moindre soupçon. Il ordonne ensuite à tous les licteurs de le saisir et de le battre avec violence.

Un citoyen romain, juges, être battu de verges sur la place publique de Messine ! Cependant, au milieu de ses douleurs et du bruit des verges, il n'échappait à ce misérable ni plaintes ni gémissements ; il ne faisait que répéter ces paroles : « Je suis citoyen

romain. » Il croyait, en rappelant un si beau titre, se
soustraire aux coups et aux supplices. Loin d'obtenir
par là quelque adoucissement, tandis qu'il ne cessait
de réclamer et de faire valoir son titre de citoyen,
une croix, oui, une croix était préparée à cet infortuné, qui n'avait jamais vu un pareil abus de pouvoir.

LXIII. Nom précieux de liberté! magnifique
privilége de notre empire! lois de Porcius et de
Sempronius! puissance des tribuns si fort regrettée,
et enfin rendue au peuple romain! tout cela est-il
tombé au point de n'avoir pu empêcher qu'un citoyen
romain, dans une province romaine, dans une ville
de nos alliés, ne fût lié et battu de verges sur la
place publique, par ordre de celui qui ne tenait que
du peuple romain les faisceaux et les haches? Quoi!
Verrès, quand on lui appliquait les feux, les lames
ardentes et les autres tortures, si la triste réclamation et la voix de cet infortuné ne vous retenaient pas,
les pleurs, les gémissements des citoyens romains
qui pour lors étaient présents ne pouvaient-ils rien
sur vous? Vous avez osé mettre en croix un homme
qui se disait citoyen romain!

Je n'ai point voulu, juges, dans la première action,
parler avec tant de véhémence : vous avez vu combien les esprits de la multitude étaient soulevés
contre Verrès par l'indignation et la haine, et par la
crainte d'un péril qui intéresse tous les citoyens. Je
me suis prescrit des bornes, j'ai usé de modération
dans mon discours, et j'ai inspiré la même conduite
à C. Numitor, chevalier romain, qui déposa le premier. J'approuvai la prudence de Glabrion, qui, au
milieu de la délibération, renvoya le témoin. Il craignait que la multitude ne parût avoir infligé par elle-
même à Verrès un châtiment qu'elle n'attendait peut-
être pas des lois et de votre jugement.

Mais aujourd'hui, Verrès, que tout le monde con-

naît dans quel état est votre cause, et qu'on en prévoit
l'événement, je n'ai plus rien à ménager. Je montrerai
que Gavius, qui tout à coup est devenu, selon vous,
un espion, avait été mis par votre ordre dans les
Carrières ; je le ferai voir non-seulement par les
registres des Syracusains ; mais pour vous ôter tout
prétexte de dire que j'invente ce fait, parce qu'il
est parlé dans ces lettres d'un Gavius, et que je
choisis ce nom afin d'y attacher cette histoire fondée
sur une identité imaginaire, je produirai des témoins
à votre choix pour déposer que c'est celui-là même
que vous avez fait mettre dans les prisons de Syracuse. Je produirai aussi des personnes de Cosa, ses
concitoyens et ses amis, qui vous apprendront, un
peu tard, mais non trop tard pour les juges, que ce
Gavius que vous avez fait mettre en croix était
citoyen romain, bourgeois de leur ville, et non un
espion des déserteurs.

LXIV. Quand j'aurai pleinement éclairci ces faits
aux yeux de vos défenseurs, j'aurai par devers moi
pour lors ce que vous m'accordez, et je dirai que je
m'en tiens satisfait : car ces jours passés, quand,
effrayé par les cris et le transport du peuple romain,
vous vous êtes levé, qu'avez-vous dit? Que cet
homme, parce qu'il voulait retarder son supplice,
avait crié à diverses reprises qu'il était citoyen romain, mais que c'était un espion. Mes témoins sont
donc sincères. C. Numitor, les deux M. et P. Cottius,
hommes distingués entre les Taurominiens, décla-
rent-ils autre chose? Que dit Q. Luccéius, qui tenait
une banque considérable à Rhégium? Que déposent
les autres? J'ai produit encore d'autres témoins de
même espèce, et qui disaient non-seulement avoir
connu Gavius, mais l'avoir vu conduire au supplice,
et entendu crier qu'il était citoyen romain. Vous dites
la même chose, Verrès : vous avouez qu'il réclamait

ce titre, qui auprès de vous n'a pas même eu assez
de force pour vous laisser quelque doute, et vous
faire suspendre l'exécution d'un supplice aussi barbare et aussi horrible.

Je m'en tiens, juges, à ce seul aveu de Verrès : je
m'y attache; il me satisfait. Je supprime et je né-
glige les autres moyens. Il est nécessairement pris
par cette déclaration; il doit y périr. Vous ignoriez sans doute ce qu'il était? Vous le soupçon-
niez d'être un espion? Je ne demande pas la nature
de votre soupçon : je vous accuse par vos propres
paroles; il se disait citoyen romain. Si, arrêté chez
les Perses ou aux extrémités des Indes, vous étiez
conduit au supplice, quel autre cri, Verrès, feriez-
vous entendre que celui-ci : Je suis citoyen romain ?
Et quand, sans être connu chez des peuples sauvages
et habitant aux extrémités du monde, vous auriez été
si redevable au nom de votre patrie, ce nom glorieux
chez tous les peuples de la terre, cet homme que vous
faisiez mettre en croix, qui que ce pût être, quoiqu'il
vous fût inconnu, dès qu'il se disait citoyen romain,
ne devait-il pas à ce titre obtenir d'un préteur sinon
sa délivrance, du moins le délai de sa mort?

LXV. Des hommes obscurs et de basse naissance
vont en mer, abordent en des lieux qu'ils n'avaient
jamais vus, dont les habitants ne les connaissent
même point, où ils ne trouvent pas toujours des ré-
pondants; cependant, sur la confiance que leur inspire ce droit de citoyens romains, ils croient qu'ils
seront en sûreté, non-seulement auprès de nos magistrats, que la crainte des lois et de l'opinion contient
dans le devoir, non-seulement auprès des citoyens
romains, qui leur sont unis par le langage, par les
lois et par plusieurs autres raisons; mais en quelque
endroit qu'ils aillent, ils espèrent que ce titre leur
servira de protection.

Otez cette espérance, ôtez ce refuge à nos citoyens;
supposez qu'ils ne doivent se promettre aucun avantage de cette déclaration : « Je suis citoyen romain ; »
et qu'un préteur ou tout autre puisse impunément
ordonner tel supplice qu'il voudra contre un homme
qui se dit citoyen romain, sous prétexte qu'il ne sait
pas s'il l'est véritablement : dès ce moment, par le
principe de votre défense vous fermez à nos citoyens
toutes les provinces, tous les royaumes, toutes les
villes libres, l'univers enfin, qu'ils purent toujours
parcourir plus librement que personne. D'ailleurs,
puisqu'il nommait L. Prétius, qui pour lors était en
Sicile, était-il si difficile d'écrire à Palerme, de le faire
garder exactement par vos Mamertins si dévoués,
jusqu'à ce que Prétius vînt de Palerme? S'il eût déclaré reconnaître cet homme, vous pouviez dans ce
cas adoucir son supplice ; s'il ne l'eût pas connu pour
être citoyen romain, alors, si c'était votre bon plaisir, vous établissiez en principe que tout homme qui
vous serait inconnu et n'aurait pas un riche répon-
dant serait, fût-il citoyen romain, condamné à périr
sur la croix.

LXVI. Mais pourquoi m'étendre davantage sur
Gavius? comme si vous eussiez été son ennemi personnel, et que vous ne vous fussiez pas montré l'ennemi déclaré du nom, des familles et des droits de
tous les citoyens. Ce n'était pas à cet homme, c'était
à tous les citoyens libres, que vous en vouliez. Dites-
moi, quelle raison aviez-vous, puisque les Mamertins,
suivant leur coutume et leur règlement, avaient posé
la croix derrière la ville, sur la voie Pompéia, de la
faire transporter sur un lieu qui regarde la mer?
Pourquoi ajouter (ce que vous ne pouvez nier, puisque vous l'avez dit en public) que vous choisissiez
ce lieu afin que celui qui se vantait d'être citoyen
romain pût de cette croix voir l'Italie et regarder

de loin sa maison? Cette croix est donc la première
qui, depuis la fondation de Messine, ait été mise en
ce lieu. Verrès a particulièrement choisi l'aspect de
l'Italie, afin que ce malheureux, mourant dans la
douleur et dans les tourments, reconnût qu'un bras
de mer fort étroit divisait les Romains libres d'avec
les Romains esclaves, et que l'Italie pût voir un de
ses enfants mourir par le plus cruel et le dernier
supplice de l'esclavage.

C'est un attentat d'enchaîner un citoyen romain ;
c'est un grand crime de le frapper de verges, c'est
presque un parricide de le faire mourir : que sera-ce
de le mettre en croix? On ne peut trouver un terme
assez fort pour exprimer une action si détestable.
Verrès ne fut pas content de tant d'atrocité : « Qu'il
regarde, dit-il, sa patrie; qu'il expire à la vue des
lois et de la liberté. » Ce n'est donc point, Verrès,
Gavius seul, ce n'est point un seul homme, le premier
citoyen venu, c'est la cause commune de l'État et de
la liberté que vous avez immolée au milieu de ces
tourments et sur cette croix. Reconnaissez ici, juges,
l'audace de cet homme. Ne le croyez-vous pas affligé
de n'avoir pu planter cette croix sur la place publique
de Rome ou dans le champ de Mars, ou sur la tribune? N'a-t-il point choisi dans sa province le lieu
qui ressemblait le plus à ceux-ci, qui était le plus
voisin de nous! Il a érigé le monument de son audace
et de ses forfaits à la vue de toute l'Italie, à l'entrée
de la Sicile, sur la route de tous ceux qui passent et
repassent dans cette mer.

LXVII. Si je parlais de cet affreux spectacle, non
pas à des citoyens romains, non à des amis de notre
république, non à des hommes qui connussent le
nom du peuple romain, enfin non à des hommes,
mais à des brutes; oserai-je dire encore plus, si, dans
le fond d'un désert, j'allais faire aux rochers le récit

déplorable de cette action cruelle, tout muets, tout inanimés qu'ils sont, ils seraient émus et indignés au récit d'une inhumanité si barbare. Mais aujourd'hui que j'en parle à des sénateurs du peuple romain, protecteurs des lois et dispensateurs de la justice, je suis persuadé que Verrès leur paraîtra le seul citoyen romain digne d'être attaché à cette croix, et tous les autres en droit de ne jamais la redouter.

Nous n'avons pu, juges, refuser nos larmes à la perte de ces capitaines dont la mort fut si déplorable et si odieuse ; nous étions touchés avec raison du malheur de ces alliés innocents : notre douleur ne doit-elle pas être encore plus vive quand il s'agit de notre propre sang ? car le sang de tous les citoyens romains doit être regardé comme mêlé et confondu, c'est un principe que réclament la sûreté générale et la vérité. En cette occasion, tous les citoyens, soit présents, soit absents, implorent votre justice, ont recours à votre autorité tutélaire. Ils sont persuadés que leurs biens, leurs droits, leurs intérêts, leur liberté enfin, dépendent du jugement que vous prononcerez.

Quoiqu'ils aient assez reçu de moi dans l'affaire présente, si néanmoins elle tourne autrement, ils recevront peut-être encore plus qu'ils ne demandent. Car si quelque influence supérieure dérobe Verrès à votre sévérité, ce que je ne crains pas et ce qui ne me paraît nullement possible ; si cependant je suis trompé dans mon attente, les Siciliens se plaindront de la perte de leur cause, et s'en affligeront avec moi ; mais le peuple romain, m'ayant donné le pouvoir de plaider devant lui, sera, sur mes poursuites, remis en possession de son droit par ses propres suffrages avant les calendes de février. Si vous me demandez, juges, quelle gloire, quel honneur j'en retirerai : mes espérances, qu'on le sache, n'y perdraient rien, si Verrès m'échappait à ce premier jugement pour comparaître devant le peuple romain. C'est ici une cause éclatante, facile à soutenir, et flatteuse pour les citoyens. Enfin, s'il paraît ici que j'aie voulu m'élever aux dépens de lui seul, ce qui certainement n'a point été mon but; supposez qu'il soit absous, ce qui ne peut arriver que par l'injustice de plusieurs personnes; il me sera possible de m'élever aux dépens de beaucoup d'autres.

LXVIII. En vérité, juges, dans votre intérêt et dans celui de la république, je désire de ne point voir le crime lâchement autorisé dans cet excellent tribunal. Je ne veux point que des juges que j'ai approuvés et choisis marchent dans Rome tellement flétris pour avoir acquitté Verrès, que leur nom semble couvert non de cire, mais de fange. Ainsi, Hortensius, s'il y a lieu de vous donner quelque conseil, je vous avertis de bien examiner ce que vous avez à faire, jusqu'où vous pouvez aller, quel homme vous avez à défendre, et comment vous le défendrez. Je ne vous préviens point à son sujet pour vous empêcher d'employer contre moi tout votre esprit et toute votre éloquence. Quant au reste, si vous croyez pouvoir user de quelques manœuvres secrètes, étrangères à la procédure, mais relatives au procès; si vous cherchez à vous assurer le succès par l'artifice, les conseils, l'autorité, le crédit et les richesses de Verrès; je vous conseille fort de renoncer à ces moyens, et de l'arrêter plutôt dans ses tentatives, que j'ai toutes observées et découvertes. Les fautes qui pourraient se commettre dans la poursuite de cette affaire et du jugement que j'en attends vous feraient courir un grand risque, et plus grand que vous ne pensez.

Vous vous reposez peut-être trop sur ce que votre réputation est faite, que vous avez été revêtu de charges honorables, que vous êtes même désigné consul : croyez-moi, les honneurs et les bienfaits du peuple romain n'exigent pas moins d'attention pour les conserver que de soin pour les obtenir. Le peuple, privé de ses tribuns, a supporté autant qu'il a pu, autant qu'il a fallu, cet empire despotique que vous exerciez dans les jugements et dans toute l'administration des affaires publiques. Mais du jour que les tribuns ont été rendus au peuple, pensez-y, vous avez été dépouillé de tous ces avantages. Les yeux de tous les citoyens sont aujourd'hui fixés sur chacun de nous, pour voir avec quelle sincérité je formule mes accusations, avec quelle religieuse équité les juges les examinent, et par quels moyens vous défendez votre partie.

Si quelqu'un de nous s'écartait le moins du monde de son devoir, on ne se contenterait pas de le mépriser en secret, ce qui vous touchait fort peu naguère; mais le peuple romain s'en expliquerait par un jugement libre et courageux. Vous n'avez, Hortensius, nulle liaison avec Verrès ; vous ne pouvez avoir à son égard aucune de ces excuses dont vous vous serviez auparavant pour justifier votre excès d'ardeur à défendre quelques clients. Verrès ne cessait de dire publiquement dans sa province qu'il ne craignait rien, par la confiance qu'il avait en votre habileté : il est très-important pour vous de ne pas laisser croire qu'il disait vrai.

LXIX. Je me flatte que j'ai fait connaître à mes plus grands ennemis l'intégrité avec laquelle j'ai rempli mon ministère. Dans un espace de temps assez court, que j'ai donné à ma première poursuite, j'ai condamné Verrès sur les suffrages de tous les hommes. Le reste de ce jugement ne prononcera pas sur ma bonne foi mise au grand jour dans cette affaire, ni sur la conduite de Verrès hautement con-

14

damnée, mais sur les juges, et pour parler vrai, sur vous-même. Mais quand cette question va-t-elle se décider? c'est à quoi surtout il faut prendre garde : car en toutes sortes d'affaires, et dans celles de la république particulièrement, il est d'une extrême conséquence d'être attentif aux circonstances et aux conjonctures des temps; ce sera donc au moment où le peuple romain réclame, pour l'administration de la justice, un autre genre et un autre ordre de personnes; ce sera après la promulgation d'une loi relative à une nouvelle organisation des tribunaux, loi que n'a pas publiée celui dont le nom y est attaché, mais cet accusé lui-même; oui, c'est Verrès, qui, par l'espérance qu'il avait d'être absous, et l'opinion qu'il s'est formée de vous, est cause de la proposition et de la publication de cette loi.

Au commencement du procès, la loi n'était pas publiée. Verrès, intimidé par l'idée de votre intégrité, avait donné beaucoup de marques qu'il n'était pas dans le dessein de répondre, et l'on ne parlait pas de loi. Mais dès qu'on vit ses espérances se ranimer, on publia la loi; et tandis que votre honneur s'y oppose fortement, son faux espoir et son insigne impudence y paraissent très-favorables. Si quelqu'un de vous fait ici quelque chose de répréhensible, ou le peuple romain deviendra juge d'un homme qu'auparavant il croyait indigne d'aucun jugement, ou il sera jugé par ceux qui, à cause de la prévarication dans les jugements, formeront le nouvel ordre judiciaire, pris, aux termes de la nouvelle loi, parmi les anciens juges.

LXX. Or qui ne comprend pas, sans que je le dise, combien je serai obligé d'approfondir cette affaire. Pourrai-je me taire, Hortensius? Pourrai-je dissimuler la vérité après que la république aura reçu une si grande blessure, pour que le pillage des pro-

vinces, l'oppression des alliés, la spoliation des dieux
immortels, le supplice des citoyens romains expirant
sur la croix, ne paraissent suivis que de l'impunité,
avec mon accusation? Pourrai-je déposer dès ce premier jugement le fardeau d'une telle responsabilité ou
le soutenir plus longtemps en silence? Ne me faudra-
t-il pas poursuivre cette affaire, la produire au grand
jour? Ne serai-je pas obligé de prendre à partie tous
ceux qui auront été assez lâches, ou pour laisser
corrompre leur fidélité, ou pour corrompre la justice
même?

Quelqu'un me demandera peut-être : Vous char-
gerez-vous d'une entreprise si pénible, et de la haine
implacable de tant de personnes? Certainement, ce
n'est point de propos délibéré, ni par goût, que je
m'y expose; mais je ne puis me permettre la même
inaction que ceux dont l'origine est noble, et que les
bienfaits du peuple romain viennent chercher sans
qu'ils y pensent. Je dois me conduire dans Rome par
des principes bien différents. Je me rappelle le souvenir de M. Caton, cet homme si sage, qui, songeant
à se rendre recommandable auprès du peuple, non
par sa noblesse, mais par ses vertus, et qui, voulant
être le premier auteur de sa race et de son nom,
soutint la haine et la jalousie des hommes les plus
accrédités, et, jusqu'à la plus extrême vieillesse,
vécut avec beaucoup de gloire dans les plus pénibles
travaux.

Q. Pompée, d'une naissance obscure, ne s'éleva-
t-il pas aux premiers honneurs, après avoir essuyé
beaucoup d'inimitiés, de querelles, de périls et de
maux? Nous avons vu, il n'y a pas longtemps, L.
Fimbria, C. Marius, C. Coelius, parvenir, au milieu
des oppositions et des difficultés, à cette élévation
que vous avez obtenue sans peine dans le sein de
l'indolence. Je me suis prescrit les mêmes moyens

et la même route : je suis la conduite et les principes de ces grands hommes.

LXXI. Nous observons combien certains nobles sont jaloux et ennemis des vertus et des talents des hommes nouveaux : pour peu que nous détournions les yeux, les piéges aussitôt nous sont tendus ; pour peu que nous donnions entrée aux soupçons et aux accusations, nous sommes aussitôt frappés ; nous sommes obligés d'être toujours sur nos gardes, toujours appliqués.

Sommes-nous haïs ; il faut le souffrir. Il se présente des travaux ; il faut les supporter. Les inimitiés sourdes et secrètes sont plus à craindre que celles qui sont connues et déclarées. A peine quelqu'un d'entre les nobles se montre-t-il favorable à nos talents, nos services ne peuvent nous mériter leur bienveillance. Autant ils se croient séparés de nous par la nature et la naissance, autant ils diffèrent de nous par l'esprit et la volonté. Que peuvent avoir de dangereux pour nous les inimitiés de ceux qui nous portaient envie et nous haïssaient intérieurement, avant que nous eussions rien fait pour nous attirer leur haine?

Aussi, magistrats, si je dois souhaiter de n'être plus obligé de me porter pour accusateur, quand j'aurai satisfait à ce que le peuple romain attend de moi, et que j'aurai rempli le devoir dont je suis chargé par les Siciliens mes amis ; je ne suis pas moins résolu, si l'événement ne répond pas à l'opinion que j'ai de vous, de poursuivre non-seulement ceux qui seront principalement regardés comme coupables de n'avoir pas jugé avec équité, mais ceux même qui seront complices du mauvais jugement. Si donc quelques personnes veulent employer leur crédit, leur audace, leurs intrigues, pour corrompre la justice en faveur de Verrès, qu'ils prennent bien leurs mesures, qu'ils s'attendent à me répondre de leur conduite au tribunal du peuple romain ; et s'ils ont pu reconnaître en moi de l'ardeur, de la fermeté, de la vigilance contre un accusé que les Siciliens m'ont donné comme leur ennemi, qu'ils sachent que ceux dont j'aurai encouru la haine pour soutenir les intérêts du peuple romain trouveront en moi un accusateur bien plus sévère et bien plus infatigable.

LXXII. Je vous invoque, ô Jupiter, le premier et le meilleur des dieux ; un présent vraiment royal, digne de votre auguste temple, digne du Capitole et de cet asile de toutes les nations, vous était destiné par des rois ; ils vous l'avaient promis et consacré : Verrès, par une impiété détestable, l'enleva à un de ces princes ; c'est lui encore qui a volé dans Syracuse votre statue si belle et si respectée. Je vous invoque aussi, ô Junon, reine des dieux, vous que Verrès, par un semblable sacrilége, dépouilla de tous les dons et de toutes les offrandes précieuses que l'on vous avait consacrés sur deux autels des plus respectables et des plus antiques, élevés dans les îles de Malte et de Samos ; et vous aussi, Minerve, il a pillé vos deux temples les plus célèbres, l'un dans Athènes, d'où il enleva beaucoup d'or, l'autre dans Syracuse, où il ne laissa que le toit et les murailles.

Et vous aussi, Latone, Apollon et Diane, vous qui avez à Délos, je ne dis pas un temple, mais, suivant la tradition et la religion des hommes, votre ancienne demeure, le siége de votre divinité ; Verrès, dans une irruption nocturne, la pilla et la dépouilla. Je vous invoque surtout, Apollon ; il vous a enlevé de l'île de Chio : et vous plus encore, ô Diane : il vous dépouilla dans Perga, et fit transporter à Ségeste votre auguste simulacre, consacré deux fois chez ces peuples, l'une par la piété des habitants et l'autre par la victoire du grand Africain; et vous aussi, Mercure, qu'il plaça dans je ne sais quel gymnase privé d'une maison de campagne, vous que Scipion avait voulu laisser dans une ville de nos alliés et dans le cirque des Tyndaritains, pour être le protecteur et le défenseur de la jeunesse.

Et vous aussi, Hercule, vous que, dans la ville d'Agrigente, au milieu d'une nuit profonde, par le moyen d'une troupe d'esclaves armés, il voulut déplacer et emporter avec violence. Et vous aussi, mère des dieux, dont il a dépouillé chez les Enguiniens le temple si auguste, si vénéré; il n'y reste plus aujourd'hui que le nom du grand Africain et les vestiges de ces profanations. Les monuments de la victoire de ce grand homme et les ornements du temple n'y existent plus. Arbitres et témoins qui présidez aux affaires du barreau, aux conseils importants, aux lois et aux jugements, Castor et Pollux, que l'on voit dans le lieu le plus fréquenté du prétoire, votre temple est devenu une source de profits et de larcins pour cet impie. Divinités que l'on porte sur des chariots sacrés pour annoncer les fêtes et les assemblées des jeux solennels, vos processions ne contribuèrent plus à la majesté des cérémonies religieuses, depuis que Verrès eut pris soin d'en faire un tribut à son avarice.

Cérès, Proserpine, dont les sacrifices, s'il faut croire l'opinion et la piété des peuples, sont célébrés avec le culte le plus mystérieux et le plus grave; vous qui, selon la tradition, avez donné aux hommes la vie et la nourriture, les lois et les règles des mœurs, de l'humanité, de la douceur, à tous les peuples; vous dont le culte emprunté des Grecs est conservé par le peuple romain, en particulier, en public, avec tant de religion, qu'il paraît moins apporté chez nous du dehors que transmis par nous au reste des nations;

Verrès l'a profané avec tant d'impiété, que dans le sanctuaire de Catane il a fait abattre et enlever un simulacre de Cérès que nul homme ne pouvait toucher ni même regarder. Celui que dans Enna il ôta de sa place et de son temple était si artistement travaillé, qu'en le voyant on croyait voir Cérès même ou son image, non formée par la main d'un homme, mais descendue des cieux.

Je vous implore aussi, divinités des rivières et des forêts d'Enna, vous qui présidez à toute la Sicile, dont la défense est entre mes mains, vous qui, ayant trouvé les fruits de la terre, les avez portés avec votre culte chez tous les peuples ; dieux et déesses à qui Verrès, poussé par l'audace et la fureur la plus coupable, a déclaré une guerre impie et sacrilége, si, dans cette cause et contre cet accusé, je n'ai eu d'autre objet que le salut des alliés, la dignité du peuple romain et la fidélité avec laquelle je devais remplir la promesse que j'avais faite aux Siciliens ; si, par mes travaux, mes soins, ma vigilance, mes desseins, je ne me suis proposé que mon devoir et la justice ; que le même esprit et le même zèle que j'ai fait paraître en me chargeant de cette cause, et en la défendant, animent aujourd'hui les magistrats dans le jugement qu'ils doivent prononcer.

Si l'impiété, l'audace, la perfidie, la débauche, l'avarice, la cruauté de Verrès sont sans exemple, que le jugement de ces magistrats lui fasse subir une peine digne de sa vie et de sa conduite, afin que, la république applaudissant à votre jugement, et mon devoir étant rempli par cette seule accusation que j'ai intentée, je puisse désormais consacrer mes travaux à la défense des gens de bien plutôt qu'à la poursuite des méchants.

www.ingramcontent.com/pod-product-compliance
Lightning Source LLC
Chambersburg PA
CBHW070512030726
47503CB00004B/1249